Christian Hardinghaus
Die Hexe von Norderney

Christian Hardinghaus geb. 1978 in Osnabrück, promovierte nach seinem Studium der Geschichte, Medien und Literaturwissenschaft im Bereich Propaganda- und Vorurteilsforschung an der Universität Osnabrück. Später folgte der Abschluss fürs gymnasiale Lehramt und die Ausbildung zum Fachjournalisten an der Freien Journalistenschule.

Hardinghaus ist seit 20 Jahren als freier Journalist für regionale und überregionale Medien tätig. Neben einer Reihe von Fachbüchern zu historischen und medienwissenschaftlichen Themen, veröffentlichte er Kurzgeschichten, Kriminalromane und eine Graphic Novel. Im Februar 2018 erscheinen der zeitgeschichtliche Roman *Ein Held dunkler Zeit* sowie das Sachbuch *Wofür es lohnte das Leben zu wagen.*

Christian Hardinghaus

EBBE UND WUT

DIE HEXE VON NORDERNEY

Thriller

KBV

1. Auflage März 2018
2. Auflage Dezember 2018

www.kbv-verlag.de
E-Mail: info@kbv-verlag.de
Telefon: 0 65 93 - 998 96-0
Fax: 0 65 93 - 998 96-20
Umschlaggestaltung: Ralf Kramp
unter Verwendung von: © mannitwo2 - www.fotolia.de
Lektorat: Nicola Härms, Rheinbach
Druck: CPI books, Ebner & Spiegel GmbH, Ulm
Printed in Germany
ISBN 978-3-95441-408-6

»Lache, und die ganze Welt lacht mit dir.
Weine, und du weinst allein.«

(Oh Dae-su in »Oldboy«)

1. PROLOG

Norder neye Oog, im April 1544.

Hannes zitterte vor Kälte und, wenn er ehrlich war, noch mehr vor Angst. Doch das verriet er den Landsknechten Hilbert und Rutger, mit denen er durch die bis eben sternenklare Nacht über die Nordsee schipperte, besser nicht. Er konnte kaum noch die Hand vor Augen sehen, so dicht zogen die Nebelschwaden um die fast reglosen dreieckigen Tuchsegel. See und Wind lagen so still, dass die Soldaten mit dem zweimastigen Frachtboot noch nicht einmal ein Viertel der Strecke bis zum Festland zurückgelegt hatten. Dabei waren sie bereits vor einer Stunde von der Insel *Norder neye Oog* aufgebrochen. Die abrupt eingetretene Stille war es, die Hannes so in Panik versetzte. Hatten die beiden Frauen, die sie eingesperrt in einen Käfig an Bord transportierten, vorhin noch geschrien und getobt, so gaben sie, seit das Boot in die Nebelwand geraten war, keinen Laut mehr von sich. Das machte ihm Angst. Mit der rechten Hand griff Hannes nach dem Langschwert, das er an der Koppel des roten Waffenrockes trug. Mit der Linken tastete er an seinem Hals nach dem silbernen Amulett mit dem eingravierten Taufzeichen, das ihm seine Mutter geschenkt hatte, damit es Geister und Werwölfe von ihm fernhielte. Ob es ihn auch vor den beiden Hexen schützen würde? Hannes verfluchte sich in diesem Augenblick dafür, den Auftrag der Gräfin von Ostfriesland angenommen zu haben. Was nutzte ihm der großzügige Extrasold, wenn er nicht mehr lebte? Aber acht Gulden, fast tausend Pfennige, hatten ihn gierig werden lassen. So viel verdiente er sonst in einem vollen Frühjahr nicht. Und ein Söldner musste nehmen, was er kriegen konnte.

Obwohl er von Hunderten von Hexenverbrennungen im ganzen Land gehört hatte, war ihm doch bis heute nie selbst eine Hexe begegnet und er hatte geglaubt, in seinem Ostfriesland hätten sie sich nicht niedergelassen. Aber der Dorfvorsteher Wego Alrik hatte ihn am Morgen auf *Norder neye Oog* eines Besseren belehrt. Fast vier Wochen lang hatte er Dortje Freding und ihre Tochter Leefke in einem Holzverschlag hinter seinem Haus gefangen gehalten. Völlig entkräftet, weinend und schreiend hatten sie Hannes und seine Begleiter angefleht, sie zu verschonen. Für einen kurzen Moment war er von Mitleid berührt gewesen, als ihn das fünfzehnjährige Mädchen mit den traurigen grünen Augen angeschaut hatte. Beide, Mutter und Tochter, hatten rostrote Haare und zahlreiche Sommersprossen. Die musste der Teufel persönlich in ihre Haut eingebrannt haben. All das Bitten und Betteln hatte ihnen nicht geholfen. Zu schwer lasteten die Beweise, die Alrik vorgetragen hatte, auf den Frauen. Den Seefisch, nach dessen Verzehr Dortjes Mann Tjard unter höllischen Qualen gestorben war, hatte nachweislich sie zubereitet und wie auch Leefke selbst davon gegessen. Bei beiden ohne Anzeichen einer Fischvergiftung. Sie hatten mysteriöse Kräuter in ihrem Garten angebaut und regelmäßig mit schwarzen Katzen und Raben, die auf ihrem Grundstück wilderten, kommuniziert. Dass der Fischfang sich in seiner Ergiebigkeit halbiert hatte, war ohne Zweifel ihrem Schadenszauber geschuldet, den sie über die Insel gelegt hatten. Richter Asse Hering würde sicherlich feststellen, ob dies alles den Tatsachen entsprach, schließlich galt er als einer der energischsten Hexenjäger Norddeutschlands und hatte schon mehrere Städte von Hexenplagen befreit. Zu ihm würden sie ihre Gefangenen bringen, und dann würde Hannes zurück nach Oldenburg fahren und seiner Frau und den Kindern von dem versprochenen Sold eine fette Milchkuh kaufen. Die werden Augen machen, dachte Hannes, und er wusste, nur noch ein paar Kilometer und die Gefahr, die von den Hexen ausging, wäre gebannt.

Der Schrei schallte so betäubend laut, dass Hannes Schwertgriff und Amulett loslassen musste, um sich die Ohren zuzuhalten. Über eine Minute dauerte er an und klang so, als würde eine der Frauen lebendig im Käfig gegrillt.

»He da, Weib«, rief Hilbert. »Was ist in euch gefahren?« Im nächsten Augenblick wurde es abermals totenstill. Kurz lichtete sich der Nebel, und Hannes konnte deutlich zwei leuchtende, grüne Augenpaare zwischen den Gitterstäben erkennen.

»Geh nachsehen, Rutger!«

Hannes war heilfroh, dass der Hauptmann nicht ihn befehligt hatte, nach den Hexen zu schauen. Er stand zwar näher am Käfig, aber Rutger musste als Feldscher bei Krankheiten und Verletzungen Dienst tun. Aber konnten Hexen denn krank werden? Und warum war die, die so geschrien hatte, dann urplötzlich wieder still?

Glotzten sie *ihn* an? Blitzartig, aber zu spät wurde Hannes alles klar: Die Teufelsweiber planten einen Hinterhalt. Gerade wollte er losrufen, da hörte er bereits, wie Rutger aufschrie und der Schlüssel im Schloss des Zwingers klackte. Die Hexen hatten seinen Begleiter überwältigt. Hannes blieb keine Zeit mehr, sein Schwert aus der Scheide zu ziehen, denn schon sah er Dortje direkt vor sich, nahm den filzigen Geruch ihrer Haare wahr. Ihre Tochter Leefke hielt sie fest umklammert.

Ich bin erledigt, schoss es Hannes durch den Kopf, und als er gerade damit rechnete, gebissen zu werden, stürzte die Hexe an ihm vorbei. Sekunden später hörte er ein Platschen, dann wieder Stille. Sie waren von Bord gesprungen. Hilbert wies den Kapitän des Bootes an, das Wasser abzusuchen. Sie suchten eine volle Stunde lang. Die Nebel hatten sich verzogen, und der Vollmond erhellte das ruhige Meer. Sie entzündeten Fackeln, doch fanden sie ihre Gefangenen weder tot noch lebendig.

Acht Tage später überbrachte ein ausgesandter Bote der Gräfin Anna von Oldenburg eine Nachricht des Auricher Richters Asse Hering. Dieser hatte die Überfahrt ihrer Soldaten organisiert, damit sie die Hexen von *Nor-*

der neye Oog in seinen Hexenturm überstellen konnten. Der Hexenjäger versicherte der Gräfin, die ihn um Rat gefragt hatte, dass sie ihren Soldaten Glauben schenken könne. Deren Aussage, dass Dortje und Leefke die Gitterstäbe des an Bord befindlichen Zwingers zum Schmelzen gebracht hatten und dann fliegend über das Meer entkommen waren, stimme mit Angaben von Insulanern überein. Einige Fischer hatten in jener Nacht den Himmel beobachtet und bezeugten das Hexenspiel. Asse Hering empfahl der Gräfin, ihren tapferen Untergebenen den vollen Extrasold auszuzahlen. Sie seien machtlos gewesen. Zwar hätten Küstenfischer einige Tage später das Mädchen tot am Strand gefunden, doch die Mutter sei verschwunden geblieben. Ein letzter Beweis für den Richter, dass Dortje die Hexe von *Norder neye Oog* war.

2. LACHENDE MÖWEN

Norderney, im April 2017.

»*Larus ridibundus*.« Merle entspannte ihre Bauchmuskeln und ließ den Rauch aus ihren Lungen langsam durch Mund und Nase in das dichte Baumdach der Kiefer ziehen, unter der sie auf einer Parkbank saß. Den Kopf nach hinten gebeugt, beobachtete sie zwei Möwen, die es sich über ihr auf einem Ast gemütlich gemacht hatten. Sie spürte ihr Herz schneller schlagen und freute sich über den angenehmen Schwindel in ihrem Kopf. Sie kam sich vor, als würde sie zu den Vögeln hinaufschweben. Als der Qualm des Joints, den sie sich vor ein paar Minuten gedreht hatte, an den Schnäbeln der Möwen vorbeizog, fingen die Tiere an zu krähen und ließen sich wie Turmspringer vom Ast fallen. Dann schlugen sie energisch mit den grauen Flügeln und flatterten hinauf in die dichten Wolken, die sich über den Skatepark gelegt hatten. Bekommt ihnen nicht, das gute Zeug, dachte Merle und grinste.

»Was?«, fragte Stella, die neben ihr auf der Bank saß und seit Minuten mit dem Messenger-Programm ihres Handys beschäftigt war.

Merle hustete, holte tief Luft und strich sich mit beiden Händen durch die rostig roten Haare. »Wie, was?«

»Du hast gerade irgendwas Komisches gesagt. Lirum Larum. Ein Zauberspruch oder ne Hexenformel?«

»Quatsch.« Merle lachte und nahm erneut mehrere hektische Züge von ihrer Cannabis-Zigarette. »*Larus ridibundus*. So heißen die Lachmöwen, die da gerade weggeflogen sind, auf Latein. Rä-grä-grä-krää – die lachen eben immer.«

»Ach, du bist ja wieder total dicht«, sagte Stella, ließ das Handy in ihrer rosa Handtasche verschwinden und schaute ihre Freundin ernst an. »Sag mal, was soll das mit dem vielen Kiffen? Wir sind bald fünfzehn. Das ist nicht cool.«

»Doch, ist es«, antwortete Merle, während sie sich mit Daumen und Zeigefinger einen Tabakfaden aus dem Mund friemelte. »Ich mache das, damit ich wenigstens ein paarmal in der Woche auch lachen kann wie die Möwen.« Sie reichte Stella den Joint rüber, doch diese stieß die Hand weg. »Nein danke. Wie immer, wenn du fragst: Ich mache das nicht.«

»Okay.«

»Verkaufen dir Metin und Orhan das noch am Busbahnhof?«

»Pfff«, zischte Merle. »Die miese Qualität? Kaufe ich nicht. Ich baue schon lange selbst an.«

»Du machst was?« Stella zog die Augenbrauen hoch. »Im Ernst: Das geht? Einfach so?«

»Natürlich nicht legal! Ich nutze den Garten von meiner Mutter, die hat da die besten Voraussetzungen. Ich habe mir ein Miniatur-Gewächshaus hinter dem Komposthaufen angelegt.«

»Gewächshaus.« Stella lachte. »Pass auf, dass sie das nicht finden. Wie ich deine Mom kenne, gibt das richtig Stress.«

»Keine Sorge. Findet niemand, zu gut versteckt.« Merle kratzte sich am Oberarm, und für einen Moment konnte ihre Klassenkameradin die feinen Schnitte sehen, die ihr in den vergangenen Wochen häufiger aufgefallen waren. »Du weißt ja, dass mein Papa Psychologe ist«, sagte Stella ruhig.

»Oh, nee, ey.« Merle zog schnell ihren Ärmel zurück über die verwundeten Stellen. »Wie oft denn noch? Ich verletze mich nicht absichtlich. Das kommt alles von den Gartenarbeiten. Ich helfe Mama. Ob du's glaubst oder nicht.«

Stella schüttelte den Kopf und überlegte. »Also versteht ihr euch wieder?«

»Nein, wir streiten ständig. Trotzdem mache ich das, sonst kriege ich kein Taschengeld. Nächstes Jahr soll ich im Laden bedienen.«

»Oh je, du Arme.«

»Na ja, du hast gut reden, du musst dir ja um Geld kaum Sorgen machen bei dem Verdienst deines Vaters.« Merle zog noch einmal am Joint und runzelte die Stirn, als sie ausatmete. »Wer weiß schon, was meiner macht. Eines Tages suche ich den überall und finde das raus. Vielleicht ist er Millionär oder so was. Dann geht's runter von dieser verkackten Schule, weg von Mama und von dem großen Misthaufen von Insel hier.«

»Ich mag es hier«, murmelte Stella und pustete eine ihrer langen, dunklen Locken aus dem Gesicht. Sie wusste, dass ihre Freundin fürchterlich darunter litt, dass sie ohne Vater aufgewachsen war und auch, dass sie sich mit ihrer Mutter nicht gut verstand. Das fand sie komisch, sie selbst kam mit ihren Eltern super zurecht. Ihre Mama tat alles für sie. Sie stammte aus dem Iran, deshalb war Stella Halbperserin, hatte aber nie etwas mit dem Land zu tun gehabt. Sie beherrschte die Sprache nicht, war in Deutschland geboren, lebte aber erst seit zwei Jahren auf Norderney. Ans Inselleben hatte sie sich schnell gewöhnt. Mit ihrer gebräunten Haut, den glänzenden schwarzen Haaren und den dunklen Augen war Stella optisch das genaue Gegenteil ihrer Freundin. Sie kam bei den Jungs schon gut an, doch fand sie trotzdem Merle viel schöner als sich selbst. Sie liebte ihre einzigartigen, roten und weichen Haare, die ihr fast bis zur Hüfte reichten. Die niedlichen Sommersprossen und leuchtend grünen Augen fand sie total sexy. Allerdings könnte Merle durchaus mehr aus sich machen, fand Stella, denn sie schminkte sich nicht und legte auch keinen Wert auf schicke Klamotten, trug beinahe ausschließlich dunkle Hoodies. Dadurch wirkte sie immer etwas blass und unscheinbar, und auch ihre weiblichen Formen kamen so nicht zur Geltung. Aber gut, Interesse an Jungen zeigte Merle sowieso nicht, und somit schienen ihr Brüste wohl egal. Außer Stella hatte Merle keine andere Freundin, verschlossen und irgendwie melancholisch wie sie war. Hin und wieder fragte sich Stella selbst, warum sie überhaupt mit ihr befreundet war. Mitleid konnte es jedenfalls nicht sein, denn Stella bewunderte Merle sogar, weil sie so hübsch war und so viel wusste; sie hatte bestimmt zweihundert Bücher oder mehr gelesen. Weil sie so viel nachdachte über das Leben und den Sinn hinter allem. Weil sie sogar Gedichte schrieb und toll zeichnen konnte. Stella hoffte einfach, dass Merle irgendwann auftauen würde und sie mit ihr auf Partys gehen könnte.

»Oh, Mist.« Merles Aufschrei riss Stella aus ihren Gedanken. »Was ist?« Sie schaute ihre Freundin fragend an und hörte dann im gleichen Moment das Dröhnen und Klackern von Rollen auf dem Asphalt hinter sich.

»Der Bulle kommt, lass uns abhauen«, sagte Merle und wollte schon aufspringen, als Stella sie am Arm festhielt. »Moment noch.« Sie drehte sich um und erkannte die Zwillinge Enno und Erik Visser in ihren engen Jeans, die Regenjacken so gebunden, dass die verknoteten Ärmel eine Diagonale zwischen Schulter und Hüfte bildeten. Ihr Herz begann zu rasen, als die beiden auf ihren Inlinern Pirouetten drehten, an der gegenüberliegenden Bank hochsprangen und dann an der Kante entlangrutschten.

Mit »Bulle« hatte Merle Hauke Ahlers gemeint. Ein widerlicher Typ, das fanden alle Mädchen aus der Schule. Fast siebzehn war er, viel zu groß und zu fett. Außerdem der größte Mobber überhaupt. Hauke war im letzten Jahr sitzen geblieben und in ihre Klasse gekommen, seitdem tyrannisierte er alle, die schwächer waren als er. Zum Beispiel die beiden Mädchen aus Vietnam, Ahn und Bich, die er Anus und Bitch nannte und als Reisfresser und Schlitzaugen verspottete. Auch Laas, der Stotterer, hatte es schwer mit ihm, ständig wurde er nachgeäfft und verhaspelte sich dadurch immer mehr; bald würde er wahrscheinlich gar nicht mehr sprechen. In letzter Zeit hatte es häufig auch Merle getroffen. Dass er sie als *Pumuckl* oder *Pippi Langstrumpf* verhöhnte, war zu verschmerzen, aber seit sie vor ein paar Wochen das Thema Hexenverfolgung in der Frühen Neuzeit im Geschichtsunterricht durchgenommen hatten, hatten seine Hänseleien ein unerträgliches Ausmaß angenommen.

Enno und Erik sprangen auf die metallene Rollfläche der zwei Meter hohen Mini Ramp – die kleine Variante der Halfpipe –, jagten einander hinterher und versuchten, sich mit ihren Sprüngen und Tricks an der Rampenkante gegenseitig zu überbieten. Wahnsinn, dachte Stella, die haben es echt drauf. Und toll sehen die aus, zum Verlieben! Obwohl, das war sie schon. Auch wenn sie noch nicht so genau wusste, in wen von den beiden …

Als Hauke die Mädchen auf der Bank entdeckte, rollte er dreckig grinsend auf sie zu. Wirklich elegant sah das im Vergleich zu den Zwillingen allerdings nicht aus. Merle warf den Joint auf den Boden und stellte ihren braunen Sneaker darauf. Ohne etwas zu sagen, wirbelte der Bulle um die Bank und zog dabei immer engere Kreise. Dann ging es los. »Hex, hex«, rief er und zupfte Merle an den Haaren, wenn er hinter ihrem Rücken vorbeiraste.

»Lass das bitte«, bat sie leise und versuchte, mit den Händen ihren Kopf zu schützen.

»Warum, du bist doch eine Hexe, oder?« Der Bulle lachte laut. »Wenn nicht, dann hatte dein Vater wohl Rost im Lauf, als er dich gezeugt hat.« Er bog sich vor

Lachen, sodass er fast das Gleichgewicht verlor. Er ruderte mit den Armen in der Luft, und beide Mädchen wünschten sich, dass er hinfallen und sich so richtig wehtun würde. Zu ihrer Enttäuschung jedoch gewann er das Gleichgewicht wieder und wollte gerade zu neuen Sprüchen ansetzen, als Merle unvermittelt losschrie: »Lass meinen *Vater* da raus!«

Blitzschnell bremste der Fettwanst ab und baute sich vor Merle auf. Seine schwarzen Knieschoner drückte er mit voller Absicht gegen ihre Oberschenkel. Schmerzerfüllt stöhnte Merle auf.

»Selbst schuld«, brüllte Hauke, und Spucke spritzte ihm dabei aus dem Mund. »Was muckst du auch plötzlich auf?«

Stella konnte einen unangenehm strengen Schweißgeruch wahrnehmen, der von seinem Strickpullover auszugehen schien, und versuchte, nur durch den Mund zu atmen.

Dem Bullen fiel ein anderer Geruch auf. »Was ist das für ein süßlicher Gestank?«, fragte er und schnupperte an der Jacke seines Opfers. »Du riechst nach Kiffe. Hast du was geraucht? Traust du dich deswegen, deine Klappe so aufzureißen?«

»Nein, zieh einfach Leine!«, sagte Merle. Sie zitterte.

»Du weißt, dass mein Vater hier der Polizeichef ist«, sagte der Bulle. »Soll ich dem stecken, dass du Kräuterhexe auf seiner Insel Drogen nimmst?«

Jetzt reichte es Stella. »Hör auf! Lass Merle endlich in Ruhe. Sie hat dir nichts getan und auch nicht gekifft.« Sie zog ihre Freundin an sich heran und legte schützend einen Arm um ihre Schultern. »Weiß dein Vater denn auch, wer die Graffiti an der Hafenmauer sprüht? Soll ich dem das mal stecken?«

Der Bulle guckte Stella erschrocken an. »Tztztz«, machte er plötzlich leise. »Woher weißt du … äh, wie kommst du auf die Scheiße?« Offenbar fühlte er sich ertappt, denn er stieß sich mit einem kräftigen Stoß vom Boden ab und rollte über den Platz zur Ramp. An der Seite zog er sich mit Mühe hoch und hockte sich auf die Plattform, auf der die Zwillinge saßen und Cola aus Dosen tranken.

»Danke«, sagte Merle. »Ich halt's fast nicht mehr aus, hab kaum noch Bock, in die Schule zu gehen wegen dem.«

»Ich weiß. Wir müssen Frau Lammert darauf ansprechen.«

»Ach, die weiß das doch, die Olle«, sagte Merle über ihre Klassenlehrerin. »Ist der doch egal. Der kann doch fertigmachen, wen er will. Der glaubt, ihm kann nichts passieren, wegen seinem scheiß Bullen-Vater.«

»Ja, da hast du recht«, antwortete Stella. »Und der ist auch nicht ganz frisch in der Birne, meint Papa zumindest, und der muss es als Psychotherapeut ja wissen.« Ihr Blick fiel erneut auf die Zwillinge. Hauke zeigte ihnen gerade etwas, das er aus seinem Rucksack geholt hatte. Stella konnte nicht erkennen, was es war, sah nur etwas Metallisches aufblitzen.

»Dann doch lieber keinen Vater als so einen Arsch von Vater«, murmelte Merle.

»Ist der süß!«

»Hä? Du kennst den doch gar nicht.« Merle schaute auf. »Ach, die Zwillinge meinst du. Welchen denn?«

»Sorry. Ich war abgelenkt«, sagte Stella. »Weiß nicht welchen. Es ist wie verhext. Ich kann mich nicht entscheiden, wen ich süßer finde. Erik oder Enno oder doch Erik. Ich meine, ich kann sie ja kaum unterscheiden.«

»Wenn du mich fragst, sind beide scheiße. Erstens sind das kleine Milchbubis und keine Männer, und zweitens haben sie den größten Assi der Insel zum Freund, das sollte ja auf ihren Charakter schließen lassen. Außerdem erkenne ich optisch keinen Unterschied. Sehen gleich aus, verhalten sich gleich und machen alles zusammen.« Merle schaute zur Ramp. »Komm, lass uns abhauen!«

»Nach Hause? Es ist gerade mal sechs.«

»Nein, weg von denen. Lass uns noch zum Wasser gehen. Einen Kakao in der Milchbar trinken. Ich habe Bock auf Süßes. Ist so, wenn man was geraucht hat.«

»Okay, können wir machen. Ich kann mir noch einen Milchreis mit Zucker und Zimt leisten. Süß schmeckt auch, wenn man nüchtern ist.« Als Stella aufstand, merkte sie, wie ihr Handy in der Handtasche vibrierte. Sie zog es heraus und schaute aufs Display, im gleichen Moment leuchteten ihre Augen auf. »Warte, von Erik«, sagte sie aufgeregt, las und tippte dann wild selbst eine Nachricht ein.

Merles Blick wanderte zu den Jungen, die auf der Plattform saßen und kicherten. Idioten, dachte sie. Einer guckte auf sein Handy – Erik dann wohl. Sein Zwilling und Hauke grinsten zu ihnen herüber.

»Komm, wir gehen«, sagte Merle und zog an der Jacke ihrer Freundin.

»Warte, die wollen sich entschuldigen und uns was zeigen.«

»Quatsch. Die haben Scheiße vor, wie immer.«

»Bitte, Merle.« Stella guckte sie flehend mit ihren Rehaugen an. »Es ist auch besser, wenn du nicht abhaust. Du darfst dir nicht anmerken lassen, dass du Angst hast. Das ist eine wichtige psychologische Taktik.« Ihr Smartphone vibrierte erneut. Sie las die eingetrudelte Nachricht laut: »Können wir rüberkommen? Hauke will sich entschuldigen.« Sie blickte auf: »Hast du das gehört? Dein größter Feind will sich bei dir entschuldigen. Das ist doch voll krass.«

Merle schüttelte den Kopf. »Pfff. Da scheiße ich drauf.«

»Bitte bitte. Ich finde die zwei so süß.«

»Oh, Mann. Dann lass sie halt kurz vorsprechen. Wenn's mir nicht passt, haue ich aber sofort ab.«

»Klar, und ich mit, versprochen«, sagte Stella, und obwohl sie auch einfach zu ihrem Chatpartner hätte herüberrufen rufen können, schrieb sie lieber eine WhatsApp. Nachdem Erik ihre Nachricht gelesen hatte, tuschelten die Jungen, sprangen dann von der Ramp und rollten zu ihnen rüber.

»Also, was ist?«, fragte Stella und lächelte dabei Erik an. Oder war es Enno, der ihr jetzt auf die absichtlich ausgestreckte kleine Brust schaute? Ach, egal!

»Ihr wisst doch, dass es hier auf der Insel zwei Albino-Hirsche gibt, oder?«, sagte einer der Zwillinge.

»Ja, und?«, fragte Merle gelangweilt.

»Hauke weiß, wo die gerade sind.«

»Echt?« Stella grinste. »Die sind immer so schnell weg, wenn ich die sehe. Mein Vater war aber schon nah dran und hat Fotos gemacht, habe ich auf dem Handy. Wollt ihr mal gucken?«

»Ha«, sagte Hauke. »Ich brauche mir bestimmt keine Bilder von den Viechern reinzuziehen. Von mir lassen die sich streicheln. Die sind ultrazahm. Aber nur abends, wenn sie kuscheln wollen.«

Was für ein Angeber, dachte Stella, aber da sie Tiere über alles liebte, wurde sie neugierig.

»Bei Sonnenuntergang ziehen die Hirsche sich in die Dünen zwischen Nordhelmsiedlung und Nordstrand zurück und grasen da und wollen gestreichelt werden«, fuhr Hauke fort. »Nur bei Dämmerung, deswegen heißt das Viehzeugs Damwild.«

Die Visser-Brüder lachten. »Na ja, nicht ganz. Die Wörter haben völlig unterschiedliche Bedeutungen und stehen nicht in Bezug zueinander«, sagte einer.

»Stehen nicht in Bezug zueinander.« Hauke äffte seinen Freund nach. »Blöder Streber. Einfach Schnauze halten, ist nämlich so. Und die Hirsche sind da.«

»Wow«, sagte Stella und drehte sich zu Merle um. »Das müssen wir sehen.«

Merle zuckte gleichgültig mit den Schultern. »Nö. Hab keine Lust.«

»Komm schon. Das wird lustig«, sagte einer der Zwillinge und formte eine Art Geweih mit den Händen über seinen kurz rasierten blonden Haaren. Vermutlich sollte das witzig sein.

Merle überlegte. »Sag mal, Stella, hast du nicht was davon gesagt, dass sich jemand entschuldigen wollte?«

»Ach ja, klaro«. Sie musterte den Bullen mit ernstem Blick. »Das ist die Voraussetzung, ganz klar.«

»Ach«, brummte Hauke. »Wofür denn eigentlich?«

Stellas Stimme erhob sich. »Na, dass du meiner Freundin an den Haaren gezogen hast, vielleicht? Dass du sie ständig als Hexe beschimpfst? Gerade noch passiert, du erinnerst dich?«

»Aber sie ist doch eine Hexe.« Der Bulle prustete und klatschte mit dem Zwilling ab, der eben den Hirsch gespielt hatte.

»Das ist mir echt zu blöd«, sagte Merle und sprang auf. »Ich gehe nach Hause.« Sie drückte Stella ein Küsschen auf die Wange und lief ohne ein weiteres Wort zum Ausgang des Parks.

Die Zwillinge stießen ihren Kumpel von der Seite an.

»Ist ja gut«, zischte Hauke und fuhr dann hinter Merle her. Stella beobachtete, wie er ihr die Hand entgegenstreckte und sagte: »Das ist doch alles nur Spaß. Du bist keine Hexe. Okay?«

»Und wenn schon ...«, murmelte Merle. »Lass mich doch einfach in Ruhe.«

»Ich schwöre, ich tue dir nichts mehr, wenn du jetzt mitkommst«, sagte er und überkreuzte im selben Moment hinter seinem Rücken die Finger, um den Schwur zu brechen. Die Zwillinge kicherten.

»Lass uns zusammen die Hirsche suchen und uns vertragen«, sagte Hauke mit ungewohnt sanfter Stimme und einem fast nett wirkenden Lächeln auf den Lippen. »Müssen wir ja bald sowieso.« Er beugte sich zu Merle rüber und flüsterte ihr etwas ins Ohr. Sie grinste, wenn auch verkrampft. Aber das ist ein gutes Zeichen, dachte Stella. Dann sah sie, wie Merle ihrem Peiniger die Hand reichte. Der reckte triumphierend die Faust gen Himmel: »Juhu, Hirschjagd mit Damen.«

Auf der Bank der gegenüberliegenden Seite setzten sich die feixenden Jungs hin, zogen sich die Skates aus und tauschten sie gegen die Sneakers, die sie in den großen olivgrünen Militär-Rucksäcken verstaut hatten.

Die Mädchen gingen langsam vor in Richtung Ausgang. »Danke, das vergesse ich dir nie, Merle.«

»Schon okay.«

»Was hat er dir zugeflüstert?«

Jetzt grinste Merle unverkrampfter.

»Sag schon.«

»Er hat gesagt, dass Erik und Enno was von dir wollen. Und da du meine Freundin bist, müsste Hauke, wenn einer von denen mit dir zusammen ist, in Zukunft auch mit mir auskommen.«

Stellas Wangen liefen rot an. »Was, das ist ja …« Sie hielt sich den Mund mit beiden Händen zu und quietschte wie ein Entenbaby, um nicht vor Freude laut losschreien zu müssen.

»Sag mir dann einfach, für wen du dich entschieden hast, wenn du dir sicher bist, und lad mich zur Hochzeit ein.«

Zum ersten Mal seit Langem – oder überhaupt – hörte Stella ihre Freundin richtig laut lachen. Vielleicht würde das für alle ein toller Ausflug werden und sich die Situation in der Klasse entspannen. Sie hoffte insgeheim, dass der Bulle sich zusammenreißen und in den Dünen nicht wieder Ärger anfangen würde. Ganz wohl war ihr selbst nicht, aber sie musste die Chance nutzen, um an Erik oder Enno ranzukommen.

3. DER BUNKER

Zwanzig Minuten schlurften die Jugendlichen durch die leeren Gassen der Nordhelmsiedlung. Die Norderneyer Geschäftsleute genossen bereits ihren Feierabend. Die Osterferien auf dem Festland hatten noch nicht begonnen, Ostern war dieses Jahr außergewöhnlich spät. So begegneten sie auf ihrem Weg zu dem eingezäunten Naturschutzgebiet keiner Menschenseele. Die Dutzend Hinweisschilder, die an und hinter den Stacheldrahtzäunen angebracht waren, ignorierten sie auf dem Weg zu einem kleinen Pfad, der in die Norddünen führte. Da durften nur die Touris nicht lang, Insulanern sollte das erlaubt sein, fanden sie. Die Jungen liefen schnellen Schrittes voran durch den weißen Sand, rutschten dabei immer wieder aus. Merle und Stella zerrten die Kapuzen über ihre Köpfe und knöpften ihre Windjacken bis zum Kinn zu.

Die Wolken hatten sich dicht zusammengezogen, und das Areal aus Sand, Gras und Gesteinsbrocken, das vor ihnen lag, wirkte ohne das Licht der Sonne wie aus einer Schwarz-Weiß-Doku. Außer dem heulenden Wind, der durch die Dünen fegte und die Sanddornbüsche und Heidesträucher gespenstisch rascheln ließ, war nichts zu hören. Abgerissene Distelzweige, die sich zu kleinen Kugeln geformt hatten, schienen einfach über den Sand zu rollen. Das sieht aus wie in einem Western, dachte Stella und flüsterte: »Ich habe ein bisschen Schiss.«

»War keine gute Idee«, antwortete Merle. »Wollen wir umkehren?«

»Ja, bitte.« Stella blieb stehen und legte ihre Hände so an den Mund, dass sie ein nach vorne hin offenes Oval bildeten. Gerade wollte sie ihren männlichen Begleitern zurufen, als sie auf dem Hügel, auf den die Jungen gestiegen waren, einen mächtigen Schatten bemerkte. Erst nachdem sie diesen ein paar Sekunden fixiert hatte, stellte sie fest, dass es sich um eine Art Höhle handeln musste. »Was ist das?«, fragte sie und deutete mit dem Zeigefinger auf die Anhöhe.

»Ein Bunker aus dem Zweiten Weltkrieg«, antwortete Merle, als schon einer der Visser-Brüder von oben schrie: »Kommt hoch, seht euch das an!«

»So was gibt es hier auf der Insel?« Stella ging vorsichtig ein paar Schritte auf die Düne zu, den Kopf nach oben gerichtet. Merle folgte dicht hinter ihr. »Klar«, sagte sie. »Wissen aber nicht viele von, die nach Norderney kommen. Der ist weder vom Strand noch von der Stadt aus zu sehen. Weiß man nur, wenn man es eben weiß. Manche suchen, die wenigsten finden die Reste des Atlantikwalls, obwohl eine Menge Substanz da ist.«

»Atlantikwall?«

»So was wie eine Nazifestung.«

»Wow.«

»Dann doch nicht zurück, oder wie?«

Stella zuckte mit den Schultern. »Lass uns das kurz anschauen, oder?«

»Kenne schon das meiste, allerdings nur im Hellen. Aber wenn du den noch nicht gesehen hast …«

»Okay, kurz, und dann hauen wir ab, bevor es dunkel wird?«

»Abgemacht.«

Mit Mühe erklommen die Mädchen den steilen Pfad, der zum Bunker hinaufführte. Davorstehend, bestaunte Stella die etwa fünfzehn Meter lange und drei Meter hohe mit Graffiti bemalte massive Steinwand, die aus dem Boden ragte und sicher mal viel größer gewesen war. Die Dünen verschluckten viel, gaben mit der Zeit aber einiges wieder frei.

»Kommt rein.« Stella hörte eine gedämpfte Stimme aus dem Inneren der Bunkeranlage. Vorsichtig und dabei immer den Boden fixierend, liefen die Freundinnen um den Bau herum, traten auf knirschende Glasscherben und spitze Steine, bis sie vor einem etwa zwei Meter großen Spalt stehen blieben. Der Zugang zum Bunker, von dem Teile gesprengt worden sein mussten, dachte Stella. Die Nazizeit war ja lange her. »Seid ihr da drin?«, rief sie in den Hohlraum und bemerkte gleich den leichten Widerhall ihrer Stimme.

»Ja«, hallte es mehrfach aus dem Loch. Vorsichtig zwängten sich Stella und Merle, die Köpfe gebückt, an einem Felsbrocken vorbei. In dem düsteren, schmalen Gang, der vor ihnen lag, zischte etwas, und kurze Lichtblitze zuckten auf. Ein paar Meter schlichen sie noch weiter, dann erkannten sie die Jungen, die auf ihren schweren Rucksäcken mitten in einer engen Höhle saßen. Vor ihnen hatte jemand einen Kreis aus Steinen gebaut. Mit Streichhölzern versuchten die Vissers, ein paar zerbrochene Äste, kleine Zweige und Papier anzuzünden. Das Brennmaterial war wohl vorhanden gewesen, und an der Asche auf dem Boden konnten die Freundinnen erkennen, dass hier schon öfters Feuer gemacht worden war.

»Setzt euch«, sagte Hauke gnädig und wies auf einen Rucksack, den sie frei gelassen hatten. Die Flamme, die sich durch Geäst und Papier gefressen hatte, entwickelte sich unter dem Pusten und Wedeln der Brüder zu einem echten Lagerfeuer. Der Rauch zog langsam nach oben und entwich durch eine schmale Schießscharte, die in einer Seitenwand angebracht war.

»Wir haben Feuer gemacht.« Die Zwillinge jubelten und klopften einander grinsend auf die Schultern, als hätte der eine einen Ball für den anderen vorgelegt, der dann nur noch ins Tor einzuschieben brauchte. Männer, dachte Stella, war aber froh über die Showeinlage, denn die nahm etwas Grusel aus der unheimlichen Umgebung.

»Was ist denn jetzt mit den Hirschen?«, fragte Merle, als sie sich neben Stella auf dem Rucksack niedergelassen hatte.

»Die kommen hier gleich hoch, wetten?«, antwortete Hauke und machte eine Bierdose auf. Das Knacken und Zischen durch das Öffnen des Verschlusses wirkte hier drinnen viel lauter. Auch der Rülpser, den der Bulle ausstieß, nachdem er einen kräftigen Schluck genommen hatte, kam Stella viel dröhnender vor als draußen.

»So ein Käse«, zischte Merle.

»Was?« Hauke wirkte wieder aggressiv.

»Na, dass die Hirsche hier auftauchen. Wozu sollten sie?«

»Sag mal, wie redest du denn mit mir? Ich habe dir doch in den letzten Wochen klargemacht, dass du ein Nichts bist?«

»Jetzt hör auf, Hauke«, sagte einer der Zwillinge. »Lass uns doch einfach auf die Tiere warten und so lange was zocken. Wer kennt ein Spiel?«

Der Bulle schaute sich in der Höhle um und deutete bald auf eine leere Sektflasche. »Wahrheit oder Pflicht«, sagte er. »Das ist doch spannend.«

»Au ja, cool.«

»Geil, das habe ich lange nicht mehr gespielt.«

»Ich weiß nicht …«

»Bin raus«, sagte Merle. »Keine Lust. Ich weiß, was für dumme Fragen kommen.«

»Quatsch. Sei nicht so scheiß schüchtern, wir sitzen doch alle in einem Boot, äh, Bunker.« Hauke reichte ihr die Dose rüber, aber sie schüttelte den Kopf.

»Verstehe«, sagte er und nickte. »Du kannst dir gerne auch einen bauen, wenn du das lieber magst. Wir sind ja hier unter uns.«

Wollte er ihrer Freundin jetzt eine Falle stellen, fragte sich Stella, bemerkte dann aber voller Erstaunen, dass Merle seine Einladung locker anzunehmen wusste. Unter ihrer Jacke zog sie ein in den Flammen des Feuers funkelndes Zigarettenetui hervor. Daraus entnahm sie ein paar Blättchen, die sie an den Rändern anleckte und dann auf ihrem Schoß faltete. Mit Daumen und Zeigefinger zupfte sie das Gras aus der Blechschatulle, legte es auf das Papier, rollte es zusammen und zündete das breite Ende mit ihrem Sturmfeuerzeug an.

Den Joint leicht schräg haltend, zog sie am unteren Ende, paffte ein paarmal in die Luft und verschlang dann den Rauch in kurzen, hektischen Zügen. Den Raum erfüllte sofort ein scharfer, süßer Geruch. Ein paar Sekunden hielt sie den Atem an, entspannte dann ihre Bauchmuskeln und ließ den leicht grünlich schimmernden Dunst langsam aus ihren Lungenflügeln durch die aufgeblähten Nasenlöcher entweichen. Kurz schloss sie die Augenlider. Der angenehme Schwindel kam, der Puls raste. Wieder fühlte sie sich, als würde sie fliegen. Als sie die Augen öffnete, bemerkte sie im Schein des Feuers, dass die anderen sie neugierig anglotzten. Vor der Schule kiffte sie nie, aber mittlerweile jeden Abend und manchmal nachmittags. Es erstaunte sie, wie die Angst vor dem Bullen nachließ, wenn sie etwas geraucht hatte. Wie er da jetzt saß, an der Bierdose nuckelnd wie ein Baby an der Milchflasche und sich dabei noch vorkam wie ein Häuptling vor seiner Wigwam-Familie. Unwirklich komisch sah das aus. Merle wurde einmal mehr klar, was für einen Spinner der Typ abgab. Aber sie wusste auch, dass er verdammt gefährlich sein konnte. Was sie Stella gar nicht erzählt hatte, was keiner ahnte, war, dass Hauke sie bereits mehrfach geohrfeigt hatte. Nach der Schule, im Buswartehäuschen. Und immer diese Drohungen, dass, wenn sie jemandem etwas stecken würde, blablabla. Wem sollte sie was davon sagen? Ihrer ignoranten Mutter? Der überforderten Klassenlehrerin? Oder etwa Haukes Vater, dem echten Bullen? Stellas Papa, dem Psychoklempner? Nein, da ertrug sie Schmerz und Demütigung lieber und hoffte auf die Zeit, zu der sie ihm alles zurückzahlen konnte. Gnadenlos würde dann ihre Rache ausfallen. Sie spürte seit einiger Zeit, dass sie etwas Mächtiges in sich trug. Die Dinge, die sie über ihre Vorfahrin erfahren hatte, flößten ihr Mut ein. Winseln wird der fette Bulle, dachte Merle und musste unweigerlich grinsen bei dem Gedanken.

»He, Mann, so uncool bist du ja gar nicht«, sagte Hauke und bedeutete ihr, ihm den Joint rüberzureichen. »Voll profihaft sieht das aus. Bob Marley und so!« Zögerlich gab sie ihm das, was er forderte. Als er daran zog, musste er sofort husten. »Scheiße.« Er lachte. »Hartes Zeug. Bin eher der Biertrinker, wie ihr wisst.« Er ließ den Joint in seiner Hand in der Runde kreisen. Aber die Vissers wollten nicht, und Stella schüttelte angewidert den Kopf. So kam der Joint wieder bei Merle an.

Nach ein paar Augenblicken der Stille klatschte Hauke in die Hände und deutete auf die Flasche, die einige Meter von ihnen entfernt auf dem Boden lag. »Wer sie holt, fängt an. Erik?«

»Okay«. Erik sprang auf, lief zu der Flasche, griff danach und schüttelte noch ein paar Tropfen heraus, während sein Bruder frische Ästchen und Zweige nachlegte. Mit dem Fuß wischte er eilig Steine, Holz und Scherben vom Boden und legte die Flasche neben die Feuerstelle. »Dann fange ich an«, sagte er.

Stella wunderte sich, dass Merle nun doch mitmachen wollte beziehungsweise nicht protestierte. Die ist total drauf, und alles wird ihr egal sein, dachte Stella. So zumindest stellte sie sich die Wirkung von Drogen vor, probiert hatte sie es nämlich nie. Stella war aufgeregt. Vielleicht würde einer der Zwillinge gefragt werden, wie er Stella fand. Oder sie würde einen von ihnen küssen müssen. Natürlich müsste sie sich da vorher ordentlich zieren, schließlich wollte sie nicht als Schlampe gelten. Hauptsache, sie müsste dem fetten Bullen keinen Kuss geben, da würde sie abbrechen – oder brechen. Es knirschte und schepperte, als Erik die Flasche mit mächtig Schwung aus dem Handgelenk auf dem Boden rotieren ließ. Alle schauten gespannt, wie sie immer langsamer kreiselte und der Flaschenhals zum Schluss bei Enno zum Stehen kam.

»Wahrheit oder Pflicht«, rief sein Bruder.

»Wahrheit.«

»Was sonst?« Erik lachte und überlegte, schaute dann in die Runde. »Mmh, würdest du jemanden, der hier anwesend ist, gerne küssen oder vielleicht noch mehr?«

»Um Gottes willen«, schrie Enno. »Auf keinen Fall. Ich bin erstens ja nicht schwul, und zweitens sind die Mädels hier einfach nicht mein Typ. Auch wenn Stella ganz nett ist. Sorry.«

Stellas Herz stolperte. Ganz nett? Damit hatte sie nicht gerechnet. Die Vissers waren nicht schüchtern, und die Antwort hatte sich entschieden angehört. Hatte Merle sie vorhin etwa angelogen? Demonstrativ rutschte sie auf dem Rucksack von ihr weg. Was sie dabei nicht mitbekam, war, dass ihre Freundin Hauke einen bösen Blick zuwarf.

»Ich bin dran«, rief Enno und drehte schon die Flasche, die nach ein paar Sekunden beim Bullen stehen blieb. »Wahrheit oder Pflicht?«

»Wahrheit.«

»War klar.«

»Also. Sag ehrlich, hattest du schon echten Sex?«

»Meine Fresse«, sagte Hauke laut. »Das habe ich doch schon oft erzählt. Noch mal für alle: ja, hatte ich, sehr guten sogar. Mit vier Mädchen aus meiner alten Klasse, und alle sind gekommen. Vaginaler Orgasmus.«

Keiner wagte, etwas zu antworten oder gar nachzufragen, was ein vaginaler Orgasmus eigentlich war. Für Stella waren das bereits zu viele Informationen, und außerdem glaubte sie sowieso kein Wort davon.

»Und mit einer Touri-Braut im letzten Sommer«, fuhr Hauke mit der Angeberei fort. »Die war schon über dreißig, ne echte *Milf*.« Er schaute in die Runde, erwartete offenbar Applaus, der aber ausblieb. »Egal jetzt, ich bin an der Reihe.« Er drehte die Flasche mit so viel Schwung, dass es eine halbe Minute dauerte, bis sie mit der Spitze vor Merle zum Stehen kam. Sie zog noch mal kräftig an ihrem Joint. Keine Angst zeigen, hatte ihr Stella geraten, und die verspürte sie im Moment auch nicht. Was würde er sie schon fragen? Vermutlich, ob sie eine Hexe sei, der Idiot. Sie musste erneut lachen ob dieser Durchsichtigkeit und Naivität, die sie da gerade doof anglotzte.

»Ich schätze, du nimmst wie alle Wahrheit«, fragte Hauke. »Bist feige wie die anderen, oder?«

Für einen Moment überlegte Merle, ob sie alle überraschen und sich für Pflicht entscheiden sollte. Wenn Stella oder die Brüder dran gewesen wären, hätte sie sich das in ihrem Rauschzustand getraut, aber Pflicht bei Hauke zu wählen, das war dann doch eindeutig zu gefährlich.

Highsein hin oder her. Also sagte sie: »Wahrheit. Nicht weil ich feige bin, sondern weil ich schlau bin.«

»Ob das schlau ist, wird sich zeigen«, spottete Hauke, schlürfte den Rest aus der Dose und pfefferte sie dann weit nach hinten in den Bunker. Nur kurz überlegte er: »Merle, verrat uns doch mal, ob du eine Hexe bist.«

Merle wunderte sich kein bisschen über die Frage. Wie gut sie die Menschen um sich herum doch analysieren konnte, vor allem die Dummen. Vielleicht sollte sie später Psychiater werden wie Stellas Vater. Obwohl, nein, sie hatte andere, viel größere Pläne.

Stella aber maulte: »Nicht schon wieder.« Sie war zwar immer noch sauer auf ihre Freundin und hatte daher wenig Lust, sie in Schutz zu nehmen, aber das nervte sie einfach. Sie würde Merle später ausfragen, was das mit den Zwillingen gesollt hatte, und wollte Hauke gerade bitten, sich eine neue Frage auszudenken, als ihre Freundin sie erneut überraschte.

»Ich denke, ja«, sagte Merle gleichmütig und schaute den Bullen ernst an.

»Du willst uns doch komplett verarschen«, schrie Hauke.

»Nö.«

»Das Spiel heißt: Wahrheit sagen. Was kannst du denn hexen? Verzauberst du mich jetzt in einen Frosch? Ich glaube, du hältst mich eher zum Affen.«

»Lass sie doch erzählen«, unterbrachen die Zwillinge die angespannte Situation.

»Wenn ihr wollt.« Merle strich sich die roten Haare nach vorne. »Erst mal, nein, ich halte dich nicht für einen Affen. Da gibt es dümmere Tiere.«

»Was?«

Merle ignorierte Hauke und begann ruhig zu erzählen. »Vor Kurzem erst habe ich herausgefunden, dass eine meiner frühesten Vorfahren eine Hexe mit dem schönen Namen Dortje war. Die hat im sechzehnten Jahrhundert auf Norderney gewohnt und wurde als Hexe verurteilt.«

»Spinnerei«, unterbrach der Bulle heiser.

»Psst«, zischten die Zwillinge, und Stella befürchtete, dass Merle sich gerade in große Gefahr begab. Sie bemerkte, wie Hauke nervös mit den Fußspitzen auf dem Boden tippelte. Der war richtig geladen.

»Meine Urahnin Dortje hat mit schwarzen Katzen gesprochen und Hexenkräuter angebaut«, sagte Merle, noch immer ohne jede Regung in der Stimme. »Man vermutet, sie hat damit ihren Mann Tjard vergiftet.«

»Nie gehört, eine Hexe auf Norderney«, sagte Erik.

»Das haben die wenigsten, aber ich habe meine Quellen. Glaubt mir. Dortje hatte eine Tochter, die Leefke hieß. Beide sahen aus wie ich. Rote Haare, rote Sommersprossen.«

Alle schwiegen und starrten Merle an.

»Die Insulaner haben dann Dortje angezeigt, und Soldaten aus Oldenburg haben sie verhaftet. Aber sie konnte sich befreien und hat alle getötet. Leider hat Leefke es nicht geschafft und ist bei der Flucht ertrunken. Denn sie war erst fünfzehn, so wie ich. Hexenkräfte werden zwar immer übertragen, aber erst, wenn man erwachsen ist, bemerkt man die. Manche spüren die Magie gar nicht, weil sie nicht wissen oder nicht daran glauben, dass sie Hexen sind.« Merles Stimme wurde lauter, mit starrem Blick glotzte sie Hauke an. »Aber ich bemerke sie deutlich, und bald werde ich mich rächen und dann …«

Stella zuckte zusammen und schrie auf, ein Schatten war urplötzlich mitten durch den Raum gehüpft. Ein Tier. Eine Ratte?

»Eine schwarze Katze«, rief Enno.

»Was … zum … Teufel?«, stotterte Erik.

Aus den Augenwinkeln sah Stella, wie Hauke aufstand und zu einem Schlag ausholte. Mit voller Wucht traf er Merle im Gesicht. Ihr Kopf schleuderte nach hinten wie ein Gummiball. Dann zog der Bulle etwas Metallenes unter seinem Pullover hervor und trat Merle vom Rucksack. Sie schrie wie am Spieß, und Stella bemerkte, dass ihre Freundin über dem Auge blutete. Entsetzt sprang sie auf, während Merle auf dem schmutzigen Boden liegen blieb und versuchte, sich mit erhobenen Händen und Beinen vor weiteren Schlägen zu schützen. Hauke packte sie am Handgelenk und schleifte sie in den hinteren Teil des Bunkers. Vom Feuerschein geblendet, war Stella nicht in der Lage zu erkennen, was dahinten im Dunkel vor sich ging. Sie vernahm ein klickendes Geräusch und hörte dann, wie Merle »nein, bitte nicht« winselte. Stella traute sich ebenso wenig nachzuschauen wie die Zwillinge, die kein Wort mehr sagten. Als erst Enno aufsprang, sich seinen Rucksack schnappte und aus dem Bunker flüchtete und Erik ein paar Sekunden später das Gleiche tat, wusste sie nicht mehr, was sie machen sollte oder konnte. In einer Art Übersprunghandlung drehte sie sich zweimal im Kreis, rannte dann den Brüdern hinterher und ließ ihre Freundin im Stich. Ihre Angst hatte gesiegt.

Inzwischen hatte Hauke Merle einen alten Socken in den Mund gestopft und diesen mit Panzertape, mit dem er sonst seine Schoner an den Knien befestigte, zugeklebt. Niemand hatte bemerkt, wie er das Band sowie die antiken Handschellen und die Plastikfessel, die er seinem Vater aus dem Keller geklaut hatte, aus dem Rucksack geholt hatte. Keiner hatte kapiert, dass er die ganze Wahrheit-oder-Pflicht-Aktion schon seitdem sie im Skatepark gewesen waren geplant hatte. Wie auch? Nur die Handschellen hatte er seinen Kumpels gezeigt. Sie waren zu dumm gewesen zu kapieren, was er damit angedeutet hatte. Wahrscheinlich ist das so, wenn man aus einem einzigen Ei entspringt, dachte Hauke, man muss ja dumm werden, wenn das bisschen vererbte Intelligenz auch noch geteilt wird.

Hatten seine Kumpels oder die Weiber denn wirklich gedacht, dass er hier Damwild streicheln wollte? Zahme Rehe? Weiße Hirsche, die es nicht gab. Oh Mann. Was für ein Blödsinn.

Jedenfalls war alles gelaufen wie erhofft. Perfekt bis jetzt. Merle röchelte. Hexenhaft, schaurig, abartig. Aber niemand würde sie hier hören. Auch das metallene Schürfen, das die Handschellen verursachten, wenn sie daran zog – zu leise, um von jemand anderem als von einer Fledermaus bemerkt zu werden. Erst hatte er ihr einen Metallring ums Handgelenk gelegt und diesen zuschnappen lassen, dann den anderen an einer rostigen Steige festgemacht, die hier aus einem Felsen ragte. Stabil ist die allemal, dachte Hauke. Ihre linke Hand hatte er anschließend mit der Plastikfessel fixiert.

Er zündete ein Streichholz an und sah ihr ins Gesicht. Dicke Tränen rannen über die Wangen und ein wenig Blut von der Stirn. Nur ein Kratzer. Gut dass er nicht ihre Nase erwischt hatte, sonst würde die blöde Kuh hier noch ersticken. Er ließ das abgebrannte Streichholz los und hob dann mit beiden Händen ihr Gesicht an, sodass sie ihn ansehen musste, auch wenn sie wie er in der Dunkelheit nur Umrisse erkennen konnte. Er ließ all seine Wut heraus, die er so oft verspürte, meist ohne zu wissen, woher sie kam. Doch jetzt in diesem Moment kauerte die Ursache für diese Wut direkt vor ihm.

»Du dumme Fotze«, schrie er. »Willst du mich verarschen? Scheiß Hexe, hör zu. Das Spiel ist nicht beendet. Kriegst eine extra Pflichtaufgabe. Nennen wir es Hexenprobe. Hast ja in der Schule gehört, was das bedeutet. Du behauptest also, du hast die Wahrheit gesprochen. Dann zeig uns, dass du eine Hexe bist, verstanden?«

Er erkannte an ihrer Silhouette, dass Merle den Kopf schüttelte. Hauke ließ sie kurz los und verpasste ihr dann eine saftige Ohrfeige. »Kapiert?«, fragte er erneut, und nun nickte sie eifrig.

»Wenn du eine Hexe bist, hast du die Chance, das zu beweisen. Dann wirst du dich hier freizaubern können. Wenn du genug Hunger oder Durst hast oder die Ratten an dir nagen, wirst du das tun. Wenn nicht ...« Hauke überlegte. »Dann bist du halt keine, und dann verspreche ich hiermit, dass ich dich in Ruhe lasse. Du weißt, ich stehe zu meinem Wort. Checkst du das, Pippi Langstrumpf?«

Merle nickte.

»Ich komme morgen früh vorbei und sehe nach«, sagte Hauke. »Wenn du dann noch da bist, lasse ich dich vielleicht frei. Aber keine Tricks. Eventuell musst du noch bis Sonntag auf die Probe gestellt werden. Wenn du zaubern kannst, befrei dich lieber gleich, und dann fliegst du am besten fort von dieser Insel und kommst gar nicht erst in die Schule zurück. Denn ich und mein Vater, wir wissen, wie man Hexen in den Griff bekommt. Du hast keine Chance.«

Hauke ließ das winselnde Mädchen alleine und lief zur Feuerstelle, in der die Flammen noch loderten. Er zog eine weitere Dose Bier aus dem Rucksack und kippte sie über das Feuer. Es zischte und erlosch dann. Dann schnallte er seinen Militärranzen um, schlich aus dem Bunker und lief zum Hang. Es war jetzt fast dunkel, aber er erkannte ein paar Hundert Meter weiter die Schatten seiner Begleiter auf dem vom Mond schwach erleuchteten Sand des Pfades. Sie hatten ihn offenbar bemerkt, denn ihre Umrisse bewegten sich nicht. Er rannte die Düne herunter, und als er völlig außer Atem bei ihnen ankam, sah er, dass Stella weinte.

»Reiß dich zusammen, Perser-Flittchen«, rief er wütend und erklärte den dreien dann, was er mit Merle gemacht hatte und was er mit ihr vorhatte. Dabei betonte er, dass ihre Klassenkameradin wirklich eine Hexe sein könnte. Alle hätten ja selbst gehört, dass sie es am Feuer zugegeben hatte. Sie würde im Bunker Buße leisten, und sie alle würden wahrscheinlich morgen wissen, ob er recht gehabt hatte. Hauke ließ erst die Zwillinge einen Schwur ablegen, dass sie keinem etwas sagten. Beide mussten es beim Leben des jeweils anderen schwören. Hauke fand, das war die beste Absicherung. Aber die Ei-Intelligenz nahm sich noch raus, zu fordern, dass Hauke sich an sein Wort halten solle und am nächsten Tag zumindest nach ihr sehen müsse. Besser noch, sie freiließe, denn ihre Mutter würde sie vermissen und nach ihr suchen lassen.

»Die wird sich weggehext haben«, sagte Hauke und lachte. »Aber ja, natürlich gehe ich morgen hin, gleich nach Sonnenaufgang.«

Der Bulle wandte sich Stella zu. Er erklärte ihr mit drohend erhobenem Zeigefinger, dass er ihr, wenn sie auch nur ein Sterbenswörtchen über die Aktion verrate, ganz gleich gegenüber wem, das Inseldasein zur Hölle machen werde. Und auch wenn sie selbst keine Hexe sei, würde sie noch viel Schlimmeres durchmachen müssen als das, was Merle in dieser Nacht widerfahren würde. Stella ließ er bei ihrem eigenen Leben und zur Sicherheit noch bei dem ihrer Mutter schwören.

Sie tat es aus Angst und unter Tränen.

Es war stockfinster im Bunker. Merle krümmte sich frierend auf dem Boden. Die schmerzhaften Versuche, sich von den Fesseln zu befreien, hatte sie schnell aufgegeben. Jetzt spürte sie nur noch Angst wie noch nie zuvor in ihrem Leben. Nach Haukes Schlag war sie abrupt nüchtern geworden, und jetzt verteufelte sie sich dafür, dass sie von Dortje erzählt hatte. Natürlich besaß sie keine Hexenkräfte, auch wenn sie sich diese, besonders wenn sie zu viel geraucht hatte, immer wünschte. Ihr Herz raste nicht mehr wegen des THCs in ihrem Blut, sondern vor blanker Panik.

Außer dem Sausen des Windes draußen und dem gelegentlichen Rufen einer Nachteule drang kein Geräusch an ihr Ohr. Sie hatte bald jegliches Zeitgefühl verloren, an Schlaf war nicht zu denken. Ihr Geist blieb hellwach, ihre Sinne geschärft. Eine Stressreaktion des Körpers, das wusste sie.

Als Merle die Schritte am Eingang des Bunkers hörte, war ihr nicht klar, ob sie seit zwei, drei oder mehr Stunden gefangen gehalten wurde. Sie konnte auch nicht erkennen, ob die Person, welche die Höhle betreten hatte und deren schweres Atmen sie hörte, in guter oder böser Absicht kam. Es sollte nicht lange dauern, bis sie es wusste.

4. DAS MÄDCHEN IM WATT

Der Schlamm, den die acht Meter langen Rotoren der Sea King aufwirbelten, spritzte bis an die tarngrünen Außenwände des Marine-Rettungshubschraubers. Soeben hatte der Bordsanitäter den nassen, leblosen Körper über eine Schleifkorbtrage an Bord gezogen. Fünfzehn Minuten zuvor hatte ein Eurocopter der niedersächsischen Landespolizei die Person im Watt gemeldet. Dank exakter Koordinaten hatten die Piloten des 5. Marinefliegergeschwaders, die vom Stützpunkt Nordholz aus gestartet waren, den Fundort sofort ausmachen und eine Leiche bergen können. Die Rotoren beschleunigten, und ein markerschütterndes Dröhnen zog durch die Kabine, während die Sea King in den Himmel stieg und Kurs auf das Festland nahm. Der Sanitäter in orangefarbener Rettungsweste brauchte nur mit dem Kopf zu schütteln und der ihm gegenübersitzende Kommandant wusste, was er über den Helmfunk ans Cockpit durchgeben musste. Das Mädchen mit den roten Haaren war tot, der junge Körper in einem desolaten Zustand. Allen an Bord war aufgrund der markanten körperlichen Merkmale klar, dass es sich um die gesuchte Schülerin Merle Onken handeln musste. Über Funk nahm der Co-Pilot Kontakt zur Marinebasis auf und informierte dann den leitenden Kriminalermittler Gerd Rickmer vom Polizeikommissariat Norden. »Vermisste Person tot geborgen. Transport nach Oldenburg. Ankunftszeit vor Ort voraussichtlich in siebzehn Minuten. *Over.*«

Zwei Stunden später erhielt Rickmer in seinem Büro den sehnlichst erwarteten Anruf von Professor Hahn aus dem Rechtsmedizinischen Institut.

»Ich pflege mich in der Regel auf Körpersprache und Gebärdenspiel der Toten und nicht auf Ausweisdokumente zu verlassen.« Wie jedes Mal, wenn sie telefonisch miteinander zu tun hatten, meldete sich Hahn weder mit Namen noch grüßte er. Das allein war arrogant genug, aber statt wenigstens sofort zur Sache zu kommen und die relevanten Informationen weiterzugeben, begann der Arzt Rätsel vorzutragen und sprach mit gewollt hochgestochenen Worten. Rickmer kam er vor wie ein mit allen Klischees vollgepackter Rechtsmediziner aus einer billigen TV-Serie. Wie so oft in den letzten Jahren entschloss er sich auch bei diesem Gespräch, die Contenance zu bewahren und auf die großkotzigen Spielchen des Doktors nicht einzugehen. Das musste er sich mit fast sechzig nicht mehr antun. Daher sagte er einfach: »Hallo.«

»Aber für Sie ist das bestimmt von dringlichster Bedeutung, über mich in Kenntnis davon zu gelangen, dass die Tote ihren Ausweis mit sich geführt hat.«

»Es ist also Merle Onken?«, fragte Rickmer eilig, um das Prozedere abzukürzen.

»Dieser Name steht sowohl auf dem mir vorliegenden Schülerausweis, dem Impfpass als auch auf der Norderney-Card«, antwortete Hahn.

»Und ihr Handy?«

»Negativ.«

»Ärgerlich, sie muss es bei sich gehabt haben. Aber orten konnten wir es nicht.«

»Möglich, dass es irgendwo auf dem Meeresgrund liegt, aber da kann ich nichts zu sagen.«

»Tja«, sagte Rickmer, der wusste, dass es keine Möglichkeit gab, in der Nordsee nach einem nicht empfangsfähigen Handy zu suchen.

»Eigentlich wollte ich noch bemerken, dass ich auch ohne die aufgezählten Dokumente die Leiche als Fräulein Onken identifiziert hätte«, sagte der Professor. »Die Vermisstenakte, die uns zugespielt wurde, weist eine nahezu hundertprozentige Übereinstimmung mit dem Leichnam auf.« Hahn räusperte sich. »Will heißen, zieht man den Verwesungsprozess und die Treibspuren ab, natürlich. Meine Feststellungen betreffen sowohl die biologischen Merkmale als auch die Kleidung, die sie trägt – ähm, bis eben getragen hat.«

»Sie war vollständig angezogen?« Während Rickmer überlegte, ob das ein gutes oder ein schlechtes Zeichen sein könnte, hörte er ein schnappendes Scharnier und ein leises Papierrascheln am anderen Ende der Leitung. »Steht hier in der Akte«, fuhr Hahn fort. »Schwarze Regenjacke und Kapuzenpullover, dunkle Jeans, braune Sneakers. Nicht erfasst ist laut Beschreibung die Unterwäsche. Sie trug einen hellblauen, möglicherweise bis vor zwei Tagen noch marineblauen Büstenhalter mit aufgedrucktem …«

»Ich habe schon verstanden«, unterbrach Rickmer, und der Zorn auf Hahns aufgeblasene Gefühllosigkeit kroch doch in ihm hoch. »Das will ich jetzt nicht unbedingt wissen.«

»Oh, okay, ich dachte, Sie von der Kripo …«

Rickmer schnitt ihm erneut das Wort ab. »Ich gehe also davon aus, dass es kaum Zweifel daran gibt, dass es sich um Merle Onken handelt. Richtig?«

»Ganz meine Meinung.«

»Todesursache?«

»Nach derzeitigem Stand: Ertrinken, ziemlich eindeutig.«

»Zeitpunkt?« Einfach schnell die Formalien abarbeiten, dachte Rickmer, und dann selbstständig überlegen.

»Rote Haare, Sommersprossen. Aber keinerlei Waschhautbildung, weder Ablösungserscheinungen der Epidermis noch der Nägel.« Der arrogante Arzt summte in den Hörer. »Na, was sagt uns das?«

»Herr Professor Hahn. Ich bitte Sie, lassen Sie Ihre Art der Kommunikation wenigstens in diesem Fall. Mir schlägt das alles auf den Magen, und ich bekomme Lust, eine zu rauchen. Was ein verdammt schlechtes Zeichen ist.«

»Wieso? Was habe ich denn gemacht? Und warum frönen Sie dann nicht einfach Ihrer Sucht? Sie irritieren mich.«

Rickmer antwortete darauf gar nicht erst, denn er wusste, dass Hahn sehr wohl verstanden hatte, dass Rickmer Kripobeamter war und weder die Kompetenz noch die Lust hatte, sich forensische Ergebnisse selbst zu erschließen.

Nach ein paar Sekunden fuhr der Rechtsmediziner deutlich sachlicher fort: »Also, das heißt eben: Eine frische Wasserleiche liegt vor mir. Anhand der herkömmlichen Todesmerkmale würde ich sagen, sie trieb nicht länger als achtundvierzig Stunden in der Nordsee.«

»Danke.« Rickmer seufzte. »Gibt es ersichtliche Kennzeichen von Fremdeinwirkung, die zu ihrem Tod geführt haben könnten?«

»Ich beginne zwar gerade erst mit der Obduktion, aber so viel kann ich sagen: Bei den Schrammen und Abschürfungen, welche die Haut überall am Körper aufweist, handelt es sich definitiv um typische Treibspuren. Kleidung bietet da keinen Schutz.«

»Aha.«

»Ja. Stellen Sie es sich so vor, die Leiche bekommt nach einer stundenlangen Verweilzeit unter Wasser Auftrieb und treibt dann mit dem Rücken nach oben durch das Meer. Alles, was sie während dieser Zeit berührt, zum Beispiel Felsen, Buhnen, Bojen, Treibgut und so weiter, kann die Haut aufreißen.«

»Das klingt logisch.«

»Nicht wahr?«

»Sonst nichts?«

»Nun gut. Ich weiß, worauf Sie hinauswollen«, sagte Professor Hahn. »Da ich keine Lust auf diese Fragespielchen habe, kürze ich ab. Badeunfall ist nach aller Plausibilität ausgeschlossen. Es geht doch niemand komplett angezogen ins Wasser, wenn er noch alle Teetassen im Schrank hat.« Der forensische Mediziner summte erneut. Ob das ein Zeichen von Nachdenken oder von Großspurigkeit war? Rickmer wusste es nicht, doch langsam wurde ihm schlecht. Nicht nur wegen des Sprachduktus seines Gesprächspartners, sondern auch, weil er sich lebhaft vorzustellen vermochte, wie die Leiche des Mädchens aussah.

»Außerdem sind weder Schuss- noch Stichverletzungen, die zum Tod geführt haben könnten, vorhanden«, sagte Hahn. »Keine Würgemale oder sonstige Auffälligkeiten, die auf ein Gewaltverbrechen hindeuten. Die Ergebnisse der toxikologischen Untersuchung müssen wir abwarten. Da bekommen Sie frühestens morgen Nachmittag Bescheid, ebenfalls haben wir dann den Befund der DNA-Analyse vorliegen und können Merle Onken biogenetisch und damit endgültig nachweisen.«

Rickmer schluckte bittere Galle herunter, fragte dann: »Ein Unfall also?«

»Den schließe ich nicht aus«, antwortete der Professor. »Aber ich bin Mediziner und kein Hellseher. Wenn sie von irgendwo herunter ins Wasser gestürzt ist, beispielsweise unter Alkohol- oder Drogeneinfluss, kann ich das nicht äußerlich erkennen. Ich bin nicht weiter über dieses Mädchen im Bilde. Weder meine Aufgabe noch – wenn Sie es so wollen – Befugnis.«

»Ich werde noch heute auf die Insel fahren und die Mutter verständigen«, sagte Rickmer entschlossen.

»Tun Sie das. Dazu sind Sie ja ausgebildet und befugt. Jedem das seine, hat mein Vater immer gesagt.«

»Sie melden sich dann morgen?«

»Genau … ach, und beinahe hätte ich es vergessen.«

»Ja?«

»Wollen Sie meine persönliche Einschätzung, auch wenn das in diesem frühen Stadium der Obduktion lediglich als Theorie anzusehen ist?«

»Ich bitte Sie, Herr Professor. Alles, was hilft, das …«

Hahn fiel dem Hauptkommissar ins Wort. »Das Mädchen muss sehr unzufrieden mit seinem Leben gewesen sein.« Der Arzt schwieg wieder.

Nein, jetzt bloß kein neues Rätsel, dachte Rickmer und spürte ein heftiges Verlangen nach einer verbotenen Zigarette. Verdammt. Er war seit fast drei Wochen clean und mächtig stolz darauf, genau wie seine Frau. Aber ein totes Mädchen in der Nordsee zerrte offenbar so an seinen Nerven, dass sich die Sucht wieder meldete. Er seufzte und fragte: »Was soll denn das wieder heißen?«

»Nun, ich habe diese Frage erwartet«, sagte der Professor. »An den Oberarmen befinden sich beidseitig Schnittverletzungen, die in ihrer Verursachung unterschiedlich datieren. Will sagen, das Mädchen ritzt sich mit einem scharfen Gegenstand selbst die Haut auf. Den Vernarbungen nach zu urteilen, seit knapp einem Jahr.«

»Selbst?«

»Ja, das ist ersichtlich. Sind typische Merkmale von jemandem, der am Borderline-Syndrom leidet. Keine Treibspuren. Alle älteren Datums. Das hat sie sich mit der jeweils freien Hand selbst angetan. Oft werden Rasierklingen benutzt. Könnte passen von der Breite des vernarbten Gewebes.«

»Das wird ausgelöst durch Depressionen, oder?« Rickmer hatte bereits von diesem Syndrom gehört.

»Na ja, das wäre zu einfach erklärt. Aber Depressionen sind immer Teil von jemandem, der an Borderline erkrankt ist. Entscheidend ist das Symptom der Selbstverletzung, das in fast allen Fällen mit der Krankheit einhergeht. Aber das sind Leiden der Lebenden, nicht mein Gebiet. Fragen Sie einen Psychotherapeuten. Möglich ist ja, dass das Mädchen einen hatte auf der Insel.« Hahn lachte. »Obwohl, dann kann der sein Handwerk nicht verstanden haben, so wie sie da vor mir liegt jetzt … oh … Entschuldigung, unpassend, sorry.« Er räusperte sich. »Manchmal vergesse ich, dass Tote gelebt haben. Sie sind für mich dann sachlich wie ein Arbeitsgerät. Verstehen Sie, Herr Rickmer?«

»Ja«, sagte der Hauptkommissar, weil er einfach keine Lust verspürte, das Gespräch mit einem Nein in eine erneut polemische Bahn zu lenken. Er wollte schnell weiterkommen, ermitteln … rauchen.

»Ich schätze, das arme junge Mädchen war schwer depressiv«, sagte Hahn in nun ansatzweise emotional wirkendem Tonfall. »Das kann ich sagen, auch ohne irgendwas über ihr Leben zu wissen. Ist das nicht toll, was einem Leichen alles erzählen?«

»Nein, ist es nicht«, sagte Rickmer schroff.

»Mensch, Herr Kommissar. Sie wissen doch, was ich damit sagen will! Das ist nicht unwichtig für Sie.«

»Keine Ahnung. Ja … nein. Sie sprechen in Rätseln. Aber ja, ich vermute, Sie sind der Ansicht, die Todesursache könne auch Selbstmord gewesen sein?«

»Genau. Sehen Sie, meine Rätsel bringen Sie weiter.« Der Professor kicherte leise. »Übrigens witzig, dass Sie das erwähnen. Meine Frau und mein Assistent Kolbe behaupten auch immer, dass ich in Rätseln spreche. Dabei habe ich doch eine recht klare Ausdrucksweise.«

»Nun, lassen wir das einfach mal dahingestellt«, sagte Rickmer. »Was mich viel mehr interessiert, ist: Kann man sich denn überhaupt selbst ertränken?«

»Oh, aber natürlich.« Der Professor lachte laut. »Schauen Sie doch nach Indien. Da ist die Todesursache Suizid durch Selbstertränkung alltäglich und besonders beliebt. Ein Ritual oder so was.«

»Aha.«

»Stichwort Fluss Ganges. Will sagen, in der Badewanne oder in einem ruhigen See wird es schwer, sich selbst so zu kontrollieren, dass man dem natürlichen Überlebensdrang nach Sauerstoff widerstehen kann. Wenn man sich da nicht mit irgendetwas beschwert, wird man wohl oder übel wieder auftauchen.«

»Stimmt.« Beim Gedanken an ertrinkende Menschen und dabei zerberstende Lungen spürte Rickmer ein Stechen im Brustkorb und entschied sich, das mit den Kippen vielleicht doch besser sein zu lassen. *Ein so lebenswichtiges Organ sollte man schützen.*

»Herr Kommissar?«

»Ja, bitte. Fahren Sie fort!«

»Nun, aber in einem reißenden Strom wie dem Ganges in Indien zum Beispiel: Also, wenn man da einmal reinspringt aus lauter Lebensunlust und es sich dann doch noch anders überlegt, hat man schlechte Karten. Noch viel schlechtere hat man übrigens in Gewässern, welche durch Gezeiten geprägt sind. Da ist die Nordsee bei Ihnen oben wohl ein Paradebeispiel.«

»Inwiefern?«

»Das müssten Sie doch wissen. Wenn man aus Dummheit bei ablaufendem Wasser zu weit aufs Meer hinausschwimmt, dann kommt man nicht lebend zurück. Passiert ja nicht selten, so ein tragischer Badeunfall.«

»Das stimmt.«

»Sehen Sie, Herr Kommissar. Und da ist dann auch kein relevanter Unterschied mehr. Ein Lebensmüder kann genauso absichtlich zu weit hinausschwimmen. Ist in beiden Fällen das Gleiche. Die Strömung entscheidet, ob das Menschlein ertrinkt, der Grund ist ihr egal. Ob nun dumm oder depressiv: Da macht das Meer keinen Unterschied.«

»Da mögen Sie recht haben«, sagte Rickmer und fand es schlüssig, wie der Arzt die Zusammenhänge erklärte. Obwohl es schon fast in den Bereich der Philosophie fiel.

»Ich habe meistens recht.« Irgendwie schaffte es Hahn, gleichzeitig zu summen und zu lachen. »Fragen Sie die Mutter der Toten nach psychischen Auffälligkeiten ihres Kindes, und Sie werden sehen!«

»Danke … ach, eine Sache noch«, sagte Rickmer.

»Gerne.«

»Der Fundort war nach Angaben der Marine etwa zwei Kilometer südlich von Norderney. Das heißt aber nicht, wenn ich das jetzt mit Treibspuren und dem, was Sie erzählt haben, vergleiche, dass Merle auch ins zum Festland gelegene Wattenmeer gelaufen oder geschwommen sein muss?«

»Nein. Das heißt es sicher nicht«, antwortete Hahn. »Das Meer spuckt die Menschen, die es verschluckt hat, da aus, wo es möchte. Macht es mit den armen Quallen und leckeren Krebsen doch auch. Will sagen, das Mädchen trieb je nach Strömung mit einer Geschwindigkeit zwischen etwa zehn und zwanzig Knoten in den Wellen umher. Hätte also in den nächsten Tagen auch am Strand einer anderen Nordseeinsel gefunden werden können. Oder in ein paar Wochen an der britischen Küste. In ein paar Monaten sogar schon in …«

»Danke. Ich glaube, das reicht mir fürs Erste«, unterbrach Rickmer und steckte sich vor lauter Aufregung einen Kaugummi in den Mund, dessen Papier er bereits eine Weile bearbeitet hatte. Er wollte sich auch diese Ersatzbefriedigung abgewöhnen, denn mittlerweile schmerzte sein Kiefer, was den Spannungskopfschmerz, den er hatte, seit er sich offiziell Nichtraucher nannte, merklich verschlimmerte.

»Verzeihung, ich bin abgeschweift«, sagte der Professor, und Rickmer hörte ein leises Schlucken in der Leitung. »Mache mir auch meine Gedanken. Ist ja nicht leicht, bei so einem jungen Ding. Aber um das zu konkretisieren: Sie kann von jedem Punkt von Norderney aus ins Wasser gesprungen, gelaufen, geschwommen oder gestürzt sein. Ob sie jetzt zwei- oder dreimal um die Insel getrieben ist, bevor sie die Ebbe im Watt freigegeben hat, kann ich nicht sagen. Ich fürchte, das wird auch kein Naturwissenschaftler, Geologe oder Meeresforscher errechnen können. Manchmal sind wir halt gegen die Naturgewalten machtlos, und manches ist unerklärlich. Was das Mädchen betrifft, wünsche ich Ihnen viel Glück bei den Ermittlungen.«

Es knackte in der Leitung. Fast hätte sich Rickmers Meinung über Hahn leicht ins Positive gewandelt. Seine Informationen und vor allem seine Einschätzung hatten sich als äußerst hilfreich erwiesen, er hatte annähernd Menschlichkeit aufblitzen lassen, war zwischendurch sogar in einen beinahe normalen Jargon verfallen. Aber dann wieder auflegen, ohne Tschüss zu sagen. Er ist und bleibt ein merkwürdiger Typ, aber in diesem Fall wichtig, dachte Rickmer und machte sich gleichzeitig bewusst, dass Persönlichkeit und Marotten des Rechtsmediziners in der nächsten Zeit sein geringstes Problem sein würden.

Der Hauptkommissar schob sich den Kaugummi in den Mund und spürte ein Stechen am unteren, hintersten Backenzahn. Gedankenversunken schaute er aus dem Fenster auf den Teich, der in der Mitte des kleinen, rot gekachelten Innenhofes des Nordener Polizeikommissariates lag. Der streunende rote Kater, der sich seit Wochen aufs Gelände schlich, versteckte sich hinter einer Bank und visierte aufgeregt eine Ente an, die sich vor dem Wasser die Federn putzte. Er würde sie auch dieses Mal nicht erwischen. Rote Haare! Einfach tragisch. Bis zuletzt hatte Rickmer gehofft, dass man das Kind lebend aufspüren würde. Schließlich war er innerhalb der ersten vierundzwanzig Stunden nach dem Verschwinden des Teenagers informiert worden, und er wusste, dass die Erfolgsaussichten, die Vermissten wohlbehalten aufzufinden, in solchen Fällen in der Regel, und vor allem bei Minderjährigen, bei neunundneunzig Prozent lagen. Zumindest war es ihm in seiner vierzig Jahre dauernden Polizistenlaufbahn noch nicht untergekommen, dass ein gesuchtes Kind nicht lebend wieder aufgetaucht war.

Rickmer griff zum Hörer und benachrichtigte den Einsatzleiter der Polizeihundertschaft, die seit achtundvierzig Stunden Norderney und das angrenzende Küstengebiet von Norden bis Esens nach dem Mädchen absuchte. Er ließ den Einsatz für beendet erklären. Seine Sorge galt nun der Möglichkeit, dass Merle, trotz der Einschätzung von Professor Hahn, einem Gewaltverbrechen zum Opfer gefallen sein könnte. Es würde zwar weniger Arbeit für ihn bedeuten, aber auch der nach dem geführten Telefonat gut vorstellbare Selbstmord würde ihm zu schaffen machen. Merle war auf dem Norderneyer Skateplatz verschwunden. Nach peniblen Recherchen hatte er nahezu ausschließen können, dass sie auf einer der Fähren, die seither die Nordseeinsel verlassen hatten, mitgefahren war. Aber wie war sie ins Meer gelangt?

Rickmer wollte die arme Mutter nicht im Unklaren lassen, sie aber auf keinen Fall telefonisch informieren. So entschloss er sich, umgehend nach Norderney überzusetzen und Gesa Onken, die dort ein kleines Teegeschäft führte und ihre Tochter alleine aufgezogen hatte, persönlich aufzusuchen. Er würde heute Abend die letzte Fähre zurück nehmen, notfalls bis zum nächsten Morgen bleiben. Wieder bekam er Sodbrennen, angesichts der furchtbaren Aufgabe, die ihm bevorstand. Es gab nichts Schlimmeres für einen Polizeibeamten, als Eltern die Nachricht überbringen zu müssen, dass ihr Kind tot war. Er würde Frau Onken bitten müssen, ihm Zutritt zum Zimmer ihrer Tochter zu gewähren. Rickmer war klar, dass die Ermittlungen jetzt so richtig Fahrt aufnehmen würden. Sorgen bereitete ihm auch schon die Presse, die schnell unangenehme Fragen stellen würde.

Während der kurzen Autofahrt zur Fähre hielt der Hauptkommissar an der einzigen Tankstelle im Umkreis von zwanzig Kilometern und kaufte zum ersten Mal seit drei Wochen nicht Kaugummis, sondern filterlose Zigaretten. Wenn seine Frau oder sein Arzt das herausbekommen sollten, würden sie ihm die eheliche und medizinische Hölle heiß machen. Aber das hier war eine außergewöhnliche Situation, die seine uneingeschränkte Aufmerksamkeit verlangte. Wenn die Kippen dabei halfen, sollte ihm das heute nur recht sein.

5. DER MENSCH IN DER KISTE

Er würde bald sterben, daran gab es für den Menschen in der Kiste keine Zweifel mehr. Er war bewegungslos, orientierungslos und er hörte nichts. Ihm war nicht warm und er fror nicht. Weder verspürte er Hunger noch Durst. Das Einzige, was er hin und wieder sah, waren kleine, bunte Punkte, die um seinen Kopf wirbelten und sich in winzige tanzende Wesen verwandelten. Grüne Feen, gelbe Clowns, blaue Zwerge. Alle hatten sie lange rote Haare. Sie sprachen nicht mit ihm, beantworteten ihm keine Fragen. Glotzten nur dumm, tanzten und zerplatzten dann, nur um wenig später an anderer Stelle erneut zu entstehen. Es müssen wohl insgesamt Dutzende sein, dachte der Mensch, aber auf die Namen, die er immer wieder in die dumpf klingende Finsternis schrie, reagierten sie nicht. »Dortje? … Tjard?« Wer waren die beiden, was hatten sie mit ihm zu tun, und wenn weder er noch die tanzenden Wesen sie kannten, was nutzten die Rufe dann?

Lange hatte er gebraucht, um festzustellen, dass diese Erscheinungen nicht real sein konnten. Doch waren sie physisch anwesend? Schwirrten sie vor oder über oder nur *in* seinem Kopf herum?

Stundenlang hatte er sich gefragt, wie er in die Grube gelangt war, in der er jetzt kauerte wie ein Nichts. Namenlos, identitätslos, gesichtslos.

Es roch ein wenig nach feuchtem Dreck oder Moder, so war er bald davon ausgegangen, dass er sich unter der Erde befinden musste. Die Hände waren zwar gefesselt, aber den Kopf konnte er ein paar Zentimeter anheben oder nach hinten drücken, bis er an etwas Hartes stieß. Daraufhin rieselte dann eine Substanz von oben herab auf sein Gesicht. Vom Geschmack her Sand oder Erde, dachte der Mensch, der auch auf der anderen Seite mit den Füßen ein paar Zentimeter vorrutschen konnte, bis er gegen das Hindernis stieß. Ein paarmal hatte er es geschafft, die tanzenden Wesen vor seinem Auge irgendwie zu ignorieren. Dann hatte er etwas klarer denken können. So war er zu der Erkenntnis gelangt, dass er sich in nichts anderem als in einer Holzkiste befinden konnte, die vom Umfang wenige Zentimeter größer zu sein schien als er selbst. Und sollte er also in einer Kiste liegen, und das unterirdisch, so müsste er sich, wenn man es logisch bedachte, in einem Sarg befinden. Und Menschen, die das taten, waren in der Regel tot. Er aber konnte schlecht gestorben sein, denn sonst würde er die Erde, die sein Gefängnis umhüllte, ja auch nicht mehr riechen können. Oder doch? So jedenfalls hatte er sich das Jenseits nicht vorgestellt, und er mochte nicht so recht glauben, dass er es mit diesem zu tun hatte. Er entschied, dass er nicht tot war. Das leitete er auch daraus ab, dass er bemerkte, wie sowohl sein Körper als auch sein Geist immer schwächer wurden. Das Herz schlug stetig langsamer, und der Mensch in der Kiste bekam kontinuierlich schlechter Luft. Panische Angst hatte er gehabt, als er sich zum ersten Mal hier unten – vermutlich vor vielen Stunden – gespürt hatte. Doch auch die war längst gewichen, sein Körper einfach zu schwach geworden. Es kam ihm vor, als wollte er sich das letzte bisschen Sauerstoff, das er hier noch einatmen konnte, aufbewahren für die finale Frage, die ihn noch quälte: *Wer bin ich?*

Um das Rätsel zu lösen, musste er wissen, nach wem er rief. Wer war Dortje und wer Tjard? Er schrie doch nach ihnen, mal laut, mal leise, manchmal vielleicht nur in Gedanken. Jedes Mal, wenn er sie gerufen hatte, wurde er trauriger und verzweifelter, aber es setzte sich kein Bild zusammen. Konnte das denn sein, dass er sich selbst rief? Und wenn ja, wer von ihnen war er? Das wäre doch was, wenigstens zu wissen, wer man gewesen war, wenn man denn schon sterben musste. Vor ein paar Stunden in etwa hatte für ihn die wichtigste Frage darin bestanden, herauszufinden, wie er aus seinem Kerker herauskommen könnte. Als er gemerkt hatte, dass er es alleine auf keinen Fall schaffen würde und die Hoffnung bald geschwunden war, jemand könne ihm zu Hilfe eilen, hatte er angefangen, darüber nachzugrübeln, wie er hier überhaupt hineingekommen war. Auch darauf fand er keine Antwort. Er war nicht in der Lage, sich an irgendetwas zu erinnern, das mit seiner Person zu tun hatte. An Alltägliches ja – das war schon möglich. Trump war Präsident geworden. Deutschland Weltmeister. Die Twin Towers eingestürzt.

Deutschland wieder Weltmeister. Die Mauer gefallen. Die Mauer gebaut.

Anfangs hatte ihn die chronologische Betrachtung der Zeitgeschichte beruhigt, und er hatte gedacht, er könnte dadurch ungefähr einschätzen, wie alt er war. Er hatte gemeint, vielleicht müsste er Mitte sechzig sein oder Anfang siebzig. Zu früh zum Sterben, definitiv. Aber immerhin würde er dann nicht jung aus dem Leben scheiden.

Später war ihm in den Sinn gekommen, wie russische Panzer auf Berlin zurollten, wie Hitler an die Macht geraten war, dass Bismarck gestorben war. Die Republik wurde ausgerufen, und der Dreißigjährige Krieg ging zu Ende. All das war gleichermaßen lebendig in seinem Geiste. Aber er konnte ja nicht dreihundertsiebzig Jahre alt sein. Das war irreal und unglaubwürdig, so wie die kleinen tanzenden Figuren mit den roten Haaren. Also hatte er den Bildern von waghalsigen Wagenrennen im römischen Kolosseum, von der Eiszeit und den sterbenden Dinosauriern keine Beachtung mehr geschenkt. Er hatte sich soeben auch damit abgefunden, dass er sein Alter nicht mehr erfahren würde.

Starb er überhaupt eines natürlichen Todes und hatte er sich die Situation, in der er sich befand, selbst eingebrockt? *Oder hat mich jemand eingesperrt?* Dann würde er ermordet werden.

Aber wer zum Henker war er denn bloß? Wie war sein Name? War er überhaupt Frau oder Mann? Dortje oder Tjard? Dem Menschen in der Kiste kam plötzlich eine verrückte Idee. Was, wenn er an etwas Sexuelles dachte, um zu spüren, ob er männlich oder weiblich war.

Er versuchte es und stellte sich alles vor, was ihm zum Thema Sex in den Sinn kam. Doch nichts davon törnte ihn an. Er spürte absolut keine Regung. Als Mann hätte er doch eine Erregung merken müssen? Körperlich? Oder war er eine Frau und hatte nie eine Ahnung gehabt, wie es sich anfühlte, wenn ein Mann erregt war? Auch diese Frage nach seinem Geschlecht sollte unbeantwortet bleiben, und so rief er noch einige Minuten oder vielleicht auch Stunden, mal laut, mal leise, mal in Gedanken: »Dortje? … Tjard?«

Irgendwann wurde er immer trauriger, meinte sogar zu weinen. Dann hörte er sich nicht mehr. Die Wesen verschwanden. Nur noch Dunkelheit. Sein Herz schlug nicht mehr, und dann war alles weg. Der Mensch in der Kiste war tot und hatte nicht in Erfahrung bringen können, wer er gewesen war.

6. DIE ANRUFERIN

Hallo, hier ist Gesa.«

Weder mit dem Namen, den die Anruferin nannte, noch mit ihrer Stimme konnte Hauptkommissar Kummer etwas anfangen. Gerade hatte er sich, nach einem anstrengenden Tag bei der Kripo Bremen, ein Bier gönnen und die Champions League schauen wollen. Dann hatte das Festnetztelefon geklingelt. Allein das hatte ihn gewundert, denn diese Leitung war lange nicht mehr angerufen worden.

»Beate ist heute beim Tennis, wenn Sie die sprechen wollen«, sagte Carsten anstelle einer Begrüßung in den Hörer des mobilen Gerätes.

»Beate, ist das deine Frau?« Die Stimme klang sanft und freundlich, aber noch immer hatte er keinen Schimmer, mit wem er es zu tun hatte.

»Wenn Sie es nicht wissen, weiß ich nicht, was Sie das angeht. Ich will nicht unhöflich sein, aber Sie duzen mich, und ich weiß gerade nicht, was ich mit Ihrem Namen anfangen soll. Gesa und weiter?«

»Gesa Onken. Es ist lange her, Carsten.«

»Moment«, sagte Carsten. Ein seit Ewigkeiten vergessenes Gesicht erschien vor seinem inneren Auge. Kann das sein? »Doch nicht etwa Gesa Onken aus Norderney?«

»Genau. Du erinnerst dich wenigstens.«

»Ja. Aber das ist … äh … wie lange ist das her? Zwölf, dreizehn Jahre?«

»Bald sind es sechzehn Jahre, seit du unsere Beziehung beendet hast.« Die Frau am Telefon hörte sich jetzt vorwurfsvoll an. Als Beziehung hätte Carsten die vielleicht sechs Wochen andauernde Affäre, die er mit seiner damaligen Kollegin auf Norderney gehabt hatte, nie bezeichnet. Klar, es war eine aufregende Zeit gewesen, hatte aber mit Liebe nichts zu tun gehabt. Gesa war Angestellte in derselben Bar gewesen wie er. Ein Job in seinen Semesterferien, als er noch auf der Polizeischule gewesen war. Es war zu lange her, und in der Zwischenzeit war so viel vorgefallen, dass er sich nicht mal mehr an den Namen der Bar erinnern konnte.

»Das ist wirklich eine ganze Weile her, damals im …«

»Riverboat«, ergänzte Gesa. »Gibt es schon lange nicht mehr. Ist aber auch nicht schade drum.«

»Eine tolle Zeit war das«, sagte Carsten und dachte dabei vor allem an den wilden und ständigen Sex, den er mit der jungen rothaarigen Insulanerin erlebt hatte, die er jetzt ganz offensichtlich am Apparat hatte. Sein eigenes Sexleben war schon vor Jahren eingeschlafen. Gesa hatte sich in ihn verliebt, für Carsten war aber immer klar gewesen, dass es mit ihnen nur so lange halten würde, wie er auf der Insel jobbte. Schließlich hatte er Beate damals bereits gekannt. Die Liebe seines Lebens. Er erinnerte sich, dass Gesa ihm eine wahnsinnig unangenehme Szene gemacht hatte, als er ihr einen Tag vor seiner Heimreise nach Bremen erzählen musste, dass die Bindung keine Zukunft haben würde. Einige Male hatte sie noch versucht, ihn anzurufen, Briefe und Mails geschrieben. Aber nach spätestens ein paar Wochen hatte er nie wieder etwas von ihr gehört und auch nicht mehr an sie gedacht.

»Carsten?«

»Entschuldigung, Gesa. Aber darf ich dich direkt fragen, was ich für dich tun kann? Du rufst doch sicher nach all der Zeit nicht an, um ein bisschen übers Riverboat zu plaudern?«

»Nein, ganz bestimmt nicht«, sagte Gesa mit merkwürdig gepresster Stimme.

»Was ist es dann? Wie du eben gehört hast, bin ich verheiratet, und zwar sehr glücklich.«

»Schon okay«, unterbrach ihn Gesa. »Hast du auch Kinder?«

»Nein, wieso?«, fragte Carsten. »Was geht dich das überhaupt an?« Ein unangenehmes Thema für Carsten, er hatte sich immer Kinder gewünscht, doch Beate hatte keine bekommen können. Es hatte Überlegungen gegeben, eines zu adoptieren, aber das hatte sich dann nie ergeben. Nun lebte er damit, dass er kinderlos bleiben würde.

»Keine Sorge, reg dich nicht auf«, sagte Gesa. »Ich will nichts von dir, und dein Privatleben geht mich nichts an, du hast recht. Ich bin lange drüber hinweg. Es ist nur … es ist etwas Furchtbares passiert.« Gesas Stimme stockte, Carsten hörte ein Schluchzen in der Leitung, das er zu ignorieren versuchte, und wartete, bis sie fortfuhr. »Ich weiß, dass du ein guter Kriminalbeamter geworden bist. Es steht ja einiges über dich in der Online-Presse.«

»Ja. Danke«, sagte er. »Kann sein. Aber ich ermittele nicht privat. Wohnst du überhaupt noch auf der Insel? Gibt es da Probleme?«

»Ja, ich bin immer hiergeblieben. Ich weiß, dass du in einem anderen Bundesland tätig bist.« Sie schien sich beruhigt zu haben, doch ihre Stimme zitterte noch. »Die Kripo Norden hat sich um den Fall gekümmert. Ihn aber abgeschlossen, obwohl er das nicht ist. Das musst du mir glauben. Aber sie machen einfach nichts. Ich bin wirklich am Ende und brauche dringend Hilfe.« Jetzt weinte sie.

»Okay, okay. Beruhige dich, ja?«, sagte Carsten, der weinende Frauen nicht ertragen konnte.

»Ich versuche es. Es ist aber einfach so furchtbar.«

»Möchtest du erzählen?« Er lief mit dem Telefon ins Wohnzimmer und stellte den Fernseher auf lautlos. Sein Team lag null zu eins hinten. Scheiße. Er ging in die Küche, öffnete den Kühlschrank und schnappte sich eine Flasche Bier. Einen kräftigen Schluck trank er, dann sagte er: »Erzähl, was dich belastet, wenn du schon anrufst. Mein Klub liegt zurück.«

»Klub?«

»Egal. Also, bitte …«

»Aber ich weiß nicht, wo ich anfangen soll! Carsten, meine Tochter ist vor fünf Wochen gestorben.«

»Oh, das tut mir leid«, sagte er, fragte sich jedoch im gleichen Moment, was ihn das anging. »Du hast also ein Kind bekommen? Wie alt ist sie? Ähm, war sie?«

»Fast fünfzehn. So ein hübsches Mädchen. Ganz rote Haare, so wie ich. Ich wünschte, du hättest sie kennengelernt. Es tut mir so leid.«

»Ich verstehe nicht ...« Für Carsten schlug das Gespräch eine sehr merkwürdige Richtung ein, auf die er so gar keine Lust hatte. »Du meintest doch vorhin, dass das mit uns fast sechzehn Jahre her ist. Wie hätte ich sie denn kennenlernen sollen? Und später haben wir doch absolut nichts mehr miteinander zu tun gehabt.«

»Du verstehst es wirklich nicht, oder?«

»Nein.« Carsten lief nervös im Wohnzimmer zwischen TV-Gerät und Kamin hin und her. »So traurig das ist mit dem Tod deiner Tochter, was hat das mit mir zu tun? Warum rufst du *mich* an?«

»Carsten. Merle hat deine blauen Augen. Verstehst du? Sie war *dein* Kind.« Sie wartete einen Moment. »So, nun ist es raus, und ich schäme mich.«

Der Kommissar spürte einen heftigen Stich im Brustkorb, er blieb abrupt stehen, und sein Kreislauf sackte ab. Wenn ihn das Klirren der Bierflasche, die ihm aus der Hand gefallen war, nicht erschreckt hätte, er wäre wohl ohnmächtig geworden. Er fasste sich an die Brust und musste den Schlips lockern, um überhaupt noch Luft zu bekommen. Erlaubte sich diese Frau einen Spaß mit ihm? Das konnte sie doch nicht ernst meinen? Für einen Moment überlegte er, einfach aufzulegen, drückte aber weiter den Hörer fest an sein Ohr und hörte Gesas Schluchzen zu. Er öffnete den Mund, wollte etwas sagen oder fragen, wusste aber nicht, was.

»Es tut mir alles so leid. Ich war so verletzt damals und musste dich einfach nur vergessen. Ich war ja schon drüber weg, als ich erfahren habe, dass ich schwanger bin. Ich wusste, du würdest nicht zu mir zurückkommen auf die Insel. Und du sagtest, du hättest eine andere.«

»Du meinst das alles ernst, ja? Das ist jetzt kein böser Streich oder so was?«

»Hört sich das etwa so an?«

Er war nicht in der Lage, zu antworten, fiel mit dem Hörer in der Hand auf die Ledercouch und wollte irgendwie versuchen, die wirren Gedanken zu ordnen.

»Hallo? Carsten?«

»Ich bin noch dran, brauche mal einen Moment«, sagte er und überlegte weiter. Haute das zeitlich überhaupt hin? Wäre das theoretisch möglich? Was sollte er Beate sagen? »Vorausgesetzt, das stimmt alles ...«

»Es ist wahr. Du kannst jederzeit einen Vaterschaftstest machen.«

»Das werde ich tun müssen. Sagen wir mal so, ich bin gerade total geschockt, und das bin ich nicht oft.«

»Das kann ich verstehen«, antwortete Gesa. »Und ich würde heute alles anders machen. Was glaubst du, wie oft ich den Hörer in den letzten sechzehn Jahren in der Hand hatte und dann doch nicht angerufen habe aus Angst und Scham. Je älter sie wurde, desto schwerer wurde es. Merle hat aber ständig nach dir gefragt.«

»Das will ich jetzt nicht wissen«, schrie Carsten in den Hörer. Sein Puls raste wie verrückt. »Kapierst du?«

»Entschuldigung.« Gesa weinte erneut.

»Hör auf zu heulen. Was soll ich denn sagen? Warum sagst du es mir jetzt, wo sie tot ist?«

»Na ja, erstens, weil ich nach ihrem Tod ein so schlechtes Gewissen bekommen habe und ich, wenn ich an ihrem Grab stehe, einfach merke, dass ich ihr das noch schulde.«

»Aha, ihr also.«

»Euch beiden natürlich.«

»Und zweitens?«

»Weil sie unter merkwürdigen Umständen gestorben ist.«

»Ja, woran eigentlich?« Carsten fühlte, wie Übelkeit in ihm aufstieg. Das passierte wohl den wenigsten Vätern, dass sie gleichzeitig von der Geburt und dem Tod ihres Kindes erfahren mussten. Was für ein Wahnsinn! Und das, wo er sich immer ein Kind gewünscht hatte. Was für eine Ironie des Schicksals!

»Man hat sie tot aus dem Wasser gezogen. Die Kripo Norden hat erst gemeint, es sei ein Unfall gewesen, aber dann war sie sich plötzlich sicher, dass Merle Selbstmord begangen hat. Aber das hat sie garantiert nicht.«

»Sondern?«

»Es gibt zig Hinweise darauf, dass sie in der Schule gemobbt wurde, unzählige Einträge dazu in ihrem Tagebuch. Ein Junge hat ihr sogar mehrfach den Tod angedroht. Und ihre Mitschüler verhalten sich sehr sonderbar, nach ihrem Tod erst recht. Da ist mehr passiert, wirklich. Es gibt einfach zu viele Ungereimtheiten, was die Todesumstände betrifft.«

»Ich nehme an, die zuständige Kripo hast du über deine Vermutungen in Kenntnis gesetzt?« Carsten setzte sich auf und versuchte, zu seiner üblichen Professionalität zurückzufinden.

»Über alles und immer wieder. Sie haben Namen der Verdächtigen und auch das Tagebuch von Merle. Aber sie bleiben dabei, dass sie Suizid begangen hat. Einfach absurd ist das.«

»Und, was meinst du, was ich jetzt tun könnte?«

»Du bist der Einzige, der helfen kann. Der Polizist auf der Insel hier ist auch befangen.«

»Das ist doch Quatsch. Wieso denn das?«

»Du musst kommen, Carsten. Ich werde dir alles erzählen. Du kannst auch das Grab deiner Tochter besuchen und dir anschauen, wie sie gelebt hat, und wirst merken, dass sie sich nicht selbst getötet hat.«

»Das Grab ansehen?« Carsten musste plötzlich würgen. »Du stellst dir das alles sehr einfach vor. Ich soll jetzt, wo meine angebliche Tochter tot ist, kommen, sie kennenlernen und mich an ihrem Grab von ihr verabschieden? Ohne sie auch nur einmal gesehen, geschweige denn von ihrer Existenz überhaupt gehört zu haben? Und dann auch noch die Ermittlungen von den niedersächsischen Kollegen infrage stellen? Das ist sehr, sehr viel verlangt, meine liebe Gesa.«

Sie schniefte. »Bitte überleg es dir wenigstens.«

»Wie heißt der Kommissar in Norden, der den Fall aufgenommen hat?«

»Warum fragst du?«

»Wenn ich mich damit beschäftigen soll, muss ich mit ihm Kontakt aufnehmen, das ist dir doch wohl klar?«

»Ja, aber …«

»Der Name!«

»Okay. Kriminalhauptkommissar Gerd Rickmer, Polizeikommissariat Norden. Du findest die Nummer im Telefonbuch. Online, überall.«

»Gut. Dann werde ich den Kollegen Rickmer in den nächsten Tagen anrufen und mal sehen, was da los ist.«

»Bitte, mach schnell!«

»Das musst du schon mir überlassen. Ich will das jetzt erst mal sacken lassen, verstanden?«

»Du meldest dich dann bei mir?«

»Ja, verdammt.«

»Ich danke dir, Carsten. Ich will versuchen, es irgendwie gutzumachen.«

»Die Chance hast du sechzehn Jahre lang gehabt. Aber ja, bevor du jetzt erneut fragst oder weiterheulst oder -bettelst: Ich werde mich melden und dir meine Entscheidung mitteilen, ob ich nach Norderney komme.«

»Danke.«

»Ich erreiche dich unter der Nummer, die ich hier im Display habe?«

»Ja, das ist meine Handynummer. Ich bin immer und jederzeit für dich erreichbar.«

»Na gut. Ich hoffe, du erwartest kein Danke für die leicht verspätete Auskunft?«

»Nein, aber *ich* danke dir von Herzen.«

»Gut, dann tschüss und bis demnächst.« Carsten drückte die Taste, die das Gespräch beendete, und hob gedankenversunken die Glasscherben vom Boden auf, brachte sie in den Mülleimer in der Küche und wischte dann über den klebrigen Parkettboden. Den Fernseher schaltete er aus und vergaß dabei, auf den Spielstand zu achten. Was sollte er nun tun? Erst mit Beate sprechen oder mit dem Kollegen aus Norden? Er schaute auf die Uhr, seine Frau würde erst in zwei Stunden zu Hause sein. Er suchte in dem massiven Eichenholzschrank nach Spirituosen, die Beate in den untersten Schubladen einsortiert hatte. Die meisten waren Mitbringsel von Gästen, zum Wiederverschenken bei Gelegenheit. Carsten trank zwar gerne Bier, aber Hochprozentiges vertrug er absolut nicht. Es war wie eine Allergie, er hatte sich schon nach wenigen Gläsern nicht mehr unter Kontrolle, litt dann an Filmrissen und tat Dinge, die ihm ernsthaft schaden konnten. Schon lange hatte er deswegen keinen Schnaps oder Ähnliches mehr angerührt. Jetzt aber brauchte er etwas, um zu vergessen, nur für den Moment. Er schnappte sich eine Flasche Whisky, ging damit in die Küche, schüttete Eiswürfel und den Malt in ein Weizenglas, setzte sich an den Tisch, trank schnell und grübelte langsam.

Als Beate zweieinhalb Stunden später heimkam und ihren Mann mit einer halb leeren Flasche Whisky in der Küche vorfand, wusste sie gleich, dass etwas ganz und gar nicht stimmte. Wie er da hing über dem Tischtuch, mit zerzausten Haaren und im Unterhemd … das war verstörend, beunruhigend. Carsten war ihre große Liebe, vom ersten Augenblick an, als sie sich damals auf einer Party in Bremen kennengelernt hatten. Und daran hatte sich bis heute nichts geändert. Carsten war ehrlich, treu, überaus verlässlich, einfach ein guter Mensch und Ehemann. Sie hockte sich neben ihn. »Armer Schatz«, sagte sie, und er hob den Kopf.

Mit leerem Blick starrte er sie an. Sie bemerkte, dass er geweint hatte und nicht gleich reden konnte. Eine Weile setzte sie sich einfach auf seinen Schoß und streichelte ihm die Brust. Er trank noch ein Glas, sie ließ ihn. Dann erzählte er ihr lallend alles, was er erfahren hatte. Sie nahm ihren Mann in den Arm, tröstete ihn und begleitete ihn dann ins Bett. Ihren eigenen Schock über das, was er ihr mitgeteilt hatte, begrub sie, bis er eingeschlafen war. Dann begann auch sie zu weinen.

Als sie am nächsten Morgen erwachte, sah sie Carsten in blauen Boxershorts am Fenster stehen. Seine muskulösen Oberarme stützte er an der Scheibe ab.

»Du solltest schnell herausfinden, ob das alles stimmt«, sagte sie. »Und wenn es so ist, dann fahr nach Norderney. Versteh aber, dass du das ohne mich machen musst.«

Carsten drehte sich nicht um, nickte jedoch. Er hatte verstanden, und für Beate fühlte es sich richtig an.

Bereits am nächsten Tag rief der Bremer Kriminalkommissar von der Arbeit aus den überraschten Kollegen Gerd Rickmer in Norden an. Er setzte ihn von Gesas Anruf in Kenntnis und verriet auch ihm, dass sie erklärt habe, er sei der leibliche Vater von Merle Onken. Carsten bat um Rat, und Rickmer warnte ihn sogleich davor, dass Gesa seit dem Tod ihres Kindes mit schweren psychischen Problemen zu kämpfen habe und mittlerweile an Wahnvorstellungen leide. Es gebe kaum jemanden auf der Insel, den sie in den letzten paar Wochen nicht verantwortlich gemacht habe für Merles Tod. Dabei sei der Fall abgeschlossen, und Selbstmord stehe als Todesursache längst fest. Rickmer empfahl Carsten, bevor er dem Ganzen Glauben schenke, einen Vaterschaftstest zu machen. Er könne ihm über Professor Hahn aus Oldenburg ein Speichelprobenset zukommen lassen. Die Probe solle er einfach in die Rechtsmedizin schicken, dort werde sie dann mit Merles genetischem Code abgeglichen. Dann habe er Gewissheit und könne sich überlegen, ob er sich weiter mit Gesa auseinandersetzen wolle.

Carsten war einverstanden, und Rickmer leitete alles in die Wege. Drei Tage später faxte Professor Hahn die Ergebnisse des Vaterschaftstests in sein Büro. Mit zitternden Händen las er:

Herr Carsten Kummer besitzt in allen untersuchten DNA-Systemen die für den Vater des Kindes Merle Onken zu fordernden Erbmerkmale. Er kommt somit als Vater infrage. Dabei ergab sich eine Vaterschaftswahrscheinlichkeit von > 99.999 %.

Aufgrund der vorliegenden Untersuchungsbefunde und der biostatistischen Auswertung ist es praktisch erwiesen, dass Herr Carsten Kummer der biologische Vater des Kindes Merle Onken ist.

Er nahm die Nachricht gefasst auf, spürte weder Freude noch Wut oder ein anderes beherrschendes Gefühl. Die Sicherheit aber, zu wissen, dass er Merles Vater war, tat einige Momente später gut. Alles, was er von zu Hause aus hatte klären können, war erledigt. Sein Entschluss stand fest: *Ich fahre nach Norderney.* Bestimmt nicht, um die Todesursache infrage zu stellen oder um Gesa einen Gefallen zu tun. Nein, das wollte er nur für sich machen. Er musste wissen, wer Merle gewesen war, um sein eigenes Leben wieder in geregelte Bahnen lenken zu können. Er reichte kurzfristig bei seinem verständnisvollen Chef eine Woche Sonderurlaub ein, bat den Kollegen Rickmer darum, dass er ihn, bevor er auf die Insel übersetzte, in Norden aufsuchen dürfe. Er wollte selbst Einsicht in die Akten haben, ehe er sich Gesas

Version anhörte. Rickmer war einverstanden, hielt das sogar für eine ausgesprochen gute Idee.

Carsten buchte eine Pension auf Norderney und gab zuletzt Gesa Bescheid, dass er in ein paar Tagen anreisen würde. Sie nahm die Nachricht fast euphorisch auf.

Dann trat er eine Reise an, von der er noch nicht wissen konnte, dass es die schlimmste seines Lebens werden sollte.

7. EIN FATALES WIEDERSEHEN

Mit feuchten Händen öffnete Carsten das hüfthohe Metalltor des Inselfriedhofs an der Jann-Berghaus-Straße. Das rostige Scharnier quietschte und knarrte, und Carstens Herz schlug schneller. Als wäre ich in einem Horrorfilm, dachte der Kommissar und ließ den Blick über das Areal schweifen. Die ovalen Grabsteine aus schwarz glänzendem Granit reflektierten das helle Licht der warmen Nachmittagssonne und blendeten ihn. Er zog die graue Sportcap tiefer in die Stirn, vergrub die Hände in den Taschen seiner beigen Sweatjacke und ballte sie darin zu Fäusten. Es gab kein Zurück, er musste sich überwinden, durfte nicht zögern.

Gestern war Carsten spät auf Norderney angekommen, hatte in der Pension Neuhaus eingecheckt, noch zwei Bier getrunken und heute bis mittags geschlafen. Für ihn außergewöhnlich lange. Danach war er zwei Stunden am Meer entlanggelaufen, vom Weststrand bis zur weißen Düne. Als er sich dort in ein Restaurant gesetzt hatte, war er nach ständigem Hin und Her zur Entscheidung gelangt, Merle schon vor seinem am Abend verabredeten Treffen mit Gesa besuchen zu wollen. Die

Mutter seiner Tochter wolle etwas für ihn kochen, hatte sie ihm am Telefon gesagt. Doch Carsten hatte den ganzen Tag keinen Hunger gehabt und konnte sich kaum vorstellen, dass das nachher der Fall sein würde.

Er ging zur Mitte des Friedhofes und steuerte auf eine Wasserstelle zu, vor der sich ein halbes Dutzend Gießkannen stapelten. Es roch nach Blumen, Tannengrün, frisch gemähtem Rasen und Erde. Den linken Weg herunter stand eine ältere, dunkel gekleidete Dame und starrte auf ein Grab, während sie sich mit einem Taschentuch Nase und Mund zuhielt. Weiter hinten beschnitt ein Gärtner in grünem Arbeitsanzug eine Hecke. Der Pfad in der Mitte führte zu einer bescheidenen Kapelle mit roten Backsteinen und Schieferdach. Carsten überlegte kurz, ob er dort nach einem Wärter Ausschau halten sollte, der ihm Auskunft darüber geben konnte, wo Merle bestattet worden war. Doch er zögerte, als er den Kopf zum Weg wendete, der zu seiner Rechten lag. An dessen Ende fiel ihm eine rötlich schimmernde Skulptur auf. Er war nicht in der Lage, den Blick abzuwenden, und schritt wie hypnotisiert darauf zu. Außer dem dumpfen Knirschen, das seine Schuhe auf dem Kies verursachten, hörte er nichts. Kein einziger Vogel zwitscherte. Merkwürdig, so mitten am Tage. Zwar beruhigte sich sein Puls langsam, doch das Herz fühlte sich mit jedem Schritt, den er auf die Figur zuging, schwerer an. Ein paar Meter weiter erkannte er, was die Skulptur darstellte: eine aus Stein gefertigte, junge Frau kniete auf einem Sockel. Carsten trat näher. Das in Sandstein gemeißelte Mädchen trug ein langes Kleid, ihr Kopf war gesenkt, und ihre

Augen fixierten ein aufgeschlagenes, ebenfalls steinernes Buch, das sie in den Händen hielt. Der Kommissar wusste instinktiv, welcher Name in das Cover gemeißelt worden war. Er schluckte, blieb vor dem Grab stehen und las laut: »Hier ruht für immer in Frieden: Merle Onken. 12. Juni 2002 bis 6. April 2017.« Auf dem massiven Sockel darunter stand in Frakturschrift geschrieben: *Warum musstest du nur gehen? Lässt mich ganz alleine stehen, in dieser kalten Welt, die mir nicht gefällt – ohne Dich.*

Carsten faltete die Hände und merkte, wie sich seine Augen mit Tränen füllten. Er betrachtete die farbenfrohen Blumen, die über dem teppichförmig gepflanzten Schattengrün und dem Efeu blühten: Pfingstrosen, Primeln und Stiefmütterchen. Auch Tränende Herzen und Maiglöckchen erkannte er. Von Beate hatte er viel über Pflanzen gelernt. Doch an seine Frau wollte er jetzt nicht denken, sondern sich ganz seiner tief unter ihm liegenden Tochter widmen, von der er nicht einmal wusste, wie sie ausgesehen hatte. Aber spielte das überhaupt eine Rolle?

Wer warst du, Merle, sprach er in Gedanken. Hast du je nach deinem Vater gesucht? Hier stehe ich nun vor dir und entschuldige mich, dass ich nichts von dir habe ahnen können. So dumm sich das auch anhört, es ist so. Kannst du hören, was ich dir mitteile? Vielleicht von irgendwo da oben, wo du jetzt bist? Merle, ich hätte dich geliebt als Tochter. Ich hatte mir immer so sehr ein Kind gewünscht, aber meine Frau kann keine bekommen.

Carsten nahm eine Packung Taschentücher aus seiner Tasche, zog eines heraus und putzte sich die Nase.

Ich bin jetzt hier auf Norderney, um von deiner Mutter zu erfahren, wer du warst, sagte er in Gedanken und hatte tatsächlich das Gefühl, er würde zu Merle sprechen und sie ihn anhören. So etwas hatte er noch an keinem Grab erlebt. Nicht bei der Beerdigung seiner Mutter, nicht bei der seines früh verstorbenen jüngeren Bruders.

Und ich will auch wissen, warum du sterben musstest. Was dazu geführt hat, dass du des Lebens müde warst in so jungen Jahren. Hätte ich das verhindern können? Hätte ich es geschafft, auf dich aufzupassen? Es ist ein schwacher Trost, Merle Onken. Aber ich will, dass du spürst, dass du einen Vater hattest, der noch so viel über dich wissen möchte. Was hast du geliebt? Womit hast du dich beschäftigt? Was wolltest du werden? Vielleicht auch zur Polizei gehen? Was du wohl dazu gesagt hättest, dass dein Vater Polizist ist? Ob dich das überhaupt interessiert hätte? Ich würde dir auch gerne eine Menge von mir erzählen. Du hattest bestimmt unendlich viele Fragen.

Carsten blieb noch eine Weile am Grab stehen, schnäuzte erneut seine Nase und sagte dann laut: »Ich besuche dich wieder.« Dann ging er den Weg langsam und mit gesenktem Kopf zurück zum Ausgang. Das quietschende Tor trat er achtlos zu, nachdem er hindurchgegangen war. Es schepperte laut, und er hörte, dass jemand vom Friedhof aus hinter ihm her schimpfte. Vermutlich die alte Frau. Es war ihm egal. Er ging die Straße entlang, die in die Stadtmitte führte. Als er auf ein paar Möwen stieß, die sich vor einer Mülltonne um die Reste eines Fischbrötchens zankten, trat er auch nach ihnen. Aufgeschreckt und kreischend flogen sie davon. Carsten schaute sich um, zum Glück hatte ihn diesmal niemand bemerkt. Eine solche Wut, wie er sie jetzt verspürte, kannte der Kommissar von sich nicht. Der Beruf verlangte von ihm Gefasstheit. Die Kontrolle zu verlieren, konnte in seinem Job bedeuten, sich und andere in Gefahr zu bringen. Diese plötzliche Aggressivität war ihm fremd und beunruhigte ihn. Er ging zurück in die Pension, duschte kalt, rasierte sich und machte sich am frühen Abend auf den Weg zu Gesa.

Carsten lief die Osterstraße entlang, vorbei an dem Eckhaus, das zu seiner Zeit die einzige Tanzbar Norderneys beherbergt hatte. Das Riverboat, wo er Gesa kennengelernt hatte. Er schaute durch das Frontfenster und erkannte mit Gästen voll besetzte Tische. Wein, Nudeln und Pizza auf weißen Tischdecken. Zwei dunkelhaarige Kellner mit roter Schürze. Ein italienisches Restaurant. Carsten wunderte sich, er dachte an die ausgelassenen Tanzabende mit vielen Hundert Gästen. Wie hatten die hier alle Platz gefunden? Etwas wehmütig ging er weiter durch die Ortsmitte. Die Kneipen, Bars und Restaurants, die um diese Zeit gut besucht waren, kannte er alle. Doch keine einzige Lokalität hatte ihren Namen behalten. Backstage, Fischerkate, Columbus. All das sagte ihm nichts. Als er durch den Kurpark ging, drang klassische Musik an sein Ohr. Auf einer Bühne spielten ein Pianist und einige Streicher. Vivaldi oder Beethoven. Carsten war sich sicher, dass die vorwiegend älteren Herrschaften, die auf weißen Plastikstühlen vor der

Bühne saßen, genau wussten, was da vorgetragen wurde. Carsten erinnerte sich, dass er Norderney besonders dafür geschätzt hatte, dass die Stadt ein Unterhaltungsprogramm anbot, von dem Menschen jeden Alters – vom Kleinkind bis zum Greis – profitierten.

Er schlenderte am Hallenbad vorbei und ging den Weg hinunter zum Argonnerwäldchen. Er wusste nicht, ob er das alte Fischerhaus, in dem Gesa wohnte, nach so langer Zeit überhaupt wiederfinden würde. Sie hatte mit ihren Eltern darin gelebt. Meistens hatten sie sich in seiner Dienstunterkunft oder im Freien vergnügt, doch in den letzten zwei Wochen hatte sie sturmfrei gehabt, da ihre Eltern verreist waren. Da hatten sie sich dann bei ihr getroffen, in dem Haus bei diesem verwunschenen Laubwäldchen, durch das er jetzt auf weichen Sandwegen ging. Die Vögel zwitscherten in den tiefen Dächern der Kiefern, die auch tagsüber kaum Licht hindurchließen. Plötzlich schoss Carsten eine Melodie durch den Kopf. *Argonnerwald, um Mitternacht, ein Pionier stand auf der Wacht. Ein Sternlein hoch am Himmel stand, bringt ihm 'nen Gruß aus fernem Heimatland.*

Unfassbar, dass er den Text behalten hatte. Im Unterbewusstsein. Er erinnerte sich, wie er vor sechzehn Jahren mit der hübschen, rothaarigen Gesa Hand in Hand genau diese Wege entlanggelaufen war. Sie hatte ihm hier das Pionierlied vorgesungen und behauptet, das Norderneyer Wäldchen sei nach dem im Ersten Weltkrieg hart umkämpften Argonner Wald, der in Lothringen lag, benannt worden. Carsten versuchte, den Gedanken an Gesa zu verdrängen. Er wollte an nichts Schönes denken, im Zusammenhang mit der Frau, die ihm seine Tochter vorenthalten hatte. Er ging an einem Ferienhaus vorbei und kreuzte den Pfad zum Fischereimuseum, die einzigen beiden Gebäude, die außer dem Haus Onken noch in diesem Wald lagen. Dann stand er davor. Es hatte sich nicht verändert. Ein kleines denkmalgeschütztes Backsteinhaus. Zweistöckig, mit spitzem, rotem Dach, weiß gestrichenem Mauerwerk und grün umrandeten Schiebefenstern. Davor eine akkurat beschnittene Hecke. Carsten fuhr sich durch die Haare und ging die wenigen Stufen der vorgelagerten Holzveranda hoch. An der Haustür las er auf dem Blechschild: *Altes Fischerhaus Onken*. Keine Klingel – wie damals schon nicht. Er klopfte und hörte kurz darauf, wie von innen jemand rief: »Komme sofort. Moment.«

Was sollte er ihr sagen? Wie sie begrüßen? Er hatte sich vorgenommen, sie nicht in den Arm zu nehmen und auch nicht zu lächeln, aber als sie nach etwa einer Minute zur Tür kam, gelang ihm weder das eine noch das andere. Obwohl er keinen sehr ausgeprägten Geruchssinn besaß, war es ihm, als könne er ihren Duft riechen, noch bevor sie öffnete. Rose und Maiglöckchen. Gesa drückte die Tür nach außen auf, und Carsten zuckte zusammen. Sie hatte sich ebenfalls kein bisschen verändert. Damit hatte er nicht gerechnet. Die roten Haare hochgesteckt, die niedlichen Sommersprossen – wie früher. Sie war relativ groß für eine Frau. Etwa einen Meter achtzig, so wie er es liebte, auch wenn sie damit nur fünf Zentimeter kleiner war als er. Gesa trug ein enges hellblaues Kleid mit weißen Punkten. Um ihre schmale Taille hatte sie einen Ledergürtel geschnallt. Der Ausschnitt betont, sodass Carsten seinen Blick von ihrem Dekolleté kaum abwenden konnte. Meine Güte! Er hatte vergessen, wie verdammt erotisch diese Frau war. Und das mit siebenunddreißig! Er hätte sich gewünscht, dass er sich mit seinen vierundvierzig Jahren auch so gut gehalten hätte.

»Willst du mich nicht wenigstens umarmen?«, fragte sie und schaute ihn mit ihren grünen katzengleichen Augen an. Carsten umarmte sie flüchtig und wollte sich schon wieder von ihr lösen, da drückte sie ihn an sich. Er spürte ihre Brüste, ihr Herz, roch ihr Parfum. Rose und Maiglöckchen. Wie damals.

»Komm rein«, sagte sie und bedeutete ihm, seine Jacke auszuziehen. »Hast ganz graue Haare bekommen, irgendwie merkwürdig. Aber du siehst gut aus. Damals warst du der schönste Mann auf dieser Insel.«

»Danke.«

Gesa lief den Flur hinunter zur Wohnstube. »Häng die Jacke auf und setz dich zu mir«, rief sie, ohne sich noch einmal umzublicken.

Was sollte das? Carsten ärgerte sich. Er war ein erwachsener Mann und durfte sich doch nicht derart von dieser Frau verunsichern lassen. Sie war atemberaubend schön und sexy, na und? Sie hatten eine aufregende Zeit gehabt. Aber er war jetzt verheiratet und, was noch viel schlimmer war: Gesa hatte ihn verarscht. Er musste sich zusammenreißen und wollte ihr unbedingt sagen, was er von ihr hielt. Sommersprossen und Brüste hin oder her. Er hängte seine Jacke an den Garderobenständer und schaute in den Spiegel mit goldenem Rahmen, der daneben an der Wand hing. Verdammt, ja.

Er hatte graue Haare. Er war nicht mehr der abenteuerlustige Endzwanziger, der mal gekellnert hatte.

Carsten ging auf den knarrenden Holzdielen zum Wohnzimmer. Aus der auf der linken Seite gelegenen Küche roch es nach Thunfisch und Zwiebeln. Er liebte Thunfisch und Zwiebeln. Sie wusste das. Scheiße. Wie lange hatte er nichts gegessen?

Gesa stand am Fenster, die Arme verschränkt, und schaute in ihren Garten. Draußen begann es zu dämmern. Als sie ihn eintreten hörte, drehte sie sich um. »Setz dich doch bitte.« Sie zeigte auf das grün-weiß karierte Ecksofa, und Carsten nahm Platz. Auf dem Tisch stand eine rote Teekanne aus Porzellan auf einem Stövchen mit brennendem Teelicht. Er roch Vanille, Minze und Kirsche.

»Möchtest du erst einen Tee?«, fragte Gesa. »Oder gleich etwas essen?«

»Gesa, eigentlich wollte ich nicht lange …«

»Psst«, sagte sie und beugte sich über die Tischplatte. Wieder musste Carsten in ihren Ausschnitt schauen. Sie goss den Tee in die beiden zum Service gehörenden roten Tassen.

»Ich meine, eigentlich habe ich keinen …«

»Hunger?«

»Ja, äh, nein.«

»Oh, der wird kommen. Ich wette, du hast gerochen, dass ich dir die Thunfischnudeln gekocht habe, die du so geliebt hast.«

»Gesa, bitte!«

»Was denn?« Sie ließ sich auf den Sessel fallen, der dem Sofa gegenüberstand.

»Du weißt, warum ich hier bin.«

»Ja. Entschuldigung.« Sie löffelte ein paar Kluntjes aus einem Gläschen und schaufelte sie in ihren Tee.

»Ich möchte nicht, dass du mich länger hinhältst«, sagte Carsten rau. »Du solltest mir jetzt alles erzählen.«

»Du hast recht«, antwortete Gesa, während sie mit dem Löffel in ihrer Tasse rührte. »Du, ich weiß auch nicht, wie ich mit dieser Situation umgehen soll.« Ihr liefen von Wimperntusche schwarz gefärbte Tränen die Wangen herunter, ihre Unterlippe zitterte. »Ich dachte ... ich meine, ich wollte dir wenigstens etwas Gutes zu essen machen und einen Tee anbieten. Aber wenn du das nicht willst ...«

»Bitte nicht weinen«, sagte Carsten ruhig. »Das war eine Bedingung. Schaffst du das?«

»Ja.« Sie nahm das Taschentuch, das er ihr über den Tisch reichte, und putzte sich die Nase.

»Ich habe auch geweint«, fuhr Carsten fort. »Ich war vorhin bei ihr.«

»Auf dem Friedhof?«

»Ja, wo sonst? Was anderes ist ja kaum mehr möglich.« Carsten schaffte es nicht, die Wut aus seiner Stimme herauszuhalten, was Gesa wieder zum Weinen brachte. Als sie seinen Blick bemerkte, versuchte sie jedoch, es zu unterdrücken.

Carsten kontrollierte mehrmals die Temperatur des Tees, indem er mit der Handfläche an der Tasse fühlte. »Noch zu heiß«, sagten beide gleichzeitig. Er lächelte zum zweiten Mal an diesem Tag. Irgendwie schaffte er es nicht, wütend auf Gesa zu sein. Ob das an ihrem Aussehen lag? An seinem grundsätzlich eher ausgeglichenen Charakter? Oder daran, dass sie ihm leidtat? Denn bei all dem berechtigten Zorn, den er selbst in sich trug, durfte er nicht vergessen, dass da eine Mutter vor ihm saß, die ihr geliebtes Kind verloren hatte.

»Also, fangen wir woanders an«, sagte Carsten. »Ich war auf der Hinreise bei Kommissar Gerd Rickmer in Norden und habe mir die Akte von Merle angeschaut. Ich war nicht in der Lage, mir die Fotos anzusehen.«

»Das ist okay. Sie sah nicht gut aus.«

»Kann ich mir vorstellen.«

»Möchtest du ein schönes Foto sehen?« Gesa zeigte auf die andere Seite des Wohnzimmers. Da standen eine weitere Couch mit roter Decke, ein Glastisch und ein kleiner Fernseher. Und drei Regale, in dem sie zwischen den vielen Büchern auch Fotoalben aufbewahrte.

»Noch nicht bitte«, sagte er.

»Was willst du wissen, Carsten? Ich sage dir alles.«

Er überlegte. »Ich brauche noch eine Weile, um reinzukommen in diese Situation.« Er nippte vorsichtig an der Tasse, trank und stellte sie zurück auf den Untersetzer. »Ahh. Der ist ja richtig gut. Irgendwie etwas …«

»Scharf?«

»Genau. Aber auf eine andere Art auch mild.« Er probierte erneut.

»Ich tue Chili rein, die ich selbst im Garten anpflanze. Ich habe einen richtig außergewöhnlichen Kräutergarten. Den kannst du dir bei Gelegenheit ja mal ansehen.«

»Ach ja, Rickmer hat mir verraten, dass du in der Stadt ein Teegeschäft besitzt.«

»Nicht nur einfach eines. *Gesas Teelädchen* existiert schon fast zehn Jahre, und da gibt es den mit Abstand besten Tee. Das wissen Insulaner wie Touris. Ich habe vorige Woche wieder aufgemacht, versuche so, mich abzulenken. Es klappt einigermaßen. Jedenfalls besser als alleine hier herumzuhängen.«

Carsten war sich nicht sicher, ob Heißgetränke die richtige Diskussionsgrundlage sein konnten, aber es fiel ihm schwer, die wichtigen Fragen zu formulieren. Er lehnte sich zurück und beschloss, die Unterhaltung einfach kommen zu lassen. »Tee kann man doch nicht selbst anbauen?«, stellte er fragend fest.

»Nein.« Gesa lachte, wie befreit. Gut so. »Aber Beigaben für meine Kräutertees«, sagte sie und schaute stolz zu ihrem Fenster. »Salbei, Brennnessel, Fenchel. Alles Mögliche, immer frisch. Und die ganz besondere Zutat sind die grünen Chilis, die ich pflanze und ernte. Die Kunden sind total wild drauf.« Sie lächelte. »Du trinkst gerade Chili-Vanille.«

»Aha«, sagte Carsten. »Außergewöhnlich, wirklich.« Er nahm noch einen Schluck und meinte nun, er könne die scharfe Hülsenfrucht herausschmecken. Der Tee tat ihm erstaunlich gut, wärmte von innen, nicht nur den Körper. Er fühlte sich immer entspannter. »Und Merle? Hat sie auch Tee geliebt?«

»Nein. Sie war überzeugte Kakaotrinkerin«, antwortete Gesa und zuckte mit den Schultern.

»Okay.« Carsten runzelte die Stirn. »Aber, worauf ich hinauswill …«

»Ja?«

»Du weißt es ja selbst. Merle hat sich auch für Kräuter interessiert. Aber für welche mit ganz bestimmter Wirkung.«

Gesa schwieg, senkte den Kopf und inspizierte ihre blau lackierten Fingernägel. »Das ist so eine Sache«, murmelte sie. »Man hat THC in ihrem Blut festgestellt. Die Obduktion hat das ergeben. Das ist schlimm, es ist ein abscheuliches Gift. Ich vermute aber, jemand hat sie überredet oder gezwungen. Ich glaube kaum, dass sie eine solche Menge freiwillig rauchen würde.«

»Laut Vernehmungsprotokoll hat aber auch ihre Freundin angegeben, dass Merle relativ viel und häufig Haschisch konsumiert hat. Stella …«

»Stella Freesemann.«

»Genau.«

»Ja, was die so sagt.« Gesa schüttelte den Kopf, faltete die Hände und drückte sie gegen ihr Kinn. »Ich wusste das jedenfalls nicht, dass sie das konsumiert. Und hätte ich es gewusst, ich hätte ihr das strikt verboten. Ich glaube trotzdem, dass sie einem Gruppenzwang unterlegen war.« Sie machte eine Pause und überlegte. »Und außerdem, so viel kann das ja nicht gewesen sein. Ich weiß wohl, wie jemand aussieht, der high ist.«

»Gesa. Bei all der Liebe, die du für deine Tochter empfunden hast: Nach dem, was ich jetzt gehört und gelesen habe, soll euer Verhältnis nicht sonderlich gut gewesen sein.«

Als Gesa die Hände herunternahm, sah Carsten, wie eine Träne über ihr Kinn rann.

»Ich will ehrlich zu dir sein«, sagte er. »Ich habe Auszüge aus dem Tagebuch gelesen. Die Kripo Norden hat Kopien angefertigt.«

Gesa schniefte. »Das sollst du ja auch. Du musst es ganz lesen, ich habe es regelrecht studiert.« Sie schaute ihn an und nickte. »Ja, und ich gebe es zu: Wir haben uns in letzter Zeit sehr auseinandergelebt, meine Tochter und ich. Und ich bin daran schuld.« Gesa weinte jetzt laut, und Carsten ließ sie. Er trank noch einen Schluck von dem Tee und verspürte keinerlei Wut mehr. Doch wurde ihm leicht schwindelig, vermutlich war er einfach überfordert. Er war Polizist aus Überzeugung, aber offenbar ein eher schlechter Psychologe. »Rickmer hat mich auch darüber informiert, dass du Jungen aus ihrer Klasse verdächtigst, mit ihrem Tod zu tun zu haben«, sagte er. »Auch den Inselpolizisten hast du der Täter- oder Mitwisserschaft bezichtigt.«

»Ja.« Gesa wurde laut, ihr Gesicht lief rot an. »Sie haben sie in den Tod getrieben, sie monatelang fertiggemacht, ihr Drogen gegeben und sie ins Meer geschmissen. Eine regelrechte Hexenjagd war das. Und der Schlimmste der Bande ist dieser Hauke Ahlers. Kannst du alles nachlesen in ihrem Tagebuch.« Gesa schäumte jetzt förmlich vor Wut. »Was der unserer Tochter angetan hat, ist unfassbar grausam. Und sein Vater ist Ingo Ahlers, der Oberkommissar hier auf Norderney. Der deckt seinen Sohn, ganz sicher. Man merkt es ihm sofort an, wenn man mit ihm spricht. Du musst das auch tun.«

Nun kam ihm Gesa fast wahnsinnig vor. »Ich will dich nicht enttäuschen«, sagte Carsten. »Aber ich glaube das nicht. Ich bin der Meinung, dass es Selbstmord war.«

Gesa stand auf und schrie: »Du kennst sie nicht. Das stimmt nicht, was du sagst. Sie ist ermordet worden.«

Carsten zuckte vor Schreck zusammen und vergoss dabei den restlichen heißen Tee über seine Hose. Verdammt, tat das weh! Ihm wurde schwindelig, er sah wie durch einen Trichter, und plötzlich wurde ihm schwarz vor Augen.

Was in den nächsten Stunden geschah, konnte Carsten später nur bruchstückhaft zusammensetzen. Eine Art Filmriss. Viele Risse. Er sah sich auf dem Sofa liegen. Gesa war nackt und saß auf ihm. Sie tranken Rum aus den roten Tassen. Sie küssten sich wild. Immer wieder verlor Carsten das Bewusstsein. Er saß unbekleidet mit Gesa in der Küche und aß Nudeln mit Thunfischsauce und gebratenen Zwiebeln. Sie lehnte am Herd und streckte ihm den Po entgegen. Er nahm sie von hinten. Sie saßen in Merles Zimmer im oberen Stockwerk auf dem Fußboden und tranken Wein. Er blätterte in einem Fotoalbum. Seine Tochter sprach zu ihm: »Papa, ich bin ermordet worden.« Das hatte sie doch nicht wirklich gesagt? Dieser fürchterliche Schwindel. Er zog sich an und dann wieder aus. Gesa stöhnte. Sie leckte sich über die Lippen, bevor sie sich vor ihn kniete. Er lag über ihr, zwischen ihren Beinen. Dann schrie er, erfüllt von Schmerz, Lust und Leidenschaft.

Schließlich schoss er hoch und saß kerzengerade im Bett. Es war nicht sein Bett. Erschrocken und halb orientierungslos drehte er sich um. Neben ihm lag Gesa. Nackt, eingehüllt in ein Bettlaken. Auf ihrem Nachttisch standen eine noch brennende Kerze, eine Flasche Wein und daneben zwei halb volle Gläser. *Was ist passiert? Das kann doch nicht sein.*

Carsten sprang aus dem Bett.

»Was ist denn plötzlich los mit dir?«, fragte Gesa, die ihn mit halb geöffneten Augen anschaute und gähnte.

»Was habe ich getan?« Carsten starrte sie entsetzt an.

»Ich verstehe nicht. Was meinst du?«

»Wieso liegen wir hier? Warum weiß ich nicht, wie das passiert ist?«

»Beruhige dich«, sagte Gesa und zog die Bettdecke über ihre Brüste. »Wir hatten doch einen wundervollen Abend. Verträgst du keinen Alkohol mehr?«

»Nein. Doch. Ich meine, nein, ich kann Rum nicht ab, überhaupt keine harten Sachen. Aber ich habe doch auch gar nichts Alkoholisches getrunken. Nur den Tee … und dann …« Carsten überlegte und wies mit dem Zeigefinger auf Gesa. »Moment mal. Der Tee. Du hast mir da was reingemischt. Mich willenlos gemacht.«

Gesa schaute ihn entsetzt an. »Sag mal, spinnst du jetzt völlig?« Sie nahm eines der Weingläser und schleuderte es gegen die Wand. Es verfehlte Carsten nur knapp. »Du bittest mich um Alkohol, flennst vor mir rum? Erzählst mir von deinem elendigen Sexleben und davon, wie geil das früher mit uns war, fickst mich in allen erdenklichen Stellungen die ganze Nacht und kommst mir jetzt mit so einem Scheiß?« Sie stand auf, zog sich Slip und BH an. Dann zeigte sie auf die Tür. »Raus aus meinem Haus! Wie konnte ich mich nur so in dir täuschen?«

In Carstens Kopf drehte sich alles. Wie hatte das alles nur passieren können? Er erinnerte sich, ja, er hatte tatsächlich nach Alkohol gefragt, aber warum? »Gesa, es tut mir leid. Ich …«

Sie warf ihm seine Boxershorts und Jeans aufs Bett. »Raus hier jetzt. Ich ertrage das nicht.«

Carsten zog die Hosen an, kniete sich dann auf die Matratze und sagte flehend: »Bitte. Ich kann mich nicht erinnern. Ich habe es nicht so gemeint. Ich bin selbst schuld, okay?«

»Das kann doch alles nicht wahr sein.« Gesa seufzte und ließ sich neben Carsten auf das Bett fallen. »Du bist nicht schuld, verdammt noch mal. Das hier ist keine Sache von Schuld und Sühne.« Sie nahm seine Hand. »Es tut mir auch leid. Ich hätte dir nichts zu trinken geben sollen.« Sie schaute ihn mitleidig an. »Wirst du öfters ohnmächtig?«

»Nein. Nie«, antwortete Carsten verdutzt. »Zumindest weiß ich davon nichts.«

»Merkwürdig. Was weißt du denn überhaupt noch von heute Nacht?«

»Ich habe Tee verschüttet und mich verbrüht, dann … dann. Wir hatten Sex.« Carsten zog seine Hand weg.

»Ein paar Stunden später«, sagte Gesa. »Du hast die Tasse fallen lassen und dann geschrien, danach bist du weggetreten. Ich habe dich geschüttelt und dir Wasser ins Gesicht geschüttet. Ich war kurz davor, den Notarzt zu rufen.«

»Ich weiß das nicht, verflucht.« Jetzt schlug er sich mit der Handkante gegen die Schläfe.

»Hör auf damit, Carsten, Mensch«, sagte Gesa. »Dann warst du plötzlich wieder voll da und hast mich gefragt, ob ich was Hochprozentiges im Haus habe. Du erinnerst dich?«

Carsten nickte.

»Rum habe ich immer da. Du hast zwei volle Tassen getrunken. Ich kam gar nicht hinterher.«

»Und der Sex?«, fragte Carsten. »Das ging von mir aus?«

Gesa schüttelte den Kopf. »Nein. Ich weiß nicht. Von uns beiden. Wir haben über früher geredet, und dann kam eins zum anderen.« Sie lächelte zaghaft. »Vorher hast du aber noch zwei Teller von meinen Nudeln gegessen und dir Merles Zimmer angeschaut und Fotos von ihr angeguckt.«

»Sie hat mit mir geredet«, sagte Carsten.

»Was? Wer? Merle? Du bist ja immer noch total durcheinander.«

»Nein, schon gut.« Er entdeckte sein T-Shirt unter einem der großen Kissen, nahm es und zog es sich über. »Ich hätte keinen Alkohol trinken dürfen. Ich weiß nicht, wie ich überhaupt darauf komme, nach etwas Hartem zu fragen.« Carsten ließ sich nach hinten in das Kissen fallen. »Jetzt ist alles aus.«

»Was ist aus?« Gesa legte sich neben ihn und streichelte seine Brust – so wie Beate es immer tat. Er stieß ihre Hand sofort weg. »Bitte nicht, Gesa«, sagte er. »Nicht anfassen. Es war ein schwerer Fehler. Ich nehme die Verantwortung auf mich. Ich bin ein Fremdgänger, ein Arschloch.« Er schluchzte auf. »Ich liebe meine Frau und könnte nie mit einer anderen Sex haben.«

»Da habe ich aber genau das Gegenteil erlebt«, sagte Gesa und fügte gleich ein »Tschuldigung« an.

»Scheiße. Scheiße. Was soll ich nur machen?«

»Hör mal«, sagte Gesa. »Wenn du glaubst, ich würde deiner Frau was stecken oder jetzt verlangen, dass du dich von ihr trennst oder so was in der Richtung … sorry. Mir ist das egal. Ich liebe dich nicht. Wir hatten Spaß. Eine Erinnerung an alte Tage. Ich habe genug mit dem Mord an meiner Tochter zu tun und möchte keinerlei Beziehung eingehen. Es war Sex, mehr nicht. Deine Beate wird das nicht erfahren.«

»Und wie soll ich mit diesem schlechten Gewissen leben?«, fragte Carsten und schaute Gesa an. »Wie soll ich ihr je wieder in die Augen schauen können?«

»Ich hatte ehrlich gesagt schon mit vielen Ehemännern Sex, die nicht meine waren.«

»Na toll«, sagte Carsten. »Das will ich alles nicht wissen. Dann hoffe ich wenigstens, dass ich ein Kondom benutzt habe.«

Gesa schwieg.

»Habe ich?«

»Nein, hast du nicht. Du wolltest keins. Ich habe es dir angeboten.« Sie zeigte auf die Schublade an Carstens Bettseite. »Sind da drin. Ich nehme immer Kondome. Wirklich. Ich weiß auch nicht, warum ich mich habe von dir überreden lassen.«

»Scheiße, verflucht noch mal.«

»Aber ich bin sauber, habe nichts«, sagte Gesa. »Ich kann dir aktuelle Tests zeigen. Kein HIV, keine Syphilis. Ich lasse mich regelmäßig durchchecken.«

»Ich kann das nicht, Gesa«, sagte Carsten. »Ich werde noch heute abreisen. Am besten mit der ersten Fähre.« Er schaute auf den Wecker. Er zeigte fünf Uhr fünfundvierzig an. »Ich sollte jetzt gehen.«

»Nein!« Gesa klammerte sich verzweifelt an seinen Arm. »Tu mir das nicht an. Du hast es versprochen. Du bist hierhergekommen, um Merles Tod zu untersuchen. Das kannst du echt nicht bringen, einfach abhauen.«

»Es geht nicht.«

»Warum? Wenn du jetzt fährst, macht es dann die Sache ungeschehen? Wir hatten Sex, so oder so. Das kannst du deiner Frau sagen oder nicht. Du solltest es nicht tun. Wieso willst du sie unnötig verletzen? Das ist egoistisch.«

»Ich weiß nicht …«

»Es ist das Beste, wenn du es einfach vergisst. Es wird nicht wieder vorkommen, und damit ist es gegessen.«

»Ich kann nicht.«

»Du willst es deiner Frau allen Ernstes beichten und deine Ehe dafür aufs Spiel setzen?«

»Nein. Das nicht. Ich glaube nicht, dass ich ihr was sage. Du hast recht damit. Aber das meine ich nicht.«

»Was denn dann?«

»Ich kann nicht mit dir hier sein. Wenn ich mich mit Merle beschäftige, sollte ich hier anfangen, in diesem Haus, und das geht nicht, wenn du da bist.«

»Und warum nicht?« Gesa schüttelte den Kopf. »Ich werde dir bestimmt keinen Rum mehr geben und auch sonst nichts mit Alkohol. Da kannst du dich aber drauf verlassen.«

Carsten schaute sie ernst an. »Das glaube ich. Aber ich will ehrlich sein. Gesa, ich finde dich verdammt sexy, schon bevor ich etwas getrunken hatte. Es ist mir zu gefährlich. Es könnte wieder passieren.«

Gesa brauchte eine Weile, bis sie antwortete: »Nicht, wenn ich es nicht will.«

»Es geht nicht«, sagte Carsten. »Wirklich nicht. Tut mir leid. Ich reise ab.«

»Ich werde jetzt nicht heulen«, sagte Gesa. »Ich werde dich aber anflehen und dir etwas anbieten, was ich unter normalen Umständen nie machen würde.«

»Und das wäre?« Carsten wurde neugierig.

»Ich möchte, dass du die Woche hierbleibst, so wie du es dir vorgenommen hast. Du musst rausfinden, was mit Merle passiert ist.«

Carsten seufzte. »Ich habe das jetzt dreimal erklärt.«

»Denk doch nach, Mensch«, sagte Gesa. »Du willst deiner Frau nichts von dem Seitensprung erzählen. Sie wird aber genau wissen wollen, warum du eher als geplant nach Hause fährst. Und das in deinem Zustand, in dieser Situation, wo das so frisch ist, du dich ja kaum unter Kontrolle hast. Da wirst du ihr noch etwas erzählen, was du später bitter bereuen könntest.«

»Vielleicht hast du recht in dieser Sache«, sagte Carsten und starrte an die Decke. »Aber bleiben kann ich auch nicht, wenn …«

»Ja, das habe ich verstanden. *Wenn* ich hier bin, geht das nicht. Und deswegen schlage ich dir vor, dass ich zu meinen Eltern nach Emden ziehe, solange du auf der Insel bist und ermittelst.«

»Das meinst du ernst?« Carsten drehte sich zu Gesa.

»Todernst.«

»Ich weiß nicht.«

»Es ist die beste Möglichkeit. Auch für dich. Du musst Gras über die Sache wachsen lassen, dann bist du auch in der Lage, mit dem Ausrutscher besser umzugehen. Glaub mir, das funktioniert.« Sie nickte ihm zu. »Und solltest du dich doch entscheiden, es deiner Frau zu verraten, dann kannst du das auch noch in einer Woche tun.«

»Ich glaube nicht, dass ich …«

»Egal wie. Du solltest die Sache hier auf Norderney für deine Tochter tun, für Merle. Sie verdient es.«

»Ja.«

»Ich reise heute ab. Ich rufe meine Eltern an, gleich jetzt. Ich dusche, esse etwas und fahre los. Kein Problem.«

»Versprichst du es?« Carsten schöpfte Mut. Gesa war nicht nur eine hübsche Frau, sondern auch eine intelligente und clevere.

»Ja, verdammt«, sagte sie und lachte.

»Gut, dann bleibe ich.«

»Na also. Das ist die richtige Entscheidung«, sagte Gesa, nahm seine Hand und schüttelte sie. »Du darfst dich hier wie zu Hause fühlen … Oh, entschuldige! Ich meinte, du kannst hier alles machen. Den Schlüssel lasse ich dir hier.«

»Danke«, sagte Carsten.

»Ich will nur, dass du mir versprichst, mich auf dem Laufenden zu halten. Über das, was du tust in Bezug auf Merles Tod. Das ist *meine* Bedingung. Alles andere ist mir egal. Nur ruf mich an, sobald du irgendwas rausfindest.«

»Das lässt sich einrichten.«

»Versprichst du es?«

»Ja.«

8. MERLE UND DAS BUCH DES LEBENS

Gesa war weg und Carsten alleine in ihrem Haus im Argonnerwäldchen. Er saß in der Küche an ihrem ausklappbaren Biedermeiertisch aus Buchenholz, eine Tasse Kaffee in der Hand, den sie ihm in eine Thermoskanne aus Blech gefüllt und auf den Tisch gestellt hatte. Er dachte über den Brief nach, den sie ihm dagelassen hatte, und überlegte, was er als Nächstes tun sollte. Gleich nachdem er aufgestanden war und festgestellt hatte, dass Gesa gegangen war, hatte er sich in Merles Zimmer umgeschaut. Zwar hatte er in vager Erinnerung, dass er das schon in der Nacht getan hatte, doch hatte seine Aufmerksamkeit da zu seinem jetzigen Bedauern eher Gesa gegolten. Merle hatte in einem kleinen, gemütlichen Zimmer unterm Dach gelebt. Mit einer herrlichen Aussicht auf den Wald. Carsten hatte auf den ersten Blick nichts Auffälliges festgestellt, außer dass seine Tochter offenbar wenig Gefallen an Kitsch und Nippes gefunden hatte. Was er eigentlich von einem weiblichen Teenager erwartet hätte. Keine Schminkköfferchen, keine Poster von Boybands, kein Glitzer, kaum Schmuck. Dafür aber hatte sie eine beachtliche Sammlung von Büchern in ihren Regalen. Viele Liebes- und Fantasy-Romane, aber auch Sachbücher zu geschichtlichen Themen. Ein Notebook oder einen Computer hatte Merle nicht besessen, und nach Auskunft von Rickmer war ihr Handy verschollen geblieben. Beides wären wichtige Anlaufpunkte gewesen, um etwas mehr über sein Kind herauszufinden.

Auf einer Kommode hatte er ein gerahmtes Foto von ihr gefunden. Er erinnerte sich, es war ihm schon in der Nacht aufgefallen. Merle glich Gesa sogar bis aufs Haar. Außer ihre Augen. Die waren nicht grün, sondern leuchtend blau wie seine eigenen. Er würde sich später genauer umsehen und vielleicht noch das ein oder andere Foto oder Geheimnis in ihrem Zimmer entdecken.

Carsten stellte die Tasse ab, nahm den Brief vom Tisch und las ihn erneut:

Hallo Carsten,

du bist wieder eingeschlafen, als ich unter der Dusche war. Kein Wunder. Meine Güte, warst du fertig. Wie du siehst, bin ich bereits abgereist. Ich halte meine Versprechen. Ich hoffe, du kommst klar, nimm dir alles, was du brauchst. Im Kühlschrank ist noch der Rest von Deinen Lieblingsnudeln. Du kannst Dich aber auch an allem anderen bedienen. Nur keinen Rum nehmen, bitte ;-)

Lies das Tagebuch, sieh dich in ihrem Zimmer um. Merle hat viel über mich geschrieben. Nicht alles stimmt. So schlimm war ich nicht als Mutter. Sie war schwer pubertär. Früher war es anders. Du wirst einige Namen finden. Ruf mich an, wenn du Adressen dazu brauchst. Am besten fängst du in der beschissenen Klasse an zu recherchieren. Frau Lammert heißt die Klassenlehrerin. Aber ich will dir nicht diktieren, was du tun musst. Es ist dein Job, und ich setze großes Vertrauen in dich. Du hast eine Woche Zeit. Ich hoffe, du kannst zwischendurch vielleicht auch ein bisschen entspannen. Es soll warm werden. Leg den Hausschlüssel unter die Regentonne neben dem Haus, das mache ich auch immer so. Ich wünsche dir viel Kraft. Und bitte halt dich an unsere Vereinbarung und melde dich, wenn du irgendetwas herausfindest.

P. S.: Ich weiß, dass du immer noch überlegst, ob du Beate den Seitensprung beichten sollst: Tue es nicht! Glaub mir, ich habe Erfahrung mit diesen Dingen!

LG Gesa.

»Na, das glaube ich, dass du Erfahrung mit dem Verschweigen hast, ohne ein schlechtes Gewissen zu bekommen«, sagte Carsten laut und strich dann über das dunkelrote Leder des Tagebuches, das ihm Gesa auf den Tisch gelegt hatte. *Buch des Lebens* stand in der Mitte des Covers, darunter die Abbildung eines schwarzen Pentagramms und eines Besens. Der verschnörkelte, goldene Bügelverschluss war aufgebrochen. Vermutlich von der Kripo Norden, dachte Carsten. Sein Herz klopfte, als er es aufschlug. Dabei kam er sich vor, als würde er etwas Unerlaubtes tun. Bestimmt hatte Merle nicht gewollt, dass irgendjemand darin las außer ihr selbst. Doch dieses Buch galt neben den Obduktionsergebnissen als das wichtigste Indiz für ihren Selbstmord, der im Affekt geschehen sein sollte. Das hatte Rickmer in Norden gesagt. Sonst hätte sie vermutlich ihr Tagebuch vernichtet. Oder wollte sie es der Welt hinterlassen? Einige Passagen hatte Carsten bereits als Kopie bekommen und auf der Fähre gelesen. Schon da war ihm ein eiskalter Schauer über den Rücken gelaufen. Doch jetzt das Geschriebene im Original zu lesen, hier, wo sie gelebt hatte, an dem Tisch, wo sie gegessen hatte, das war noch mal etwas ganz anderes, irgendwie surreal, unheimlich. Trotz der warnenden Gänsehaut empfand es Carsten als vorderste Pflicht, dieses Vermächtnis gründlich zu studieren.

Er begann mit der ersten Seite. Ihre Schrift war sauber und gut lesbar. Geschrieben mit schwarzem Kugelschreiber auf kariertem Papier. Einige Buchstaben schwang sie so wie er selbst. Die überproportional geschweiften Bögen des großen Bs, der kreisende Schnörkel am Ende des Ms, die langen Oberlängen der kleinen Konsonanten, das Ausrufezeichen mit nach unten gerichtetem Dreieck über dem Punkt. Ob das die Genetik war? Oder bildete er sich das nur ein? Möglicherweise würde er mal einen Grafologen der Kripo daraufschauen lassen.

Es dauerte drei Stunden, bis er alles gelesen hatte. Etwa hundert Seiten hatte sie verfasst, knapp die Hälfte des Buches gefüllt. Sie hatte über einen Zeitraum von etwa einem Jahr geschrieben, dabei alle paar Tage entweder lose Notizen oder thematisch über mehrere Seiten formuliert. Während des Lesens hatte Carsten geweint, gelacht und gestaunt. Sie schrieb nicht wie eine knapp Fünfzehnjährige. Merle verfasste Texte über den Sinn des Lebens, über Glauben und Aberglauben, beschrieb detailliert die Natur, wie sie sie auf ihren ausgedehnten Spaziergängen am Meer erlebte.

Etwas irritiert hatte Carsten festgestellt, dass Merle im Gesamten recht wenig über ihre persönlichen Beziehungen preisgegeben hatte. Alle zehn bis fünfzehn Seiten etwa standen ein paar Zeilen über Streitereien mit Gesa. Es ging meistens um verschiedene Männer, die ihre Mutter mit nach Hause genommen hatte. Merle beschimpfte sie als Nutte, Carsten konnte ihren Ärger verstehen. Sie schrieb auch einige Male über Stella, die Tochter eines Psychologen, ihre einzige Freundin, die sie sehr zu mögen schien. Sie beschrieb langweilige Stunden in der Schule. Sie hasste Mathe und Sport, mochte Geschichte und Politik, hielt aber ihre Lehrer für unfähig und desinteressiert. Sie lästerte über die Insel, über die einfältigen Ostfriesen und träumte von einem Leben in der Großstadt. Die USA und Kanada hätte sie gerne gesehen. Ein Tagesausflug nach Bremen hatte besonderen Eindruck hinterlassen. Carsten überlegte, ob sie sich zufällig an diesem Tag über den Weg gelaufen sein konnten. Eine irrsinnige Vorstellung, aber nicht undenkbar. Einige Male äußerte sie sich über ihren Vater, den kennenzulernen sie sich so wünschte. Wie Carsten schmerzlich erfahren musste, hatte Gesa ihrer gemeinsamen Tochter immer erzählt, dass der Vater unbekannt sei, wenn sie danach gefragt hatte.

Selten und nur am Anfang erwähnte Merle, dass sie Haschisch konsumiere. Zwei türkische Jungen am Busbahnhof würden es ihr verkaufen. Sie empfand die Droge als für sie unentbehrliche Notfallmedizin, die sie gelassen und kreativ werden ließ. Gegen Ende des Buches wirkte Merle zunehmend depressiv. Sie beklagte die Hänseleien in der Klasse, erwähnte dabei immer wieder den Namen Hauke Ahlers. Nicht nur hatte er sie in einer Tour beleidigt, nein, Carsten musste erfahren, dass er sie auch unsittlich berührt und mehrfach sogar geschlagen hatte. Todesdrohungen auf dem Schulhof, wenn kein anderer dabei war. Carsten machten diese Stellen aus Merles Nachlass wütend, und er dachte daran, sich den Jungen persönlich zur Brust zu nehmen, auch wenn Rickmer ihm gesagt hatte, dass das nicht nötig sein würde. Eventuell würde Carsten auch zuerst mit Haukes Vater sprechen. Der Kollege aus Norden hatte ihm geraten, wenn überhaupt, dann mit dem Polizisten Kontakt aufzunehmen, den hier alle nur Inselsheriff nannten, weil er der einzige ständige Beamte auf der Insel war. Saisonal bedingt wurden ihm ein bis zwei Verstärkungen vom Festland aus an die Seite gestellt, die aber stets wechselten. Bedarfsorientierter Dienst nannte sich das im Polizeijargon. Der Kollege solle ja über alles im Bilde sein, hatte Rickmer behauptet. Was aber hatte er wohl zu den Passagen über seinen Sohn zu sagen? Dazu stand in den Akten nichts.

Auf den letzten Seiten des Buches hatte Merle Notizen zum Fach Geschichte gemacht. Das Thema Hexenverfolgung schien sie nicht loszulassen, allerdings war dieses auch die Steilvorlage für Hauke und ein paar andere Jungen gewesen, sie als Hexe zu beschimpfen. Klar, rote Haare, Sommersprossen, welch passendes Klischee, dachte Carsten. Er war erstaunt darüber, dass Merle herausgefunden hatte, dass tatsächlich die Haarfarbe kaum etwas damit zu tun gehabt hatte, ob jemand im Mittelalter oder in der Frühen Neuzeit als Hexe angeklagt worden war. Die Verfolgung von der Hexerei bezichtigten Menschen hatte sich durch sämtliche Gesellschaftsschichten, Altersgruppen und Erscheinungsbilder gezogen. Selbst Kinder hatte der Verfolgungswahn getroffen. Ein schreckliches Kapitel europäischer Geschichtsschreibung.

An vielen Tagen erwähnte Merle ihre Todessehnsucht. Sie hatte sich über Möglichkeiten des Selbstmordes informiert. Auch schrieb sie davon, eines Tages einfach ins Meer laufen und untergehen zu wollen.

Insgesamt konnte Carsten nach der für ihn aufwühlenden Lektüre keinen Hinweis auf irgendein Fremdverschulden für Merles Tod feststellen. Die entscheidenden Stellen, die auf Selbstmord hindeuteten, hatte er schon gelesen, und er gab dem Kollegen Rickmer in seiner Schlussfolgerung recht.

Einzig nicht einordnen konnte Carsten einige Eintragungen, in denen Merle erwähnte, dass sie selbst die Nachfahrin einer Hexe gewesen sein sollte. Sie schilderte lebhaft, dass ihr ein weiser Freund erklärt habe, dass sie mütterlicherseits von einer gewissen Dortje Freding abstamme. Diese Frau sei im Jahre 1544 auf *Norder neye Oog* – womit vermutlich Norderney gemeint war – zusammen mit ihrer Tochter Leefke gefangen genommen worden. Die Insulaner hätten sie bezichtigt, ihren Mann Tjard umgebracht und zudem ihrer Tochter das Handwerk des Teufels beigebracht zu haben. Während des Gefangenentransportes zum Festland seien die beiden geflohen, wobei Leefke gestorben sei, Dortje sich aber noch jahrzehntelang an ihren Feinden gerächt habe.

Carsten schlug das Buch zu und überlegte. Wer zum Henker hatte ihr diese Geschichten von Dortje Freding in den Kopf gesetzt? Zu welchem Zweck? Und was sollte das heißen: *Ein weiser Freund hat mir verraten?* Und vor allem: Warum waren weder Rickmer noch Gesa auf diese Hexengeschichte eingegangen? Er beschloss, dem Kollegen später eine Mail zu schreiben und diesbezüglich nachzuhaken. Das wollte er in Ruhe vom Laptop aus machen, den er noch aus seiner gemieteten Unterkunft abholen musste, so wie auch den Koffer. Er schaute auf seine Armbanduhr. Kurz nach eins. Höchste Zeit zu duschen, dachte er, nahm den Schlüssel vom Tisch, deponierte ihn nach Verlassen des Hauses unter der Regentonne und machte sich auf den Weg zur Pension.

Nachdem er geduscht und sich umgezogen hatte, schrieb Carsten Rickmer eine Mail. Dann telefonierte er mit Beate, versicherte ihr mit einem unfassbar schlechten Gewissen, dass alles in Ordnung sei, packte seine Sachen zusammen und ging zur Rezeption. Frau Neuhaus, eine ältere Dame um die siebzig, welche sich alleine um die Pension kümmerte, teilte er mit, dass er eine andere Unterkunft gefunden habe. Besonders glücklich war sie darüber nicht und antwortete ihm in schroffem Ton, dass er in diesem Falle sein Zimmer bis Punkt zwölf Uhr am nächsten Tag zu verlassen habe. Carsten konnte ihren Ärger verstehen, jedoch hatte er keine Lust auf ausführliche Erklärungen. Da er aber nicht gleich rausflog, beschloss er, seine Sachen zunächst in der Pension zu lassen. Er wollte den restlichen Tag nutzen, um schon ein paar Leute zu treffen und Orte zu finden, von denen Merle geschrieben hatte. Oberste Priorität hatte für ihn der Besuch ihrer Schule. Er wollte mit ihrer Lehrerin Lammert über das Mobbing sprechen und sich auf diese Weise auch nach ihren Mitschülern erkundigen. Am besten wäre es, wenn er sich der Klasse vorstellte und so einen schnellen Kontakt insbesondere zu Stella und Hauke herstellen konnte, fand Carsten. Da die Schule heute längst aus war, verschob er seinen Plan auf den nächsten Tag. Die Geschichte mit der Hexe Dortje ließ ihn allerdings nicht mehr los. Aber wo sollte er da ansetzen?

Nachdem er sich beim Inselbäcker ein Käsebrötchen und einen Kaffee gekauft hatte, ging er hoch zur Polizeiwache an der Knyphausenstraße. Ein trostloses, graues Eckhaus mit einem Streifenwagen auf einem kleinen Parkplatz davor. Wie er sich fast gedacht hatte, war die schlichte Dienststelle nicht besetzt, zumindest war die Tür verschlossen, und durch das Fenster konnte er niemanden erkennen. Wahrscheinlich vermisst gerade keiner sein Fahrrad oder sein Kind, dachte Carsten, betätigte aber dennoch die Klingel. Nach dem dritten Versuch öffnete sich ein Fenster im oberen Stockwerk. Ein Mann mit kurzen, wasserstoffblonden Haaren glotzte herunter. »Wie kann ich Ihnen denn helfen?«, rief er. Carsten überlegte, wie er sich vorstellen sollte. ›Vater von Merle Onken‹ erschien ihm reichlich blöd, also sagte er: »Kummer, Kripo Bremen. Ich würde Ihnen gerne ein paar Fragen stellen zu einem auf der Insel verstorbenen Mädchen.«

»Kann mir vorstellen, wer das ist«, rief der Mann, den Carsten so um die fünfzig schätzte. »Ich bin in fünf bis zehn Minuten unten. Ist ja kein Notfall, wenn die Person schon tot ist.«

»Nein, aber …« Bevor Carsten sich beschweren konnte, hatte der Mann, von dem er ausging, dass es Ahlers war, das Fenster zugeknallt. Er wartete vor dem Haus und beobachtete Dutzende Touristen, die zum Nordstrand liefen. Familien, Surfer in Neoprenanzügen, Radfahrer, verliebte Pärchen, Schülergruppen. Das Wetter war angenehm mild und wolkenlos. Die Strandkörbe des belebtesten Strandabschnittes am Januskopf waren jetzt sicher voll belegt. Als er hinter sich hörte, wie jemand die Tür zur Wache aufschloss, schaute Carsten auf seine Uhr. Es waren exakt zehn Minuten vergangen. Pure Absicht, dachte er, drehte sich um und sah den Mann in der Tür stehen. Er trug eine Uniformhose, darüber aber einen braunen Freizeitpullover. Ein dürrer, blasser Typ, graue Bartstoppeln, blassblaue hervortretende Augen. Eine Mischung aus Steve Buscemi und Klaus Kinski. Und diese peinlich gefärbten, blonden Haare. Wie konnte man nur?

»Na, dann mal rein«, sagte der Polizist, ohne Carsten die Hand zu reichen. Carsten folgte ihm in die Wache, durch einen Flur hindurch in ein grauenvoll verrauchtes, schmuckloses Büro. Es bestand nur aus einem Schreibtisch mit Computer, Drucker und Fax, einem Büro- und einem Besucherstuhl sowie einem Regal mit Aktenordnern im Siebzigerjahre-Stil. Eine überdimensionale, verblasste Inselkarte hing an der Wand. Ansonsten keine Blumen, keine Bilder, rein gar nichts Persönliches.

»Ich nehme an, Sie sind Ingo Ahlers«, sagte Carsten.

»Na klar. Habe ich das nicht erwähnt?«

»Nein.«

»Also, Herr Kummer, setzen Sie sich und erklären Sie mir, was Ihnen Kummer bereitet.«

Wie Carsten diese Sprüche hasste. Er reagierte schon lange nicht mehr darauf. Er nahm auf dem angebotenen Stuhl Platz, und Ahlers sagte: »Kaffee habe ich nicht da.«

»Kein Problem.«

»Na, dann.«

»Sie wissen, dass ich der leibliche Vater der verstorbenen Merle Onken bin?«

»Hab davon gehört«, sagte der Polizist. »Hartes Brot, so gar nichts von seinem eigenen Kind zu wissen.« Er schaute Carsten an; er schien leicht zu schielen. Lagen Mitleid oder Schadenfreude in seinem Blick? »Aber das passt zur Tee-Gesa«, fuhr der Sheriff fort. »Ich frage mich allerdings, was Sie hier wollen.«

»Nun ja«, sagte Carsten. »Ich wollte einfach wissen, wer sie war, meine Tochter.«

»Aha, das kann ich Ihnen auch sagen«, sagte Ahlers. »Schüchternes, kleines Mädchen. Hätte was aus sich machen können, war aber eher die graue Maus und nicht so ein Flittchen wie ihre Mutter, obwohl sie einander optisch ähnelten.«

»Wie bitte?«, fragte Carsten erzürnt. Was erlaubte sich dieser Dorfbulle, so mit ihm zu reden?

»Schon gut, nicht aufregen«, zischte Ahlers, zog die Lippen zusammen und machte eine abwehrende Handbewegung. »Ist halt so, kenne wenige Männer, die sie noch nicht gevögelt haben. Ist ja auch ne Wucht, die Gesa, aber eben dreckig, würde ich nicht anpacken wollen.«

Carsten bemerkte, dass Ahlers' Zähne so gelb waren wie eine reife Banane. Obwohl er keine Liebe für Gesa empfand, war ihm die Vorstellung, dass dieser Widerling mit ihr Sex gehabt haben könnte, zutiefst unangenehm.

»Schießen Sie los«, sagte Ahlers. »Was wollen Sie wirklich wissen?«

»Frau Onken, also Gesa, hat mir erzählt, dass Merle in der Schule gemobbt worden ist.«

»Möglich. Kann aber niemanden verhaften deswegen.«

»Schon klar. Ihr Sohn war in ihrer Klasse.«

»Und? Was wollen Sie damit ausdrücken?«, fragte Ahlers, beugte sich über den Tisch und blies Carsten den Zigarettenrauch direkt ins Gesicht.

»Er soll nicht ganz unschuldig gewesen sein, was das Mobbing betrifft«, sagte Carsten, lehnte sich im Stuhl zurück und hustete.

»Schwachsinn. Mein Sohn tut niemandem etwas.« Ahlers wirkte gereizt. »Was erlauben Sie sich eigentlich?«

»Ich habe im Tagebuch von Merle gelesen ...«

»Hören Sie. Das Geschreibsel der Kleinen interessiert mich nicht. Das ist auch nicht mein Fall. Fragen Sie doch bei der Kripo Norden nach. Und selbst wenn da drin steht, dass Hauke das Mädchen geärgert hat, wer sagt denn, dass es auch so gewesen ist?«

Carsten rollte mit den Augen, er mochte kaum glauben, dass ein so unangenehmer Typ wie Ahlers den einzigen Polizisten auf der Insel stellte. Was für ein schlechtes Aushängeschild für den Beruf! Ob er mit allen so umsprang?

»Die Kleine war sensibel, depressiv, durcheinander, zugedröhnt«, fuhr Ahlers fort. »Was weiß ich, was die sich in ihrem Tagebuch zusammengesponnen hat. Der Fall ist erledigt. Sie hat sich umgebracht und ist mausetot. Was regt Sie das überhaupt auf? Sie kannten sie doch gar nicht!«

»Sie verstehen das nicht?«

»Nicht so wirklich, Herr Kummer.«

Carsten wurde schlecht. Ahlers war genau der Typ Mensch, den er nicht ausstehen konnte. Er befürchtete, dass von ihm keinerlei Hilfe zu erwarten war. Ein bisschen was musste er aber noch klären, um die Situation besser einschätzen zu können. Er fragte: »Wohnen Sie hier im Haus?«

»Ja.«

»Ist ungewöhnlich, direkt in einer Dienststelle.«

»Nicht auf Norderney.«

»Okay. Also Ihr Sohn auch? Lebt hier mit Ihnen zusammen?«

»Ja, meine Güte«, sagte Ahlers und kratzte sich unter der linken Achsel. »Weiß echt nicht, was Sie das alles angeht.«

»Wie gesagt, ich wollte nur ein wenig über mein Kind herausfinden.«

»Jaja. Verstehe ich ja«, sagte Ahlers beschwichtigend. »Ich kann Ihnen da aber nicht weiterhelfen. Alles, was ich über sie weiß – so gut wie nichts –, habe ich auch dem Kollegen Rickmer gesagt, der den Fall bearbeitet und abgeschlossen hat.«

»Verstehen Sie mich nicht falsch«, sagte Carsten. »Ich will da kein Drama draus machen. Merle hat sich selbst getötet. Ich bin rein privat hier, einfach, weil ich klarkommen möchte mit dem Ganzen.« Er sah, wie Ahlers auf seinem Smartphone herumwischte, und sagte deswegen etwas lauter: »Aber ich merke schon, Sie sind nicht der Gesprächigste.«

»Kommt immer drauf an, mit wem ich spreche«, murmelte Ahlers, steckte sein Handy zurück in die Tasche und stand auf. Das war wohl das Zeichen, dass er die Unterhaltung beenden wollte, und Carsten hatte auch keine große Lust mehr auf weitere Kommunikation mit dem Kerl. Er erhob sich und ging unaufgefordert zur Tür. »Ich gehe dann wieder. Ist wundervolles Wetter draußen.«

»Dann machen Sie es mal gut«, sagte Ahlers, der hinter ihm herkam. »Ich rate Ihnen nur eins.«

Carsten drehte sich noch einmal um.

»Machen Sie sich nicht so einen Kopf. Es ist traurig, meinetwegen tragisch. Aber so was passiert, auch auf Norderney. Fahren Sie einfach zurück nach Hause und vergessen Sie diese Sache.«

»Danke für den Tipp«, sagte Carsten und nahm nun die Hand an, die Ahlers ihm entgegenstreckte. Als er losließ, fiel ihm noch etwas ein. »Ach, eine Frage noch.«

»Ja?«

»Merle hat in ihrem Tagebuch von einer Hexe Dortje berichtet, die vor ein paar Hundert Jahren auf Norderney gelebt haben soll. Eine Art Legende. Sie haben da wohl keine Informationen zu?«

Ahlers lachte und hustete. »Hexe? Nee, also wirklich. Das gibt's hier nicht, auch vor ein paar Hundert Jahren nicht.«

»Dachte ich mir«, sagte Carsten. »Wer könnte sich denn auskennen mit der Geschichte von Norderney?«

Ahlers zuckte mit den Schultern. »Außer Marcel Kramer fällt mir da keiner ein.«

»Marcel Kramer?«

»Ja, genau der.« Ahlers verzog merkwürdig das Gesicht. »Das ist unser sogenannter Inselarchivar.« Er mimte mit Zeige- und Mittelfinger beider Hände Anführungszeichen in der Luft. Carsten fiel auf, dass er den linken Arm dabei nicht ganz hochbekam.

»Aha, das ist doch was«, sagte Carsten. »Wo finde ich den denn?«

Wieder lachte Ahlers. »Dem kann man nur an einem einzigen Ort auf dieser Insel begegnen.«

»Und der wäre?«

»Wollen Sie den Spinner ernsthaft besuchen?«

»Warum reden Sie so abschätzig über ihn?«

»Ganz ehrlich«, sagte Ahlers. »Ich weiß, dass Sie schon mich für einen komischen Kauz halten, sehe ich Ihren Augen an. Aber der Kramer, das ist wahrlich ein totaler Freak. Haha. Da werden Sie das Gespräch mit mir noch als positiv bewerten, wenn Sie den erst getroffen haben.«

»Sollte ich etwas Bestimmtes wissen?« Carsten war irritiert.

»Also, den Kramer kennt eigentlich kein Mensch«, sagte der Polizist. »Ich weiß auch nicht, an was der so arbeitet. Unser Bürgermeister jedenfalls hat so seine Probleme, wenn mal Anfragen kommen.« Beim Wort Anfragen formte er mit den Händen die albernen Anführungszeichen, wieder schien sein linker Arm eingeschränkt. »In sein Archiv verirrt sich keiner, und der Typ selbst kommt da niemals raus, außer nachts, wenn er meint, dass ihn niemand sieht. Dann streift er durch die Wälder und Dünen. Ein paarmal wurde er bei diesen Wanderungen gesehen.«

»Das ist komisch. Warum macht er das?« Carsten verstand nicht, was Ahlers mit dieser Geschichte bezweckte. Er hoffte, dass er ihn nicht verarschte, denn das würde er ihm zutrauen.

»Hat eine Krankheit«, sagte Ahlers. »Ist angeblich nicht ansteckend, aber ich traue dem nicht. Er kann den alten Leuchtturm, in dem er arbeitet, tagsüber nicht verlassen. Übles Ding, wenn es denn stimmt. Könnte auch eine psychische Störung sein. Er ist der Meinung, seine Haut verbrennt bei Tageslicht. Mondkrankheit oder so soll das heißen.« Ahlers schüttelte mit dem Kopf und kratzte sich erneut in der Achselhöhle. »Ich habe ihn nur zwei- oder dreimal gesehen in den fünf Jahren, in denen er jetzt auf der Insel ist. Routinebesuche. Schon gruselig der Kerl. Er trägt immer eine weiße Maske und darüber ne schwarze Mütze.«

Carsten konnte sich kaum etwas darunter vorstellen, schaute verdutzt und fragte: »Wozu?«

»Sage ich ja, hat Angst, sonst zu verbrennen. Meint er. Ich glaube eher, er ist so hässlich, dass er sich keinem zeigen will, oder er bildet sich ein, das Phantom der Oper zu sein, also mit ganzer Maske und so.« Ahlers drehte den Zeigefinger vor seiner Schläfe und fuhr mit seiner laienhaften Psychoanalyse fort: »Wirklich, total der Psycho, stottert und quietscht, wenn er spricht. Also, kein Wunder, dass der sich in einem Leuchtturm versteckt und als Archivar arbeitet. Den kannste echt nirgendwo anders unterbringen.« Ahlers lachte, dann hustete er und ergänzte: »In seiner Funktion beantwortet er Anfragen nur per Mail oder Post. In Ausnahmefällen ist wohl mal jemand drin gewesen, waren aber alle – so wie ich gehört habe – heilfroh, da lebend rausgekommen zu sein.«

»Das ist ja was«, sagte Carsten.

»Aber Sie können gerne Ihr Glück versuchen«, sagte Ahlers. »Also, keine Angst, er ist nicht gefährlich. Einfach nur ein verwirrter Kauz. Glaube ich zumindest. Aber wenn ich einem zutraue, was über Hexen und Geister zu wissen, dann dem, ist ja selbst so was in der Richtung.« Ahlers grinste und zeigte erneut seine Bananenzähne, innerlich schüttelte es Carsten. Obwohl er gerade nicht wusste, ob wegen des Ekelpakets von Schutzpolizisten oder des Geistes im Archiv. »Alter Leuchtturm, sagen Sie?«, fragte er.

»Mehr eine Ruine, wird schon seit achtzig oder mehr Jahren nicht mehr als Leuchtturm genutzt. Das werden Sie aber sehen.«

»Und wie komme ich dahin?«

»Das ist nicht einfach, müssen Sie ein bisschen suchen in den Dünen.«

»Welche Dünen?«

Ahlers ging zur Karte und zeigte mit der rechten Hand auf einen Punkt, fragte dann: »Nordhelmsiedlung ein Begriff?«

»Ja«, sagte Carsten und folgte ihm zur Wandkarte, auf welcher der Inselsheriff mit dem Finger einen Weg nachzeichnete. »Nordhelmstraße runter bis Ecke Mainstraße und dann die Emsstraße bis zum Gehtnichtmehr hoch und dann die Pfade nehmen.« Er wies auf das große als Naturschutzgebiet ausgewiesene Areal zwischen Nordstrand und Krankenhaus Norderney. »Da sind keine Straßen mehr, aber viel Sand und Wald. Irgendwie finden Sie das schon.«

»Na gut. Dann versuche ich mein Glück.«

»Und nicht wild durch die Dünen gehen, das gilt auch für Polizisten. Außer für mich natürlich. Hahaha.«

»Auf Wiedersehen, Herr Ahlers.« Ein zweites Mal gab Carsten ihm nicht die Hand. Er war irritiert von der Unfreundlichkeit und Unprofessionalität des Inselpolizisten, aber auch von den Erzählungen über den ominösen Archivar. Von einem alten Leuchtturm auf der Insel hatte er nie gehört und sich gleichzeitig gewundert, warum der auf einer Karte nicht eingezeichnet war. Aber er wollte die Chance nutzen und diesen Marcel Kramer noch finden, bevor es dunkel wurde. Er hoffte, dass er ihm mit der Hexengeschichte weiterhelfen konnte, und machte sich gleich auf den Weg zur Nordhelmsiedlung.

9. XERODERMA PIGMENTOSUM

Als Carsten wenig später am Rande des Naturschutzgebietes auf und ab ging, fragte er sowohl Touristen als auch Insulaner mal nach einem alten Leuchtturm, mal nach dem Inselarchiv. Während die Urlaubsgäste nichts mit seinen Fragen anzufangen wussten, erhielt er von Einheimischen die gleiche Antwort, die ihm schon der Inselpolizist gegeben hatte. Schwer zu beschreiben, nicht leicht zu finden, er müsse selbst in den Dünen suchen. Es blieb ihm also keine andere Möglichkeit, als Pfadfinder zu spielen. Er ging die verzweigten, schmalen Trampelpfade und engen Reitwege so lange in verschiedene Richtungen ab, bis er den schwarzen Turm entdeckte. Er lief den kleinen Pfad, der durch die sandigen Hügel führte, herunter und blieb vor dem knapp fünfzehn Meter hohen Turm, der sich eingeschlossen in einer Mulde zwischen noch höheren Dünen befand, stehen. Die massiven Backsteine des runden Gebäudes ließen nur an wenigen Stellen ihre ursprünglich rote Farbe erkennen. Der Rest des Mauerwerkes war rußschwarz, als hätte der ganze Turm einst gebrannt. Auf dem Dach konnte Carsten ein rostiges Geländer entdecken, hinter dem sich wohl in früherer Zeit die Kuppel mit dem Leuchtfeuer befunden haben musste. Er ging einmal um das Gebäude herum und schätzte, dass der Turm in drei Etagen angelegt war. Zumindest erkannte er kleine, auf unterschiedlicher Höhe versetzte Fenster, die allerdings mehr an die Bullaugen eines Passagierschiffes erinnerten. Auf der hinteren Seite befand sich ein Vorbau mit Eingangstür. Carsten ging die vier Stufen, die dorthin führten, hinauf und entdeckte den großen Postkasten, der ihn von der Form und dem breiten Schlitz her an die alten gelben Boxen der Deutschen Post erinnerte. Nur war dieser schwarz. Vermutlich überlackiert, dachte Carsten. Ein winziges Schildchen mit integriertem Klingelknopf hing darüber. *Hauptinselarchiv Norderney. Marcel Kramer,* las er darauf, drückte den Knopf und hörte als Reaktion ein lautes Summen hinter der Metalltür, die sich kurz danach öffnete. Allerdings nur einen kleinen Spaltbreit. Den Menschen, der sich dahinter versteckte, konnte Carsten kaum erkennen. Im Inneren des Turms war es stockfinster, und der Mensch drehte sein Gesicht zur Seite.

»Ja, bitte? Wer sind Sie?« Die Stimme, die ihn begrüßte, hätte sowohl weiblich als auch männlich sein können. Ein merkwürdiges, hohes Quietschen lag in ihr.

»Herr Kramer?«, fragte der Kommissar.

»Der bin ich. Wer sind Sie?«, sagte der Archivar stotternd.

»Carsten Kummer, Kripo Bremen. Ich habe ein paar Fragen.«

»Damit habe ich nichts zu tun«, quietschte Kramer und stieß abrupt die Tür zu. Carsten klingelte erneut, ließ zwei Minuten verstreichen und probierte es dann ein drittes Mal. Keine Reaktion. Er klopfte mit der Faust gegen die Tür und rief: «Herr Kramer! Ich bin nicht hier, um zu ermitteln. Sie haben nichts zu befürchten. Ich habe lediglich ein paar Fragen zur Geschichte Norderneys.«

Stille. Carsten klopfte erneut. »Ich werde Ihnen nichts tun, Sie nicht festnehmen und auch keine unangenehmen Fragen stellen. Ich brauche nur zwei Minuten. Versprochen.«

Die Tür ging auf. »Zwei Minuten«, stotterte Kramer.

»Ich verspreche es.«

»Dann kommen Sie rein und machen anschließend sofort die Tür zu. Halten Sie sich an meinem Rücken fest, Sie werden kaum etwas sehen können.«

Carsten wunderte sich über die merkwürdige Einladung, trat aber ein, schloss die Tür hinter sich, und da er tatsächlich rein gar nichts erkennen konnte, tastete er nach Kramers Rücken. Es war unangenehm kalt in dem Turm, die Luft so trocken, dass Carsten meinte, kaum atmen zu können. Was er einsog, roch nach Kalk, Schwefel und altem Lampenöl.

»Keine Angst«, sagte Kramer, als Carsten ihn von hinten anfasste. »Ich erkläre Ihnen das gleich, sind nur ein paar Meter zum Archiv.«

Der Kommissar bemerkte flackerndes Licht aus einem Raum, zu dem ihn der Archivar führte. Als er nach Kramer eintrat, staunte er nicht schlecht. Der kreisrunde Raum hatte einen Durchmesser von möglicherweise zehn Metern, an den Steinmauern hingen Fackeln. Die, wie er richtig vermutet hatte, drei Etagen waren durch Rundgänge, bestehend aus Metallgitterstegen und schmalen Geländern, voneinander abgetrennt. Bis auf jeweils zwei Türen auf jeder Ebene und den Stellen, wo die Fackeln hingen, hatte jemand die Wände des Leuchtturms komplett mit Regalen verbaut, die bis unters Dach reichten. Das müssen Zehntausende Bücher und Aktenordner sein, dachte Carsten und kam aus dem Staunen kaum mehr raus.

»Ich bin heute nicht gut drauf, sollten Sie wissen.«

Carsten zuckte zusammen und erschrak. Kramer war, ohne dass er es bemerkt hatte, vor ihm stehen geblieben und hatte sich umgedreht. Er konnte ihm jetzt direkt ins Gesicht sehen, das eigentlich gar keines darstellte. Ahlers hatte recht gehabt, Kramer trug eine runde, weiße Maske. Sie zeichnete nur grob die Konturen eines menschlichen Antlitzes ab, mit kleinen Löchern für Augen und Nase. Darüber trug der Archivar eine schwarze Wollmütze. Darunter war er in einen weiten dunklen Umhang gehüllt. Das sah alles nicht menschlich aus. Normalerweise hätte Carsten die Flucht ergriffen oder seine Waffe gezogen.

»Ich weiß, es wirkt befremdlich«, quietschte Kramer. »Deswegen bin ich auch froh, wenn mich niemand sehen muss.«

Jetzt stotterte auch Carsten. »Wie ist das …? Ich meine, was ist mit Ihnen? Meine Güte!«

Kramer hustete. »Ich habe eine seltene Krankheit. Bekannt als Mondscheinkrankheit oder Lichtschrumpfhaut. Keine Sorge, ist nicht ansteckend, rein genetisch bedingt. Der Fachbegriff lautet *xeroderma pigmentosum,* anderswo auch als *melanosis lenticularis progressiva* aufgeführt.«

»Oh«, sagte Carsten, denn er hatte weder jemals von einer solchen Krankheit gehört noch wusste er, ob er seinem Gegenüber Mitleid aussprechen oder sich überhaupt weiter darüber informieren lassen sollte.

Kramer nahm ihm die Entscheidung ab. »Es gibt nicht viele von uns. In Deutschland gerade mal achtzig. Ich bin der Drittälteste, soweit ich weiß. Mit fünfunddreißig Jahren bin ich recht alt geworden unter diesen Umständen. Die meisten Betroffenen sterben schon als Kind. Aber ich bin vorsichtig. Ich lasse niemals Sonne an meine Haut. Niemals.« Er zischte merkwürdig unter seiner Maske. Carsten fand es höchst befremdlich, dass ein Gesicht zu ihm sprach, das keinerlei Mimik erkennen ließ.

»Wenn ich Sonnenstrahlen abbekomme, bilden sich innerhalb von Minuten Tumore. Es brennt und schmerzt fürchterlich, das können Sie sich kaum vorstellen.«

»Das kann ich in der Tat nicht«, sagte Carsten. »Und da kann man nichts gegen machen?«

»Nein. Außer sich eben ausschließlich im Dunkeln aufzuhalten. Es entstehen dann nur andere Komplikationen, wenn man so gar kein Sonnenlicht bekommt. Es gibt schlimme Tage. So wie heute zum Beispiel. Ich bin unglaublich schwach und habe das Gefühl, mein Kopf platzt gleich. Ich gehe aber jede Nacht raus und dann stundenlang spazieren, um wenigstens frische Luft zu bekommen.«

»Warum tragen Sie ihn jetzt?«

»Was meinen Sie?«, quiekte Kramer.

»Na, Ihren Gesichtsschutz. Die Sonne ist nicht da!«

»Ach so, na ja, weil ich Besuch habe. Glauben Sie mir, Sie wollen das nicht sehen. Und ich will nicht, dass überhaupt je irgendjemand sich angucken muss, wie ekelhaft zerfressen meine Haut ist. Oder glauben Sie, ich schaue mich selbst noch an?«

Carsten zuckte mit den Schultern, der Mann tat ihm leid.

»Die Maske kann man im Vergleich dazu als schön bezeichnen.«

»Sie kommen nicht von hier, oder?«, fragte Carsten, um das Gespräch in eine andere Richtung zu lenken.

»Nein. Mein Onkel hat das Archiv aufgebaut. Er ist vor fünf Jahren gestorben und gab mir die Chance, hier zu leben. Die Nordseeluft verschafft mir Linderung.«

»Wenigstens können Sie arbeiten.«

»Na ja, ich hatte nie eine anspruchsvolle Arbeit, wie auch?«, quietschte Kramer und hustete laut. »Habe zu Hause über eine Fernschule Abitur gemacht und dann versucht, Jura zu studieren. Das war aber nicht ganz meins, und die Krankheit hat mich immer wieder zurückgeworfen. Verstehen Sie?«

»Ja, na sicher«, sagte Carsten.

»Die Arbeit im Archiv macht mir einigermaßen Freude«, erzählte Kramer weiter. »Ich verdiene zwar fast nichts, bekomme aber genug Zuschuss vom Staat, sodass ich überleben kann. Eine Dame von der Sozialstation geht einmal in der Woche für mich einkaufen.«

Carsten zuckte zusammen. Da flatterte und krähte etwas im Raum. Ein Schatten stieg auf. Daraufhin sprangen drei schwarze Katzen aus einem der Regale und versuchten, den Schatten zu jagen.

»Mein Rabe Caesar und meine drei Kater Sonne, Mond und Stern. Klingt komisch, ich weiß. Sind aber wichtige Freunde, ich lebe mit ihnen zusammen.«

»Puhh, die haben mich ganz schön erschreckt«, sagte Carsten.

»Die sind harmlos.«

»Eine Art Familienersatz?«

»Möglich. Wir vertragen uns alle gut. Aber Caesar nervt die Kater manchmal.« Kramer hustete wieder und hielt sich an Carsten fest. Der versuchte, die Luft anzuhalten. Er hatte keine Lust darauf, sich mit irgendetwas anzustecken. Nach dem Anfall sagte Kramer: »Ist die trockene Luft hier, kaum auszuhalten. Stellen Sie jetzt bitte Ihre Frage, ich möchte wieder alleine sein.«

»Ach ja, die zwei Minuten sind schon um«, antwortete Carsten. »Entschuldigung.«

»Kein Ding, nun ist es passiert. Ich werde auch das überleben.« Der Kommissar meinte, ein kurzes Lachen bei seinem Gastgeber zu bemerken.

»Wie kann ich helfen?«, fragte Kramer.

Carsten wusste, dass er keine Zeit mehr verlieren durfte und auf den Punkt kommen musste. »Ist Ihnen der Name Merle Onken ein Begriff?«

Kramer zuckte zusammen und wendete seine Augen von Carsten ab. »Nein, nie gehört«, sagte er nach kurzem Zögern. »In welchem Jahrhundert hat sie gelebt?«

»In diesem.«

»Na, dann schauen Sie doch besser im Internet nach, da werde ich nichts haben.«

»War nur nebensächlich. Hauptsächlich möchte ich gerne wissen, ob Ihnen der Name Dortje Freding etwas sagt, oder Tjard Freding. Beide sollen um 1544 auf Norderney gelebt haben.«

Wieder überkam Kramer ein merkwürdiges Schütteln, so als machten ihm die Namen Angst. »Dortje und Tjard Freding«, wiederholte er. »Mmh, so spontan kann ich damit nichts anfangen. Ich habe aber auch noch lange nicht alle Akten durch, die mir mein Onkel hinterlassen hat. Worum geht es denn da? Was wollen Sie wissen?«

»Dortje Freding soll in der Frühen Neuzeit als Hexe auf Norderney verurteilt worden sein.«

»Hexe, sind Sie sicher?«, fragte Kramer und schien durchaus interessiert. »Hier auf Norderney?«

»Ja, vermutlich eine Legende«, antwortete Carsten. »Könnten Sie nicht nachschauen, ob Sie da was finden?« Der Kommissar wartete, bis Kramer abgehustet hatte.

»Ich weiß wohl, wo ich gucken könnte, kann aber ein paar Tage dauern. Wenn Sie mir eine Telefonnummer oder Mailadresse dalassen, melde ich mich.«

»Das ist nett von Ihnen, Herr Kramer«, sagte Carsten, zog sein Portemonnaie aus der Tasche und reichte ihm eine Visitenkarte.

»Ich kann nichts versprechen«, quietschte der Archivar. »Ich bringe Sie …«

»Ich finde alleine raus, auch im Dunkeln«, sagte Carsten und sah, dass der Archivar nickte und dann weiterhustete. »Dann wünsche ich Ihnen gute Besserung … obwohl, das ist ja anscheinend ein aussichtsloser Wunsch.«

»Nein, nein«, antwortete Kramer hastig. »Es ist nur manchmal so schlimm. Wenn ich nachts rausgehe, bin ich meist topfit und stark wie ein Bär. Fühle mich ab und an wie ein Vampir oder Werwolf oder so was. Es gibt Nächte, in denen ich gar nicht husten muss.« Er lachte auf. »Machen Sie sich keine Sorgen, ich werde die Kraft noch aufbringen können, um nach Akten aus der Frühen Neuzeit zu suchen.«

»Wundervoll«, sagte Carsten. »Dann wünsche ich Ihnen heute Nacht wenigstens einen entspannten Spaziergang.«

Kramer entgegnete nichts mehr, röchelte nur noch, und Carsten, dessen Augen sich ein wenig an die Dunkelheit gewöhnt hatten, stürmte zum Ausgang, riss die Tür auf, stolperte die Treppen herunter und fiel unten in den Sand. Was für ein Horrortrip! Er holte dreimal tief Luft, stand auf und rannte die Pfade entlang in Richtung Nordhelmsiedlung. Er brauchte jetzt ganz dringend etwas zu trinken und danach mehr denn je eine Dusche.

Auf dem Weg zur Pension hielt er an einem Discounter, legte sich zwei Flaschen Wasser in den Einkaufswagen, eine Dose Pfirsicheistee und nahm noch drei belegte Thunfischsandwiches sowie eine Packung Schokoladenkekse mit. An der Schlange vor der Kasse trank er eine Flasche bereits aus. Er hielt es nicht länger aus, kam sich vor, als wäre er stundenlang durch die Wüste gewandert. Dass die anderen Kunden ihn doof anglotzten, nahm er in Kauf.

In der Pension duschte er erst kalt, dann warm und wieder kalt. Er band sich ein Handtuch um, ließ sich erschöpft aufs Bett fallen und schaltete den Fernseher an. Bei einem Animationsfilm mit Pinguinen blieb er hängen. Für ein anderes Programm fehlte ihm die Kraft.

Dann griff er nach seiner Jacke, die er auf das Bett geworfen hatte, und zog sein Handy aus der Seitentasche. Verdammt, dachte er, ausgegangen, und er hatte es nicht bemerkt. Er zog das Ladegerät aus der Reisetasche und stöpselte es neben dem Nachttisch in die Steckdose ein. Er hatte Mühe, sich wachzuhalten, und erst nach drei Minuten bekam er das Gerät an. Es war kurz nach vier Uhr nachmittags, obwohl es ihm vorkam, als wäre er schon zwanzig Stunden auf den Beinen gewesen. Der Messenger meldete sich, vibrierte mindestens zehnmal. Er öffnete die App und sah nach. Fünf verpasste Anrufe von Beate. Scheiße! Drei von Rickmer und zwei von Gesa. Was war denn da los? Drei Nachrichten auf dem Anrufbeantworter. Er dachte an seine Frau, und gleich fiel ihm wieder ein, dass er Mist gebaut hatte. Sie hatte doch nichts erfahren? Quatsch, von wem denn auch? Er rief sie an und entschuldigte sich dafür, dass er sich nicht gemeldet hatte. Sie hatte sich nur gesorgt und hatte Sehnsucht nach ihm. Carsten berichtete ihr von seiner merkwürdigen Begegnung mit dem Archivar. Sie beruhigte sich, doch er dachte daran, dass sie unterbewusst etwas gespürt haben könnte. Sie hatte manchmal so einen komischen esoterischen Touch. Gut, dass sie ihn nicht nach Gesa gefragt hatte, denn er wusste nicht, ob er es fertigbringen würde, sie eiskalt zu belügen. Da sollten Verschweigen und Vergessen doch die besseren Alternativen sein.

Als er aufgelegt hatte, rief er seine Mailbox an. Zweimal hatte seine Frau draufgesprochen und ihn dringend gebeten, anzurufen, die dritte Nachricht war von Rickmer. Carsten hörte sie ab. Der Kollege aus Norden schien erbost. »Rufen Sie sofort zurück, Herr Kummer. Das gibt es doch nicht. Sie sind gerade mal einen Tag da oben, und schon kommen Gespött und Beschwerden. Gesa Onken hat mir eine Mail geschrieben und darin mitgeteilt, dass Sie jetzt die Ermittlungen übernehmen und dass ich mich warm anziehen soll. So hatten wir aber nicht gewettet. Was denken Sie sich dabei? Dann hat auch noch Ingo Ahlers angerufen und mich gebeten, Ihnen auszurichten, dass Sie ihn nicht mit Fragen über Merle Onken und seinen Sohn belästigen sollen. Ich bin wirklich sauer. Zu Ihrer Angelegenheit bezüglich dieser Hexengeschichte fällt mir nichts ein. Ist doch wohl selbstredend, dass Merle sich in ihrem Drogenrausch irgendwelche Geschichten ausgedacht hat. Ich selbst habe mit dem Bürgermeister gesprochen. Diese Hexen, von denen das Mädchen da schreibt, hat es nicht gegeben. Bitte um schnellstmögliche Rückmeldung. Tschüss.«

Ach du Scheiße, dachte Carsten. Mit der Petzerei von Ahlers konnte er ja noch irgendwie umgehen, aber was fiel denn Gesa bloß ein? *Die ist ja wohl wirklich nicht ganz dicht.* Carstens Herz raste. Das war eindeutig zu viel. Er fühlte sich erbärmlich verarscht von Gesa. Was tat er hier eigentlich? Der Selbstmord war doch quasi erwiesen. Kein Mensch konnte was mit einer Hexe Dortje anfangen. Vermutlich hatte Rickmer recht und Merle hatte sich einfach in ihrem bekifften Zustand irgendwas zusammengesponnen. Vielleicht hatte sie auch übertrieben, was Hauke Ahlers betraf, so wie der Inselsheriff es ihm erklärt hatte. Gesa selbst hatte ja gesagt, dass Merle auch ihrer Mutter gegenüber zu dick aufgetragen hatte. Und dann diese dumme und peinliche Geschichte mit dem Inselarchivar, der, so dachte Carsten, sowieso nicht in der Lage wäre, in dieser Sache helfen zu können. Nicht weil er zu krank war, sondern weil da einfach nichts war. Er überlegte. Nein, sich morgen auch noch in der Schule die Blöße zu geben und der Lehrerin dumme Fragen zu stellen, das Ganze mit Ahlers und Rickmer im Nacken, das konnte und wollte er sich nicht antun. Sein Entschluss stand fest, gleich morgen würde er abreisen.

Weil er weder Lust noch Kraft auf eine direkte Kommunikation mit Rickmer hatte, nahm er seinen Laptop aus der Tasche und schrieb ihm eine Mail. Er entschuldigte sich für Gesa und für den Besuch bei Ahlers, teilte ihm mit, dass Rickmer wohl recht gehabt hatte damit, dass Gesa psychisch völlig daneben sei. Am Selbstmord Merles habe auch er keine Zweifel, und er wolle morgen wieder abreisen. Er schickte die Mail ab und buchte danach für den nächsten Tag eine Schiffs- und Zugverbindung, erwischte sogar noch ein Sparangebot. Die Fähre um elf Uhr dreißig. Das passte perfekt zur Zimmerübergabe. Dann rief er Beate an und teilte auch ihr die Neuigkeiten mit. Sie war überrascht, freute sich aber auf ihn.

Carsten überlegte, ob er Gesa überhaupt noch kontaktieren sollte. Aber er hatte ein Versprechen abgegeben. Als er ihre Nummer wählte, hoffte er, dass sie nicht drangehen würde und er ihr seinen Entschluss auf den Anrufbeantworter sprechen könnte. Er hatte Glück, das Band sprang an. Er musste sich zusammenreißen, bevor er die Nachricht aufsprach: »Gesa, das war ein absoluter Vertrauensmissbrauch. Was soll so ein Mist? Du schreibst Rickmer eine Mail und teilst ihm mit, dass ich in einem Mordfall Merle ermittele? Das war hinterhältig und falsch. Ich habe mit Ahlers gesprochen. Er ist zwar ein mieses Arschloch, aber er hat recht. Keiner glaubt, dass Merle ermordet wurde. Ich war sogar beim Inselarchivar. Ein unangenehmes Erlebnis, sage ich dir. Das habe ich deswegen gemacht, weil Merle in ihrem Tagebuch eine gewisse Dortje Freding erwähnt. Darüber hattest du mir nichts erzählt. Aber auch das ist jetzt egal, denn es ist nur eine Geschichte. Mir tut es sehr leid für dich. Ich habe Merle etwas kennenlernen können, dafür danke ich dir. Ich bin dir nicht mehr böse, dass du sie mir vorenthalten hast. Ich werde meine Tochter bestimmt wieder besuchen auf dem Friedhof. Nur reise ich jetzt erst mal ab. Ich habe für morgen Mittag schon die Fähre gebucht. Wo dein Schlüssel ist, weißt du ja. Es bringt im Übrigen auch nichts, wenn du mich noch mal anrufst. Meine Entscheidung ist getroffen und nicht mehr verhandelbar. Alles Gute, Gesa. Ich melde mich in ein paar Wochen bei dir. Bis dann.«

10. DIE FRAU IM FEUER

»*Relight my fire …*« Henrieta sang das Lied mit, das der CD-Player, der an der Bar im Nebenraum stand, abspielte. Schweißperlen liefen ihr von der Stirn, aber sie war gut gelaunt. In etwa einer halben Stunde konnte sie endlich Feierabend machen. Sie sprühte das Desinfektionsmittel auf die Acrylplatte der Sonnenbank und wischte erst mit einem Feucht-, dann mit einem Trockentuch darüber. Den Boden hatte sie bereits geschrubbt, die zweiundfünfzig UV-Lampen des *Ultra Sun 800* abgefeudelt. Mit den anderen sechs Geräten und Kabinen der *Sonnbar* war sie durch. Gleich noch Bar und Verkaufsregale vom Staub befreien, Büro und Aufenthaltsraum saugen, dann den Müll mit nach draußen nehmen und ab nach Hause. Mit ihrer Mitbewohnerin Amanda wollte sie nachher einen Bohnentopf kochen, dann nur noch die Füße hochlegen und ein oder zwei Folgen ihrer Lieblingsserie auf dem Laptop schauen. Mehr war nicht drin nach so einem anstrengenden Arbeitstag.

Sechs Tage in der Woche putzte Henrieta jeweils drei bis vier Ladenlokale, außerdem diverse Appartements in Ferienwohnanlagen. Die körperliche Tätigkeit schlauchte sie, doch sie konnte auf das gute Geld, das sie verdiente, nicht verzichten. Deswegen versuchte sie sich nie zu beschweren, nicht vor ihren Kolleginnen auf der Insel und schon gar nicht bei ihrer Familie oder den Freunden in Rumänien. Das zweite Mal war sie jetzt für drei Monate auf Norderney, um zu arbeiten. In dieser Zeit konnte sie das Dreifache von dem verdienen, was ihr der Job im Kindergarten in Bukarest für den Rest des Jahres einbrachte. Ihren Eltern, die zu Hause von der Hand in den Mund lebten, gab sie etwas von ihrem Verdienst ab. Ihre Schwester, die in England arbeitete, machte es genauso. So kamen alle irgendwie durch. Das meiste aber wollte sie sparen, um später Pädagogik studieren zu können. Ihr großer Traum war es, Lehrerin für Rumänisch und Sport zu werden. Wer weiß, vielleicht kann ich bis dahin sogar Deutsch unterrichten, dachte Henrieta. Ein bisschen was lernte sie ja, wenn sie sich in Deutschland aufhielt. Zwar lebten in ihrem Wohnheim fast ausschließlich Rumäninnen und Kroatinnen, aber sie kam tagsüber mit vielen Deutschen in Kontakt. Und am Wochenende konnte sie an einem Abend ausgehen. Meistens besuchte sie mit den anderen das Backstage. Da freute sie sich immer drauf. Sie hoffte, dass der Zweiradmechaniker Enzo wieder da sein würde. Ein süßer Kerl war das, und er hatte ihr deutliche Avancen gemacht, aber am letzten Wochenende leider zu viel getrunken. Sie küsste einen Mann erst, wenn der sich auch nüchtern als nett erwies. Enzo sollte sie mal sonntags zu einem Eis einladen. Dann könnte er Chancen haben. Henrieta war selbst zwar gerade erst neunzehn Jahre alt, aber sie kam bei Männern sämtlicher Altersgruppen gut an. Na ja, außer bei denen, die keine Rothaarigen mochten. Die gab es ja auch. Und nicht alle Mädchen mit roten Haaren konnten sich als sexy bezeichnen. Aber sie ja, da war sie selbstbewusst. Sie tat aber auch viel dafür. In Rumänien ging sie joggen, schwimmen und spielte ab und zu Tischtennis. Und hier auf Norderney hielt sie die Arbeit körperlich fit genug. Das Einzige, was sie nicht für ihre Schönheit tun konnte, war ausgerechnet das, was sie gerade reinigte: eine Sonnenbank zu benutzen. Ihre blasse Haut war so anfällig, dass sie nach ein paar Minuten im Solarium einen Sonnenbrand bekam. Aber sie wollte auch gar nicht braun sein.

Henrieta klappte die Haube des Moduls zu, nahm ein Schild von ihrem Putzwagen und hängte es an die Bank. *Frisch desinfiziert* stand darauf. Gerade wollte sie sich nach den Aftersun-Probenpäckchen bücken, da hörte sie, dass die Musik ausging. Merkwürdig, sie hatte die CD eben erst gewechselt.

»Hallo, ist jemand da?«, rief Henrieta, bekam jedoch keine Antwort. Sie zuckte mit den Schultern, legte die Proben auf den Hocker und zog den Wagen aus der Kabine. »Aua«, schrie sie, als sie rückwärts durch die Tür ging, und fasste sich an den Nacken. Irgendwas hatte sie gestochen oder gebissen. Es hatte sich wie ein Wespenstich angefühlt. Aber die flogen hier doch Mitte Mai nicht rum. Sie drehte sich um und erschrak. Da stand jemand auf dem Gang, mit einer schwarzen Sturmhaube über dem Kopf. »Was wollen Sie?«, schrie Henrieta. »Ich habe kein …« Mehr brachte sie nicht raus.

Sie merkte noch, wie ihre Knie einfach wegsackten, dann verlor sie das Bewusstsein.

Verdammt, tut das weh! Ahhh! Warum kann ich mich nicht bewegen? Ich will hier raus! Hilfe! Hilfe! Henrieta wollte schreien, doch sie merkte schnell, dass aus ihrer Kehle kein Laut kam. Sie versuchte aufzustehen, mit den Armen nach etwas zu greifen. Aber sie konnte sich nicht einen Millimeter bewegen. Was war passiert? *Ist das ein Albtraum?* Sie steckte im *Ultra Sun 800* fest, das sah sie ja. Sie lag zwischen den zweiundfünfzig extra starken UV-Lampen, die auf Hochtouren liefen. Das blaue Licht blendete und verbrannte sie. Bald wurden die Schmerzen, die sie am ganzen Körper verspürte, unerträglich, ihre Haut glühte wie Feuer. Sie brannte. Es roch schon nach angekokeltem Fleisch. Panisch versuchte sie, Luft zu holen, doch der Schmerz ließ nicht mal mehr das zu. Wie lange lag sie unter dem Ding? Wenn sie hier nicht sofort rauskäme, würde sie tatsächlich verbrennen. Aber wer auch immer sie hier eingesperrt hatte, wollte nicht, dass sie freikam. Aber warum? Was hatte sie wem getan? Sie konnte nicht mehr darüber nachdenken, merkte, wie ihr Körper von innen ausbrannte, die Augen bekam sie nicht mehr auf. Noch einmal versuchte sie, Luft zu holen, rief in Gedanken nach ihrer Mutter, dann verließen sie die Kräfte für immer.

Henrieta war bereits über dreizehn Stunden tot, als Carsten mit dem Taxi auf den Vorplatz des Anlegers bog. Von der rumänischen Putzfrau konnte er noch nichts wissen, doch er ahnte, dass etwas nicht stimmte. Ungläubig betrachtete er die Mercedes-Kombis der Kripo, die mit quietschenden Reifen und Blaulicht von der Fähre fuhren, die gerade vom Festland kommend angelegt hatte. Einer mit Auricher Kennzeichen, einer aus Norden. Als die Kolonne an ihm vorbeifuhr, erkannte er deutlich Kommissar Rickmer auf dem Beifahrersitz des Nordener Fahrzeugs.

»Was ist denn los?«, fragte der Taxifahrer. »So was habe ich hier noch nie gesehen.«

»Fahren Sie hinterher!«, rief Carsten. »Schnell! Ich bleibe!«

11. HAUTTYP EINS

Carsten bedeutete dem Taxifahrer, seinen Wagen in etwa fünfzig Metern Abstand zu den Kombis der Kripo zu stoppen, die vor einem Ladengeschäft am Rande der Stadt geparkt hatten. Durch die Windschutzscheibe beobachtete er, wie zwei nicht-uniformierte Kollegen massive, schwarze Polypropylen-Koffer aus dem Kofferraum hievten. Spurensicherung.

»Was ist denn nur los?«, fragte der Fahrer, nachdem auch der Norderneyer Streifenwagen mit blinkenden Blaulichtern sein Taxi passiert hatte.

»Das werden wir herausfinden«, sagte Carsten, kramte sein Portemonnaie aus der hinteren Hosentasche, zog einen Zwanzig-Euro-Schein heraus und übergab ihn dem aufgeregten Mann. »Können Sie morgen in der Zeitung lesen. Ich werde *jetzt* gebraucht.«

Carsten stieg aus, ging um das Taxi herum, nahm seinen Trolley aus dem Kofferraum und lief dann die Straße hinunter zu dem Ladenlokal, in das er gerade Ahlers mit der Hand eng am Pistolenhalfter hineinstürmen sah.

Als er näher kam, erkannte Carsten, dass es sich um ein Sonnenstudio handelte. Über dem Eingang stand in kitschigen, pinken Leuchtlettern geschrieben: *Sonnbar 'Ney*. Darunter der Slogan: *Immer gut gebräunt an den Strand*. Durch die Frontscheibe, an der Aufkleber für Bräunen ab zehn Euro pro halbe Stunde und für diverse Flatrates warben, sah er Rickmer. Ahlers und ein klein geratener Mann, der aufgeregt gestikulierte, standen neben ihm an einem Tresen. Carsten beschloss hineinzugehen und lehnte seinen Koffer an den Mauervorsprung neben dem Eingang.

»Was wollen Sie denn noch hier?«, fuhr ihn der Inselsheriff an, kaum dass er den Laden betreten hatte.

»Schon okay«, sagte Rickmer. »Wenn wir uns die Tote anschauen, werden Sie sehen, dass Herr Kummer mitreden kann.« Er wandte sich Carsten zu. »Ich dachte allerdings auch, dass Sie heute abfahren wollten, konnte Ihre Entschuldigungsmail noch lesen, bevor wir gerufen wurden.«

»Das war auch so geplant«, sagte Carsten. »Ich habe einen Rückzieher gemacht, als ich auf dem Weg zur Fähre Sie gesehen habe.«

»Verstehe, eine gute Entscheidung. Aber wir wollen nicht voreilig spekulieren.« Er wies auf den kleinen Mann, der daraufhin seine zittrige Hand ausstreckte. »Das ist Herr Norbert Niemeyer, Besitzer der *Sonnbar*.«

»Guten Morgen, Kummer, Kripo Bremen«, sagte Carsten, der sich über den Namen des Inhabers wunderte. Rein äußerlich betrachtet hätte er auf eine arabische oder südländische Herkunft getippt. Doch offenbar nutzte Niemeyer seine Angebote gerne selbst, und das nicht selten.

»Dieses Mädchen, das in der Sonnenbank liegt, wie heißt die, sagten Sie?«, fragte Rickmer.

»Hen… Hen… rieta.« Niemeyer stotterte und zupfte nervös an seinem gelben Trikot, das mit dem Emblem des brasilianischen Fußballverbandes und sechs grünen Sternen darüber bestickt war.

»Sie hat doch einen Nachnamen?«, fragte Rickmer, dessen Gesicht und Glatze rote Flecken überzogen, so wie beim ersten Aufeinandertreffen mit Carsten in Norden. Hoher Blutdruck, vermutete dieser. Die Beine des Hauptkommissars sahen aus wie Stelzen, dafür schleppte er einen runden Bauch vor sich her, der locker Form und Größe eines Medizinballes aufwies.

»Ja, sie … natürlich hat sie«, stammelte Niemeyer. »Hatte sie, wollte ich sagen. Henrieta. Oh mein Gott, sie ist tot. Verbrannt, zerquetscht. Wer tut denn so was?«

»Den Nachnamen hätten wir gerne gewusst, Nobbi«, brüllte Ahlers, der immer noch seine Hand am Halfter hielt. Anscheinend waren die beiden einander bekannt. Kein Wunder auf einer Insel, dachte Carsten. Auch hätte er sich zu Hause über einen Streifenpolizisten kaputtgelacht, der in einem gesicherten Laden, in dem es von Kripobeamten wimmelte, einen nervösen Zeugen mit der Hand an der Waffe befragte.

Rickmer wies den Sheriff mit einer Handbewegung an, einen Gang zurückzuschalten, und der ließ darauf die Pistole los.

»Habe ich das nicht gesagt?« Niemeyer wischte mit dem Handrücken über seine feuchte, runzlige Stirn. »Radu. Henrieta Radu. Seit zwei Monaten putzt sie bei mir. Macht immer gute Arbeit. Nie Klagen gehört. Und jetzt das.«

»Mmh. Frau Radu benutzt aber die Anlagen nicht, wenn sie hier arbeitet? Oder nach ihrer Schicht?«

Rickmer erledigte seine Sache ordentlich, dachte Carsten. Er sprach mit Bestimmtheit, blieb dabei aber ruhig und sachlich.

»Nein, sicher nicht«, antwortete Niemeyer. »Das darf sie doch gar nicht. Außerdem leidet sie an einer Sonnenallergie, hat sie mir selbst erzählt. Die geht nicht mal an den Strand mit ihrer blassen Haut. Das arme Ding.«

»Verstehe«, sagte Rickmer und schaute dann Ahlers an. »Nehmen Sie alles auf, was Herr Niemeyer über die Tote weiß. Adresse, Arbeitsverhältnisse und so weiter. Ich gehe mit Herrn Kummer an den Tatort.«

»Aber ich … wieso ich? Ich meine, warum darf ich nicht an den Tatort?« Der Inselpolizist drückte seine blaue Dienstmütze tiefer in die Stirn, so als wolle er damit Autorität andeuten. Carsten fand sein Verhalten kindisch. »Sie sagten doch, *wir* würden gleich etwas sehen«, raunte Ahlers. »Der Bremer da verfügt doch über keine Befugnis. Ich bin der Chef auf der Insel.«

Erneut versuchte Rickmer, ihn mit einer Handbewegung zu besänftigen, doch innerlich war seine Geduld womöglich schon überstrapaziert. Die roten Flecken an seinen Schläfen traten noch deutlicher hervor. »Sie tun bitte *Ihre* Arbeit«, sagte er. »Soweit ich weiß, sind Sie nicht bei der Kripo, der Kollege neben Ihnen schon.«

Ahlers warf Carsten einen grimmigen Blick zu, der sich ein leichtes Grinsen nicht verkneifen konnte, bevor er hinter Rickmer den Gang zu den Kabinen hinunterlief. Gleich nach den ersten Schritten musste er würgen. Ein ekelhafter und scharfer Geruch, wie eine Mischung aus verkohltem Fleisch, Sonnencreme und Putzmittel, stieg ihm in die Nase. Aus dem vierten Raum auf der linken Seite sah er Blitze zucken, und als er dort hereinschaute, würgte er das zweite Mal. Die langen roten Haare, die seitlich über den Rand der Solariumbank hingen, bemerkte er als Erstes. Unweigerlich dachte er an Merle, und sofort überkam ihn das Gefühl, Achterbahn zu fahren – so flau wurde es ihm im Magen. Er hasste Karussells und alles, was damit in Verbindung stand. Der Raum vor ihm war komplett verspiegelt, und Carsten musste überlegen, wie viele Beamte sich hier aufhielten. Schließlich zählte er vier Spurensicherer, die in weißen Schutzoveralls steckten, Mundschutz und türkisfarbene Einmalhandschuhe trugen.

Das obere Modul der Bank war hochgeklappt, die Leuchtröhren ausgeschaltet. Auf dem Boden vor dem pinken Gerät, das laut Aufkleber am Seitengehäuse *Ultra Sun 800* hieß, knieten zwei Männer. Einer schoss Fotos, der andere zog mit der Pinzette einen kleinen Hautfetzen aus dem Körper der vor ihm liegenden nackten Frau und verschloss ihn behutsam in einem luftdichten Plastiktütchen. Eine Beamtin besprühte die Ränder des Solariums mit Aerosolspray und bestrich die Stellen mit einem kleinen Fiberglaspinsel, um Fingerabdrücke zu nehmen. Der vierte Kriminalist stellte ein gelbes, nummeriertes Schildchen vor Kleidungsstücken auf, die zerknüllt neben einem Hocker auf dem Boden lagen. Erst als dieser dem Fotografen etwas zuzischte, worauf der sich umdrehte, um das nächste Beweisstück zu fotografieren, konnte Carsten das volle Ausmaß der Grausamkeit erkennen. Die Tote lag auf dem Rücken, die Augen verschlossen, sie trug keine UV-Schutzbrille, was darauf schließen ließ, dass sie nicht freiwillig in den Bräunungsapparat gestiegen war. Das noch deutlichere Indiz dafür bot der Kabelbinder, mit dem ihr rechter Arm an einer Eisenstange des Sonnenbräuners fixiert worden war. Weiße und schwarze Brandblasen, teilweise groß wie Äpfel, überzogen ihre dunkelrote Haut. Einige davon waren aufgeplatzt, und Gewebsflüssigkeit trat aus. An Knien und Nase hatten sich kohlefarbene Nekrosen gebildet. Lediglich unter dem Kinn und im Bauchnabel schimmerten weiße Stellen durch. Carsten schluckte bittere Galle herunter, die ihm in den Mund geschossen war. Er vermutete, dass auch Rickmer, der sich beide Hände vors Gesicht hielt, mit Übelkeit kämpfte.

»Bärlein, was kannst du zu diesem Zeitpunkt sagen?«, fragte der Hauptkommissar laut und flüsterte dann hinter vorgehaltener Hand Carsten zu: »Ist der beste Kriminaltechniker der Polizeidirektion Osnabrück, habe ich mir ausgeborgt. Der weiß einfach alles, studierter Chemiker, soweit ich weiß.«

Der Mann mit der Pinzette stand im Schneckentempo auf, er wurde dabei nicht viel größer. Höchstens ein Meter sechzig, dachte Carsten. Der kleine Mann drehte sich behäbig um und zog den Mundschutz herunter, dessen Enden an seinen Ohren hängen blieben. Er trug einen grau melierten Vollbart.

»Zweiundfünfzig UV-Röhren mit je hundertsechzig Watt besitzt das Gerät *Ultra Sun 800,* steht auf dem Hinweiszettel am Stromkasten. Ist auf Russisch verfasst. Ich habe jahrelang mit einem russischen Kollegen zusammengearbeitet, daher kann ich etwas davon entziffern.«

»Auch das noch«, flüsterte Rickmer und rieb seine Handflächen gegeneinander.

»Ich kann dem zumindest so viel entnehmen, als dass das Gerät definitiv nicht in Deutschland zugelassen ist«, sagte Bärlein. »Kein Prüfsiegel für Strahlenschutz oder ein anderes EU-Zertifikat. *Ultra Sun* ist ultra gefährlich, würde ich meinen.«

»Warum hat es keine Zertifizierung?«, fragte Rickmer und schaute dabei Carsten an, so als wolle er ihm unbedingt eine weitere Kostprobe von Bärleins Wissen offerieren.

»Nun, ich gehe also davon aus, dass das Solarium in Russland eingekauft wurde – illegal. Die Bestimmungen dort besitzen abweichende Standards oder verlangen gar keine. In Deutschland muss sich eine solche Maschine automatisch nach einer genau festgelegten Bestrahlungsdauer ausschalten. Ich wette, das ist bei dieser Sonnenbank nicht der Fall. Sonst wäre die Frau nicht dermaßen verbrutzelt.«

»Herr Niemeyer, der Besitzer, hat gesagt, es sei ausgeschaltet gewesen, als er das Mädchen gefunden hat.«

Bärlein lachte. »Das würde ich auch sagen, wenn ich in meinem Sonnenstudio eine Bank hätte, die nicht die Sicherheitsbestimmungen erfüllt.«

»Mann, Mann«, sagte Rickmer. »Das stimmt. Da ist Niemeyer uns eine Erklärung schuldig.«

»Normalerweise passiert ja nichts«, fuhr Bärlein fort und zeigte auf einen Knopf am Kopfende der Liege. »Jeder kann es ausschalten, wieder anmachen, höhere oder niedrigere Stufen einstellen. Der Kunde kann auch einfach gehen, wenn es ihm zu heiß wird.«

»Nicht, wenn er fixiert ist«, sagte Rickmer und verwies auf den Kabelbinder.

»Das würde ich nicht unbedingt behaupten«, sagte Bärlein. Er hob den zur Wand liegenden Arm der Leiche an und bewegte ihn über den Brustkorb zur gefesselten Hand. »Selbst wenn sie die Fessel nicht aufbekommen hätte, hätte sie sich noch aus dem Gerät rollen können und wäre nur am Arm verbrannt worden. Ich kann das gut einschätzen, sie hat ungefähr meine Körpergröße. Und sehen Sie hier …« Er nahm den Arm zurück, spreizte den Zeigefinger der Leiche nach vorne und drückte damit den Knopf. »Ausstellen können hätte sie das Solarium auf jeden Fall. Vorausgesetzt, sie war in der Lage, sich zu bewegen.«

»Entschuldigung, wenn ich mich einmische«, sagte Carsten. »Mein Name ist Kummer, Kripo Bremen.«

»Bremen, soso.« Bärlein grinste. »Leiht man sich die Beamten schon aus anderen Bundesländern? Muss ja schlecht bestellt sein um Niedersachsen.«

»Leihen?«, fragte Carsten.

»Salopp ausgedrückt«, antwortete der Spurensicherer. »Ich heiße Bärlein, Kripo Osnabrück, abgestellt nach Aurich, von da soeben weitergeschickt nach Norderney. So kann es kommen, wenn Norden auch noch der Polizeidirektion Osnabrück angehört.«

»Bei Herrn Kummer ist das anders«, mischte sich Rickmer ein. »Erkläre ich später.«

»Na gut, also?«, fragte Bärlein und schaute Carsten an.

»Ich ziehe daraus den Schluss«, sagte dieser, »dass die Frau, wenn sie sich hätte befreien können, tot war, bevor sie da reingelegt wurde.«

»Gut kombiniert, Herr Kollege«, antwortete Bärlein. »Das kann man nur hoffen für das Mädchen, dann hätte sie nicht so starke Schmerzen erlitten. Aber, wenn Sie mich persönlich fragen, das glaube ich nicht. Sieht alles nicht nach einer Beziehungstat aus oder nach einem normalen Mord, aus was für Gründen auch immer. Der Mörder wollte, dass sie schmort.«

»Er hat sie festgehalten?«, fragte Carsten. »Sie liegt da so ruhig. Es müssten doch Kampfspuren zu sehen sein.«

»Wir verlassen uns auf die Obduktion. Wollen mal abwarten, was für Spuren ihr Blut aufweist.«

»Sie meinen Betäubungsmittel, die sie gelähmt haben könnten, Alkohol, Medikamente«, sagte Carsten.

»So was in der Art«, entgegnete Bärlein. »Wäre nicht das erste Mal.« Er nahm etwas Schwarzes aus seinem Koffer, das wie ein Okular aussah, und hielt es dem Hauptkommissar entgegen. »Setzen Sie diese forensische Multifunktionslupe auf!«, sagte der Spurensicherer und zog dann vorsichtig den Kopf der Toten nach oben. »Gehen Sie herum und sehen Sie sich den Nacken an.«

Rickmer bückte sich am Kopfende und schielte durch die Linse. »Tatsächlich, ein Einstich«, sagte er. »Auf der unversehrten weißen Haut deutlich als roter Punkt, fast als Loch, zu erkennen.« Er übergab Carsten das Vergrößerungsgerät, der daraufhin die Stelle begutachtete.

»Ein Stich, ein frischer, keine weiteren am Körper«, sagte Bärlein. »Weder spritzt man sich Drogen in den Nacken noch würde ein Arzt dort etwas injizieren.«

»Sie haben recht«, sagte Rickmer und schien sich zu freuen.

»Ich gehe davon aus, dass die Frau hier beim Putzen überrascht und von hinten attackiert wurde. Eine toxische Substanz hat sie schnell außer Gefecht gesetzt, sodass keine Chance bestand, sich später zu befreien.«

»Warum dann die Fessel?«, fragte Carsten.

»Das können wir sagen, wenn wir wissen, *was* ihr gespritzt wurde«, antwortete Bärlein. »Vielleicht hat sie noch gezuckt und der Täter wollte auf Nummer sicher gehen oder er fesselt einfach gerne.«

»Wir können jetzt definitiv von Mord ausgehen?«, fragte Rickmer mit leiser Stimme.

»Ich würde einen Besen fressen, wenn nicht«, sagte Bärlein. »Ein Unfall mit Kabelbinder? Ein Einstich im Nacken als Selbstmordversuch? Ich meine, es gibt nichts, was es nicht gibt, aber das wäre etwas fürs Kuriositätenkabinett der Forensikgeschichte.«

»Wie lange hat die Frau druntergelegen?«, fragte Carsten.

»Zwischen zehn und dreizehn Stunden, würde ich schätzen, bei voller Power«, sagte Bärlein. »Die höchste Stufe war eingeschaltet, und das würde die Schweinerei hier erklären.«

Rickmer schaute den Kollegen an wie ein stolzer Papa seinen kleinen Sohn, der eine knifflige Matheaufgabe erledigt hatte, auf deren Lösung er selbst nicht gekommen war. »Ich weiß, Sie sind kein Arzt, Bärlein. Aber, das ist Wahnsinn, was Sie da kombinieren.«

»Chemie ist die Wissenschaft aller Materie«, sagte Bärlein.

»Genial. Was meinen Sie? Todesursächlich sind die Verbrennungen?« Rickmer strich mit der Hand immer wieder nervös über seine Glatze. Er weiß genau, warum er sich diesen Bärlein ausgeborgt hat, dachte Carsten. *Der nimmt ihm ja eine Menge Arbeit ab.*

»Nein, sicher nicht«, sagte Bärlein. »Das macht kein Mensch so lange mit.« Er drehte sich zu der Leiche und drückte vorsichtig eine Brust des Mädchens nach oben. »Sehen Sie, wie weiß die Haut darunter erstrahlt? Wirkt jetzt extrem im Kontrast zu Rot und Schwarz. Aber Sie haben den Nacken gesehen, und schauen Sie sich die roten Haare an. Die Frau hat Hauttyp Eins. Sie könnte damit nicht länger als fünf Minuten unter einer solchen Strahlenbelastung aushalten, ohne dass sie Schmerzen erleidet. Ich denke, sie ist schnell kollabiert. Hitzeschock, nehme ich an.«

»Niemeyer hat vorhin davon gesprochen, dass sie an einer Sonnenallergie gelitten hat«, sagte Rickmer.

Bärlein nahm die Hand der Toten von ihrer Brust. »Dann darf sie gar nicht unter die Sonnenbank«, sagte er. »Das wäre die Erklärung für einen schnellen anaphylaktischen Schock. Kreislaufzusammenbruch, multiples Organversagen, Ersticken. Aber wie gesagt, das muss in Oldenburg geklärt werden. Ich bin nur Kriminalist.«

»Danke, Bärlein«, sagte Rickmer. »Machen Sie weiter. Ausgezeichnete Arbeit.« Der Spurensicherer kniete sich hin und zerrte einen frischen Plastikbeutel aus seinem Koffer.

»Ist der nicht gut? So klein er auch körperlich ist, sein Wissen ist dafür umso größer«, zischte Rickmer in Carstens Richtung, der darauf anerkennend nickte, obwohl er die Lobpreisung als übertrieben empfand. Aber was auf dem Kasten schien der kleine Mann aus Osnabrück auf jeden Fall zu haben.

»Julia«, sagte Rickmer in die Richtung der Beamtin, welche jetzt die Schuhe des Opfers bepinselte. »Ruf in Oldenburg an und gib denen Bescheid, dass der Hubschrauber loskann. Und dann bestell den Krankenwagen, der die Leiche zum Flugplatz bringt. Ich will das so schnell wie möglich geklärt wissen. Auch wegen der Substanzen.«

»Substanzen?«, fragte die Polizistin und drückte sich ihre Brille fest auf die Nasenwurzel.

»Später«, antwortete Rickmer. »Alles klar soweit dann?«

»Natürlich, Chef, wird erledigt«, sagte die Polizistin, zog sich die Handschuhe ab und verließ den Raum.

»Wir haben erst mal genug gesehen, denke ich«, sagte Rickmer zu seinem Bremer Kollegen. »Ich will jetzt mit Niemeyer sprechen.«

Sie liefen den Gang zurück, vorbei an den anderen Kabinen. Als sie das Foyer betraten, hörte Carsten, wie der mit dem Rücken zu ihm gewandte Ahlers dreckig lachte. Niemeyer stützte sich mit beiden Händen am Tresen ab, zumindest etwas Bräune schien ihm jetzt aus dem Gesicht gewichen zu sein.

»… der war doch gut, oder nicht? Und noch einen. Was ist ein Solarium?« Ahlers wartete kaum zwei Sekunden. »Ein Blondinentoaster. Hahaha.«

»Ahlers«, schrie Rickmer.

Der Norderneyer Polizist drehte sich um. »Was denn?«

»Sind Sie von allen guten Geistern verlassen? Das hier ist ein Tatort und keine Comedy-Veranstaltung.

Was stimmt mit Ihnen nicht? Wollen Sie da hinten reingehen? Dann vergeht Ihnen die Dreistigkeit … obwohl, da Sie keinerlei Sensibilität besitzen, vielleicht auch nicht.«

Endlich, dachte Carsten. Es wurde Zeit, dass Rickmer ein Machtwort mit dem Provinzbullen sprach.

»Ich durfte ja nicht rein«, sagte Ahlers kleinlaut. »Aber ich wollte Nobbi, ähm, Herrn Niemeyer doch nur ablenken.«

»Nicht auf eine solch widerwärtige Weise, verdammt. Ich hoffe, Sie haben sich Notizen gemacht. Ich bitte Sie dann jetzt, zurück zu Ihrer kleinen Polizeistation zu fahren und mir einen Bericht zu schreiben. Auch was Ihre persönliche Beziehung zu Nobbi betrifft. Sie richten hier momentan mehr Schaden an, als dass Sie helfen würden.«

»Aber ich …«

»Fahren Sie«, rief Rickmer. »Ich rufe Sie an.«

Ahlers reichte Niemeyer die Hand, der diese jedoch verweigerte und schnellen Schrittes auf den Hauptkommissar und Carsten zuging. Der Inselpolizist verließ das Sonnenstudio und knallte von außen die Tür zu. Wenige Augenblicke später ertönte von der Straße her das Martinshorn seines Dienstwagens.

»Was für ein Arschloch«, sagte Carsten.

»Da sind wir uns einig«, entgegnete Rickmer, dessen komplettes Gesicht rot geworden war. »Noch mal leistet der sich so etwas nicht bei mir.«

»Ich weiß nicht, was Ingo, sorry, Kommissar Ahlers damit bezwecken will«, sagte Niemeyer. »Das ist nicht einfach für mich hier.«

»Es wird auch nicht einfacher für Sie, Herr Niemeyer. Wo waren Sie denn heute Nacht? Was haben Sie getan, bevor Sie Ihre Angestellte tot gefunden haben?«

Wieder stotterte der Sonnenstudio-Inhaber, dessen Brasilien-Trikot inzwischen aussah wie gerupfte Hühnerhaut. »Wa... warum fragen Sie das? Sie glauben doch nicht, dass ich ...«

Rickmer starrte ihn wortlos an.

»Was denn? Ich habe ein Alibi. Befragen Sie meine Frau! Ich war die ganze Nacht zu Hause, habe geschlafen.« Er schaute Carsten an und hielt flehend die Hände vor sich. »Bitte, Herr Kummer, glauben Sie mir doch wenigstens!«

»Hören Sie, Herr Niemeyer«, fuhr Rickmer schroff fort. »Nein, ich meine nicht, dass Sie etwas mit dem Mord zu tun haben. Dass es Mord ist, darauf deutet übrigens alles hin. Trotzdem würde mich interessieren, wie teuer Ihr *Ultra Sun 800* in der Anschaffung war.«

»Ja, aber ... wieso? Was hat das denn mit dem Mord, mit Henrieta zu tun?« Niemeyer wankte.

»Beantworten Sie bitte meine Fragen. Ich entscheide, was wichtig ist für die Ermittlungen. Also?«

»Na gut.« Er wischte sich erneut Schweiß von der Stirn. »Ich muss genau nachschauen in den Unterlagen. Aber ich meine, so um die dreieinhalbtausend Euro.«

»Was?« Rickmer rief laut und tat dabei überrascht. »Für dieses Hightechgerät? Ist das nicht ziemlich billig? Oder kaufen Sie Ihre Bänke etwa gebraucht?«

»Nein, nein, bestimmt nicht. Wir führen das beste Studio auf der Insel, mit den meisten Kunden. Die legen großen Wert auf Qualität – so wie ich.«

»Legen Sie auch so viel Wert auf Sicherheit?«

»Ja, natürlich. Wieso?«

Carsten sah, wie Niemeyers Knie zitterten, und überlegte, ob er sich besser hinter ihn stellen sollte, um ihn im wahrscheinlichen Fall einer baldigen Ohnmacht auffangen zu können.

»Verarschen Sie mich nicht, Mann«, sagte Rickmer laut. »Suchen Sie den Kaufvertrag. Ich hoffe für Sie, dass der nicht auf Russisch verfasst ist.«

»Ru… Russ… Russisch?«

»Wollen Sie nicht verstehen? Ich muss mich davon überzeugen, dass der *Ultra Sun 800* die deutschen Sicherheitsvorschriften erfüllt. Kooperieren Sie lieber und begrenzen Sie den Schaden, den Sie nachher auszubaden haben. Wir werden auch noch mal drüber sprechen müssen, ob die Sonnenbank wirklich ausgeschaltet war, als Sie Frau Radu gefunden haben.«

»Ich … ich …« Niemeyer zog zitternd sein Smartphone aus der Tasche. »Ich brauche einen Anwalt und einen Arzt. Mir ist nicht gut.«

»Das sehe ich«, sagte Rickmer. »Gehen Sie nach Hause, suchen Sie den Kaufvertrag. Ich werde Sie dazu und zu allem anderen, was diesen Laden, Ihre und die Person Radus betrifft, morgen befragen. Entweder machen Sie Ihre Aussage bei mir in Norden oder hier. Das weiß ich noch nicht.«

»Ja, Herr Kommissar«, sagte Niemeyer und taumelte rückwärts zur Tür. «Ich kooperiere.«

Er rannte aus dem Laden. Carsten konnte durch die Scheibe sehen, wie er sich in einen Mülleimer auf der anderen Straßenseite übergab. Kurz darauf öffnete sich die

Tür wieder und Julia, die Kollegin von Rickmer, trat ein. Sie hatte ihre Kapuze abgesetzt und strich sich durch die rehbraunen Haare. Ein hübsches Ding, dachte Carsten und schätzte die Kollegin auf gerade mal Ende zwanzig.

»Was hatte der denn?«, fragte sie und schaute durch die Scheibe. Niemeyer war nicht mehr da.

»Schlechtes Gewissen«, sagte Rickmer. »Alles erledigt?«

»Ja«, antwortete die Beamtin. »Helikopter landet in einer Dreiviertelstunde. Professor Hahn ist informiert und wartet auf Ihren Anruf. Der Krankenwagen wird gleich eintreffen. Doktor Schmieder vom Inselhospital wird den Tod feststellen.«

»Da bin ich mir ziemlich sicher«, sagte Rickmer. »Danke, Julia.«

»Ich geh dann nach hinten und versiegele die letzten Proben«, sagte sie und zog eine Packung mit neuen Handschuhen aus ihrem Overall.

»Julia?«, fragte Carsten, als sie gegangen war.

»Wir arbeiten schon lange zusammen, Julia Meyer-Hülsmann und ich«, sagte Rickmer. »Kommen Sie bitte kurz mit nach draußen?«

Vor dem Sonnenstudio holte der Nordener Kripokommissar tief Luft, zog dann eine Schachtel Zigaretten aus der Brusttasche seines viel zu engen Poloshirts, steckte sich eine Kippe an und stöhnte, während er den Rauch ausblies. »Blöde Angewohnheit«, murmelte er. »Möchten Sie auch eine?«

»Nein, habe es mir abgewöhnt«, antwortete Carsten.

»Ich mir auch«, sagte Rickmer und grinste. Da er nichts weiter von sich gab, ergriff Carsten das Wort. »Zu der Sache bei Ahlers und mit Gesas Anruf. Also, wie ich geschrieben habe, es stimmt nicht, dass ich gesagt hätte, ich würde wegen Mordes an meiner Tochter ermitteln …«

»Habe ich kapiert. Ich kenne Frau Onken und weiß, dass sie viel Blödsinn redet.« Rickmer nahm einen tiefen Zug von seiner filterlosen Zigarette. »Es ist gut, dass Sie noch hierbleiben. Das haben Sie doch vor?«

»Ich denke, ich sollte, oder?«

»Wenn Sie auch eine Vorahnung haben wie ich, dann wäre das sinnvoll.«

Carsten wunderte sich und war zugleich froh, dass Rickmer einen Zusammenhang zwischen Henrieta und Merle nicht ausschloss. »Die roten Haare«, sagte er.

»Ja, die und das Alter. Man konnte es dem armen Mädchen nicht mehr ansehen. Aber Niemeyer hat, kurz bevor Sie kamen, erwähnt, dass sie gerade erst neunzehn geworden ist.«

»Und Bärleins Einschätzung von einem Killer, dem mehr zuzutrauen wäre«, ergänzte Carsten.

»Richtig«, sagte Rickmer. »Es ist alles nicht mehr als Spekulation, und wir haben immer noch nicht den kleinsten Hinweis darauf, dass Merle einem Verbrechen zum Opfer gefallen sein könnte. Aber etwas ist merkwürdig. Zumindest fühle ich da was. Es gibt hier mehr zu klären, als uns allen lieb ist.«

»Ich weiß, was Sie meinen«, sagte Carsten und beobachtete, dass die rote Farbe mit jedem Zug, den der ostfriesische Kollege von der Kippe nahm, weiter aus seinem Gesicht wich.

»Wir können das nicht auf die leichte Schulter nehmen. Offensichtlich haben wir einen Mörder auf der Insel. Sofern der nicht aufs Festland geflüchtet ist. Aber der entkommt uns hier nicht und drüben nicht. Wir stellen ihn, und dann kann ich wieder mit der scheiß Raucherei aufhören.« Er zwinkerte.

»Wie geht es weiter?«, fragte Carsten.

»Obduktion abwarten, die Ergebnisse der Spurensicherung. Radus Handy, Laptop auswerten, sofern wir beides finden. Ich werde morgen in aller Frühe hierherkommen und für Verstärkung sorgen. Wir bilden eine Soko. Wir müssen jeden befragen, der mit Frau Radu zu schaffen hatte.«

»Ich bin nicht zuständig hier«, sagte Carsten.

»Das weiß ich. Sollen Sie auch nicht. Ich würde es aber begrüßen, wenn Sie noch ein paar Tage Urlaub hier oben verbringen würden. Nur für den Fall, dass sich eine Verbindung zum Verschwinden oder zum Tod Ihrer Tochter herstellen lässt.«

»Na gut. Ich würde das zwar nicht Urlaub nennen, aber ich werde bleiben und meiner Frau Bescheid geben.«

»Hervorragend.«

»Gesa sollte ich auch benachrichtigen. Ich ziehe für die nächsten Tage in ihr Haus ein. Sie ist nicht auf der Insel.«

Rickmer schaute Carsten skeptisch an.

»Wegen Merle, ich beschäftige mich mit ihrem Leben.«

»Ach so. Na, dann tun Sie das«, sagte Rickmer, schnippte die Zigarette auf den Boden und trat mit dem Fuß darauf. »Aber passen Sie auf Gesa auf. Selbst wenn Merle einem Gewaltverbrechen zum Opfer gefallen ist, hat Frau Onken jedenfalls keine Spur diesbezüglich aufgetan. Alles, was sie erzählt hat, ist Nonsens. Sie war uns nie eine Hilfe und wird es auch nicht sein.«

»Da bin ich Ihrer Meinung«, sagte Carsten, doch sicher war er sich da nicht mehr. Er war fest entschlossen, alles Mögliche, Wahrscheinliche oder Unwahrscheinliche in Betracht zu ziehen, um der Wahrheit auf die Spur zu kommen. »Sie geben mir Bescheid, was die Ergebnisse betrifft?«, fragte er.

»Natürlich. Ich habe Ihre Nummer und melde mich mit Neuigkeiten. Sie haben meine. Sollte Ihnen etwas auffallen, rufen Sie an!« Rickmer reichte Carsten die Hand. »Ich geh dann rein und bespreche mich mit dem Team wegen des Abtransports der Leiche.«

»Na klar«, sagte Carsten.

»Tschüss dann.« Rickmer lief zur Tür, drehte sich aber noch einmal um: »Ach, und lassen Sie sich nicht so mitnehmen von dem Anblick da drin. Gerade, was den Tod Ihrer Tochter betrifft, ist das nicht leicht.«

»Ich kann auf mich aufpassen«, antwortete Carsten und dachte, dass Rickmer doch ein feiner Kerl sei.

Als er sich aufmachen wollte, fiel ihm auf, dass sein Koffer umgefallen war. Er hegte keinen Zweifel, dass der übergeschnappte Ahlers das zu verantworten hatte. Der wird noch sein Fett wegkriegen, dachte Carsten, hob den Trolley auf, wischte mit einem Taschentuch über die Seite und lief in Richtung Stadtmitte. Bald hörte er das Martinshorn des Krankenwagens. Er sah ihn zwar nicht, hatte aber das Gefühl, dass in allen Fensterläden um ihn herum Blaulicht blinkte. Passanten sprangen erschrocken zur Seite und hielten sich die Ohren zu. Carsten nahm das Handy aus der Hosentasche und überlegte, was er Beate sagen sollte. Bei dem Gedanken an seine betrogene Frau kroch sofort das schlechte Gewissen zurück in sein Bewusstsein. Auf Norderney tummelten sich eine Menge Arschlöcher, und er war eines davon.

12. SONDERKOMMISSION ROT

Carsten stellte die Porzellantasse mit der eingravierten goldenen Krone zurück auf den Untersetzer. Das Aroma erwies sich als nicht golden, der Kaffee schmeckte fürchterlich bitter. Er schlug die erste Seite der *Norderneyer Badzeitung* auf, die vor jedem anwesenden Beamten nebst Getränken und Gebäck auf der ovalen Tischplatte des Konferenzzimmers im Inselhotel Kaiser lag. Mit Wehmut und Zorn betrachtete er das Foto, das Henrieta Radu zeigte. Sie hielt ein Handy in der Hand, die langen roten Haare zu einem Zopf zusammengebunden und über die Schulter gelegt. Das Gesicht mit Sommersprossen übersät, einen rosafarbenen Lippenstift aufgetragen. Sie sah glücklich aus und lächelte in einen Spiegel. Ein Selfie, das vermutlich einfach aus einem sozialen Netzwerk gezogen worden war. Das war heutzutage für die Presse nur ein Kavaliersdelikt. Carsten ärgerte sich darüber und auch über den Umstand, dass das Bild nicht verpixelt worden war. Jeder, der das hübsche Mädchen heute bei der Zeitungslektüre am Frühstückstisch gesehen hatte, musste doch unglaubliche Wut verspüren. Ihm war bewusst, dass diese, in Kombination mit der zu erwartenden, sich auf der Insel ausbreitenden Angst vor einem Mörder, schnell in Panik umschlagen konnte. Dass so etwas immer die Ermittlungsarbeit negativ beeinflusste, wusste er aus seiner langjährigen Erfahrung. Als er gerade begonnen hatte, den Artikel zu lesen, und sich fragte, wie die Lokalpresse so schnell an detaillierte Informationen aus dem Sonnenstudio gelangt war, räusperte sich Rickmer, der am Tischende Platz genommen hatte.

»Meine Damen und Herren, Norderney hat ein Problem«, sagte er, den roten Kopf hoch erhoben. »Ich hoffe, Sie haben sich eingerichtet und Ihre Zimmer bezogen, soweit Sie nicht schon immer hier wohnten oder anderweitig untergekommen sind.«

Ahlers, der Carsten gegenübersaß und sich einen Keks nach dem anderen in den Mund schob, lachte und guckte in die Runde, so als hätte jemand einen richtig guten Witz gerissen. Doch niemandem sonst im Raum war zum Lachen zumute, und was den Polizisten mit der vollgekrümelten blauen Uniformjacke so amüsierte, konnte sich Carsten beim besten Willen nicht erklären.

Rickmer zog den Ärmel seines grünlich schimmernden Hemdes zurück und schaute auf die Armbanduhr. »Es ist jetzt exakt siebzehn Uhr dreißig. Gestern Morgen wurde Henrieta Radu von ihrem Chef Norbert Niemeyer tot in der *Sonnbar 'Ney* aufgefunden. Wir alle wissen um die Grausamkeit und die Brisanz des Falles. Wie Sie alle persönlich von mir mitgeteilt bekommen haben, war es Mord. Gerade auf einer Touristeninsel wie dieser ist ein solch brutales Verbrechen so ungewöhnlich wie besorgniserregend. Wenn Sie die Überschrift auf der Titelseite der *Badzeitung* lesen, bemerken Sie, dass selbst die tiefste Provinz weiß, wie man boulevardeske Texte verfasst.« Rickmer nahm die vor ihm liegende Ausgabe der Zeitung in die Hand und las laut: *»Rumänin bei lebendigem Leib in der Sonnbar gegrillt. Gibt es weitere Opfer?«*

Er schüttelte den Kopf und fuhr fort: »Man kann das nicht ändern. Warum auch immer die hiesigen Journalisten ein Interesse daran haben, dass die Gäste massenweise die Insel verlassen. Ich werde das nie verstehen. Bürgermeister Claasen ist zu Recht sauer. Die Fähren zum Festland sind ausgebucht, die Bahn hat Sonderzüge eingerichtet. In ein paar Tagen sind hier alle Touris weg. Wir aber müssen bleiben und einen klaren Kopf bewahren, überlegt und schnell handeln. Deswegen bin ich froh, dass die Soko Rot spontan einberufen werden konnte und Sie alle Teil des Teams sind.«

Carsten war froh, dass Rickmer ihn telefonisch gebeten hatte, der Sonderkommission beizuwohnen. Beate hatte, obwohl sie sich sorgte, verstanden, warum er doch bleiben wollte, und Gesa, mit der er ebenfalls telefoniert hatte, konnte er damit auch beruhigen. Wohin ihn diese groteske Reise führen sollte, wusste er nicht, aber nach dem Mord an Henrieta Radu war es ihm unmöglich geworden, sich von dem Fall zu distanzieren. Egal ob Merles Tod mit dem der Rumänin in Zusammenhang stand oder nicht, er fühlte sich verpflichtet, zu helfen. Im Laufe der Jahre bei der Kriminalpolizei hatte er mit Hunderten Mordfällen zu tun gehabt, brutale und grausame, mit entstellten Leichen und verzweifelten Angehörigen. Aber dieser Fall nahm ihn richtig mit, ließ ihn nicht zur Ruhe kommen. Das hatte natürlich mit Merle zu tun.

»Da Sie sich noch nicht alle untereinander kennen, darf ich Sie bitten, sich in aller Kürze vorzustellen und Ihre Kollegen mit den Ihnen zugewiesenen Aufgaben vertraut zu machen.« Rickmer ließ den Kopf kreisen und musterte jeden in der Runde für ein paar Sekunden. »Gehen Sie dabei auf Ihre bisherigen Ermittlungsergebnisse ein – sofern zu diesem frühen Zeitpunkt vorhanden. Im Anschluss werde ich Sie über die ersten Obduktionsberichte aus Oldenburg in Kenntnis setzen und das weitere Vorgehen besprechen.« Keiner sagte etwas. Carsten hörte aus einem Nebenraum Geschirr klappern. Dinnertime.

»Na, dann fange ich am besten an«, rief Ahlers und spuckte dabei ein paar Kekskrümel auf die Tischplatte, die er eilig mit dem Uniformärmel wegwischte.

»Ahlers«, fuhr Rickmer ihn an.

»Ja?«

»Ich bin es leid. Reißen Sie sich zusammen, verdammte Axt. Ich weiß, dass Sie es nicht gewohnt sind, mit anderen zusammenzuarbeiten. Wenn Sie Teil dieser Kommission sein wollen, sollten Sie das schnell lernen, verstanden?«

»Jaja, klar«, sagte Ahlers und befüllte seine Teetasse mit Kluntjes. Der Inselpolizist war Linkshänder, das hatte Carsten schon beim ersten Aufeinandertreffen an seinem Pistolenhalfter erkannt. Er schien aber den linken Arm nach wie vor zu schonen.

»Sie sind an der Reihe, wenn ich das bestimme«, sagte der Hauptkommissar. »Wir fangen bei Julia an.«

Carsten schmunzelte. Irgendwas war doch da zwischen Oberkommissarin Meyer-Hülsmann und Rickmer. Sie war die Einzige, die er mit Vornamen anredete. Merkwürdig genug. Selbst wenn die beiden sich gut kannten, so erklärte dies nicht, warum er bei anderen Beamten die Anrede »Herr« wegließ. Er sprach alle lediglich mit Nachnamen an.

»Kriminalermittlungsdienst Norden«, sagte Julia, die eine eng sitzende weiße Bluse trug, unter der sich große Brüste abzeichneten. Sexy, dachte Carsten und verfluchte sich dafür, denn im gleichen Moment fiel ihm ein, was er seiner Frau angetan hatte.

»Ich bin gerade erst angereist, musste mich aus einem Fall ausklinken«, sagte Julia und warf Rickmer einen verschmitzten Blick zu. »Ich bin froh, dass Gerd, ich meine Hauptkommissar Rickmer, mich im Team haben wollte. Wir arbeiten seit Jahren eng zusammen.«

Der Soko-Chef nickte verstohlen und wies mit der Hand auf den Platz am anderen Ende des Tisches. »Bitte, Bärlein!«

»Kriminalpolizei Osnabrück. Seit ein paar Wochen Polizeiinspektion Aurich-Wittmund, und dann bin ich durch diesen Fall hier gelandet. Um ehrlich zu sein, ich vermisse meine Familie und Enkel langsam.« Carsten wunderte sich, Bärlein zeigte Gefühle. In der *Sonnbar* hatte er außergewöhnlich nüchtern und sachlich gesprochen und damit eher kühl gewirkt. Ein nicht leicht zu durchschauender Kollege. Ob er eher Ende fünfzig oder Anfang sechzig war, vermochte Carsten nicht einzuschätzen. Auf jeden Fall hatte Bärlein aber Erfahrung auf dem Buckel. Als ziemlich störend empfand er sein übertrieben aufgetragenes Deodorant. Ob es den anderen auch so ging?

»Na gut, zurück zum Job«, sagte der kleine Polizist. »Der *Ultra Sun 800* ist, wie ich erwartet hatte, nicht zugelassen in Deutschland. Herr Niemeyer hat ihn in Russland gekauft und per Schiff liefern lassen. Ich habe die Angelegenheit mit ihm diskutiert und erklärt, dass das ans Betrugsdezernat geht. Warten wir ab, was dabei rauskommt und ob der Laden noch mal aufmacht.« Er räusperte sich. »Herr Niemeyer ist geständig und kooperativ. Tut mir fast leid um ihn. Er hat aufgrund der Sachlage nicht mehr geleugnet, dass er den Bräunungsapparat am Morgen selbst ausgestellt hat. Frau Radu fängt um zwanzig Uhr dreißig in der *Sonnbar* an. Wir wissen anhand seines Geständnisses also, dass das Opfer mindestens zwölf Stunden bestrahlt wurde.«

»Was ist mit ihm selbst?«, fragte Rickmer. »Hat er ein Alibi?«

»Mit dem Mord hat er nichts zu tun. Ein Softie durch und durch. Ich habe mit seiner Frau und zwei der Kinder gesprochen, die ihm ein Alibi für die Mordnacht geben.«

»Ich weiß, Bärlein, Sie sind bescheiden, aber teilen Sie den Kollegen ruhig mit, was Sie noch getan haben.«

»Was denn?«

»Gedächtnisstütze: Rumänisch.«

»Ach so, *da înțelege!* Ja, ich spreche ein wenig Rumänisch, weil meine drittälteste Enkeltochter eine Mutter hat, die von da kommt. Selbstverständlich, dass ich es dann übernommen habe, mit der Familie des Opfers zu sprechen. Die sind total fertig. Können nicht kommen, warten auf die Freigabe der Leiche und die Überführung, die sie jedoch nicht bezahlen können. Ich dachte, jemand könnte mit der Stadtverwaltung reden, ob man eine Spendenaktion ins Leben rufen kann. Im Internet vielleicht?«

»Das kann ich übernehmen«, sagte der schlaksige Mann, der zwischen Bärlein und Ahlers saß und dessen Namen Carsten noch nicht kannte. Am Tatort war er nicht gewesen.

»Danke, Janssen«, sagte Rickmer. »Meinen aufrichtigen Dank und Respekt aber zuvorderst an Sie, Bärlein. Dass Sie die unangenehme Aufgabe übernommen haben, der Familie die Todesnachricht zu überbringen, ist vorbildlich. Dass Sie auch noch Rumänisch sprechen: Wahnsinn.«

»Die Chemie erst macht den Menschen zum Mensch«, sagte Bärlein ohne jede sichtbare Gefühlsregung.

Ahlers lachte laut los.

»Na dann. Bitte, Janssen. Sie sind dran«, sagte Rickmer.

»Guten Tag, ich bin Wilfried Janssen«, stellte sich der steif wirkende Mann mit den grauen halblangen Haaren vor. Er schien der Dienstälteste im Raum zu sein. »Ich arbeite bei der Kriminalpolizei Aurich, Spezifikation auf digitale Datenauswertung. Bis vor fünf Jahren habe ich die Vermisstenstelle bei der Kripo Braunschweig geleitet. Herr Kommissar Rickmer war der Überzeugung, meine Erfahrungen diesbezüglich könnten hier helfen. Deswegen habe ich mich in den Fall Merle Onken eingearbeitet, sehe aber keine Verbindungen zum Mordfall.«

»Gibt es auch nicht«, zischte Ahlers, aber niemand reagierte auf den Zwischenruf.

»Weiter, Janssen!«, sagte Rickmer.

»Heute Morgen habe ich den Laptop von Frau Radu beschlagnahmt. Die Handydaten sind weitestgehend ausgewertet. Die letzten Kontakte hatte sie zu ihrer Mutter in Rumänien und zu ihrer Mitbewohnerin – einer Kellnerin mit Namen …«, Janssen schaute in das vor ihm liegende Notizbuch, »Ilona Popescu. Arbeitet hier im Haifisch-Club, stammt ebenfalls aus dem Großraum Bukarest. Sie steht unter Schock, wird im Inselhospital behandelt. Ich werde sie befragen, sobald es ihr Zustand zulässt.«

»Sehr gut, danke«, sagte Rickmer. »Noch was?«

»Ja, per WhatsApp hatte sie in der letzten Woche viel mit einem gewissen Enzo Marino kommuniziert. Flirtereien, nichts Auffälliges. Konnte ich schnell ausfindig machen. Ein auf Norderney geborener Zweiradmechaniker mit italienischen Wurzeln. Er kommt morgen Mittag, um seine Aussage zu machen. Sechsundzwanzig Jahre, keine Vorstrafen.«

»Ha, Enzo, der alte Itaker-Checker«, rief Ahlers in die Runde. »Würde mich nicht wundern, wenn der seine Finger im Spiel hat. Baggert alle jungen Frauen an.«

»Sind Sie fertig, Janssen?«, fragte Rickmer. Er nahm einen Schluck von seinem Tee und sagte dann: »Gut, Ahlers, dann los. Sie haben das Wort. Bleiben Sie sachlich wie die anderen. Vermeiden Sie Spekulationen.«

»Alles klar, Chef. Meine ja nur. Ich kenne die Leute hier, die man kennen muss. Ich bin also Ingo Ahlers. Polizist auf der Insel, gerne auch Sheriff für euch, sagt sowieso jeder. Mit Kripo und dergleichen habe ich nichts zu tun. Ich erledige das, was getan werden muss. Gebe zu, einen Mord habe ich erst einmal erlebt. 2010 war das. Zwei Spinner haben ihren Chef in den Dünen gequält und dann erstochen, erst haben sie ihm noch ein Ohr abgeschnitten …«

»Der Fall ist uns bekannt, denke ich«, sagte Rickmer.

»Ich will nur klar und deutlich erklären«, fuhr Ahlers fort, »mit Merle Onken hat der Mord im Sonnenstudio nichts zu tun. Sie alle mögen mich unterschätzen, weil ich kein Kriminaler bin, aber das mit der Radu ist was anderes. Ich gebe zu, es ist merkwürdig, dass zwei junge Frauen mit roten Haaren kurz hintereinander sterben, denke aber, das ist scharf zu trennen. Mord und Selbstmord. Oder, Kommissar Rickmer?«

»Bisher trennen wir das.«

»Deswegen wundert es mich, warum sich die Soko hier Rot nennt. Ich meine, wenn da eindeutig null Zusammenhänge zu erkennen sind. Weshalb meint man, jemand könne helfen, der bei der Vermisstenstelle gearbeitet hat? Ist doch keiner mehr verschwunden? Oder sehe ich das falsch?« Ahlers schaute in die Runde und suchte nach Zustimmung, die er jedoch wieder nicht fand. »Versteht ihr nicht? Und warum wird der da eingebunden?« Er zeigte auf Carsten. »Ein Kripobeamter aus Bremen, der rein zufällig der Vater von Merle Onken ist, was er gerade erst rausgefunden hat.« Ahlers' Stimme wurde lauter, er klatschte sich mit der Hand gegen die Stirn. »Was hat der damit zu tun? Das will nicht in meinen Kopf rein.«

»Stopp«, rief Rickmer. »Um hier gleich entgegenzuwirken: Niemand spricht Ihnen Ihre polizeilichen Kompetenzen ab. Sie bleiben wichtig, gerade weil Sie, wie Sie sagen, jeden auf der Insel kennen. Sehen Sie es als Ehre an. Ich bitte Sie nur, sich in Ihren Gefühlen zu bremsen und mir die Entscheidung zu überlassen, wen ich ins Ermittlerteam berufe. Kommt das ein für alle Mal bei Ihnen an?«

»Ja, ich meine, nein, aber …«

»Gut, dann hören Sie jetzt Herrn Kummer an. Den Fall Merle Onken kann ich nicht aus der Sache raushalten. Die Obduktionsergebnisse von Frau Radu zwingen mich dazu.«

»Was, wieso?« Ahlers' Gesicht nahm fast die fahle Farbe seiner Haare an.

»Das werden Sie gleich erfahren.« Rickmer schüttelte den Kopf, die roten Stellen in seinem Gesicht traten hervor wie sich ausbreitende Blutflecken. »Was ist mit Ihnen? Sie scheinen sich zu wünschen, dass Merle Onkens Tod nichts mit dem Mord in der *Sonnbar* zu tun hat. Warum wäre es für Sie derart schlimm, gäbe es einen Zusammenhang?« Rickmer schaute den Inselsheriff ernst an.

»Nein, das ist nicht persönlich, bestimmt nicht.« Der Sheriff wirkte immer nervöser. »Es gibt einfach keinen Bezug zwischen beiden Fällen, das müssen Sie mir glauben.«

»So, muss ich das?«, fragte Rickmer. »Sie brauchen sich übrigens nicht zu rechtfertigen. Sie werden nicht verhört.«

»Pfff, weiß ich selbst«, murmelte Ahlers, senkte dann den Kopf und rührte mechanisch mit dem Löffel in der Teetasse herum.

Rickmer hatte recht, der Sheriff verhielt sich merkwürdig, was Merle betraf. Carsten hatte eine Ahnung, woran das liegen könnte, und er wollte ihm gleich den Finger noch tiefer in die Wunde legen.

»Haben Sie sonst was getan seit gestern, Ahlers? Etwas, das uns weiterhilft?«, fragte Rickmer weiter.

»Ja, ich kenne meine Aufgaben. Wir wollen ja alle den Mörder finden. Der Bürgermeister hat mich angewiesen, als Erstes dafür zu sorgen, dass hier keine Panik ausbricht. Ich habe das im Griff.« Ahlers schaute den Hauptkommissar nicht an, kratzte sich unter der linken Achsel und sprach dann weiter: »Die Kommissare Lohmann und Siebert aus Norden sind auf der Wache eingezogen. Wir führen seit heute Morgen Personenkontrollen am Fähranleger durch. Jeder, der die Insel verlassen will, wird kontrolliert, auch die, die anreisen, wobei ja kaum einer mehr kommt. Die Kollegen leisten ganze Arbeit. Stehen 'ne geschlagene Stunde vor jeder Fährabfahrt parat.«

»Das glaube ich, Ahlers. Ihre Aufgaben sind wichtig, auch die der Kollegen, die Sie bitte von mir grüßen.« Rickmer kramte in seiner Hosentasche und zog eine Dose Tabletten heraus. Er schüttete ein paar davon auf die Hand, schluckte sie runter und spülte mit Wasser nach. Der hohe Blutdruck, vermutete Carsten.

»Herr Kummer, bitte stellen Sie sich jetzt also als Letzter in der Runde vor, möglicherweise können wir gleich ein paar Missverständnisse aus dem Weg räumen.«

»Danke, ja«, sagte Carsten und achtete darauf, dass er Ahlers' volle Aufmerksamkeit bekam. »Kripo Bremen. Ich habe nur eingeschränkte Befugnisse, die ich penibel mit Herrn Rickmer abspreche. Man könnte sagen, ich bin durch einen Zufall hier reingerutscht. Wie Sie wissen, bin ich der Vater der tot aufgefundenen Merle Onken, die sich nach den bisherigen Erkenntnissen umgebracht hat. Ich wusste bis zu ihrem Tod nichts von ihrer Existenz. Ich bin hier hochgefahren, um etwas über dieses Mädchen herauszufinden. Der Mord an Henrieta Radu hat mich überrascht und mich zum Bleiben motiviert. Ich bin da einer Eingebung gefolgt.«

»Eingebung?«, schrie Ahlers. »Ich glaube, ich steh im Wald. Wir sind doch hier nicht bei Scientology.«

»Schnauze jetzt«, sagte Bärlein scharf und schlug mit der Faust auf den Tisch, sodass die Tassen klirrten. Alle im Raum waren sofort still und starrten den Kriminalisten erschrocken an. Ganz cool und ohne aufzuschauen zog Bärlein jetzt seinen Schlips zurecht und strich sich über den Bart. Alle hatten verstanden.

Nach ein paar peinlich verschwiegenen Sekunden fuhr Carsten fort: »Ich habe keine Anhaltspunkte gefunden, dass beide Todesfälle miteinander in Verbindung stehen. Aber Herr Rickmer hat mich gebeten, mich weiter in Merles Umfeld umzuhören. Das hatte ich sowieso privat vor.«

»Das stimmt. Ich habe Herrn Kummer das empfohlen.« Der Hauptkommissar schaute Carsten an. »Was haben Sie denn herausfinden können bisher?«

»Meine erste Anlaufstelle war heute Morgen Merles Schule. Ich habe mit ihrer Klassenlehrerin gesprochen, die mir alles über die Mobbingfälle in ihrer Klasse erzählt hat. Für ihren Suizid stellte ihrer Meinung nach dieses *Bullying* – wie man derartige Diskriminierung pädagogisch korrekt nennt – einen entscheidenden Faktor dar.«

»Schrecklich ist das«, sagte Julia. »Selbst meine kleine vierjährige Tochter wird schon gemobbt in der Kita. Da sieht man, was passieren kann. Kinder können grausam sein.«

»Jugendliche, die fast volljährig sind, auch«, ergänzte Carsten und schaute Ahlers an, dessen Gesicht womöglich noch bleicher geworden war. Er ahnte sicherlich, was kommen würde, und Carsten verspürte Lust, den anderen endlich davon zu erzählen. »Die Klassenlehrerin sagte mir, dass der schlimmste Mobber in der Schule ein gewisser Hauke Ahlers ist. Siebzehn Jahre alt, 'ne richtige Kante. Aber nicht sonderlich intelligent. Zweimal sitzen geblieben und jetzt in Merles Klasse. Auf sie hatte er es zuletzt vorwiegend abgesehen wegen ihrer roten Haare. ›Hexe‹ und ›Feuerlöscher‹ hat er sie genannt und noch Schlimmeres. Laut Aussage der Lehrerin hat sie den Vater des Jungen mehrfach gebeten, zu intervenieren und mit dem Sohn zu sprechen. Doch der habe sich weder kooperativ noch einsichtig gezeigt.«

Alle Beamten schauten auf Ahlers, der, als er das bemerkte, wütend vom Stuhl aufsprang. »Mir reicht es«, schrie er. »Den Scheiß muss ich mir nicht mehr anhören. Mein Junge hat damit nichts zu tun.« Er zog sich mit der rechten Hand den Rucksack auf den Rücken und eilte zur Tür. »Muss mich um Wichtigeres kümmern, ich fahre jetzt zum Hafen und löse Siebert ab.«

Nachdem der Inselpolizist die Tür zugeknallt hatte, schauten sich die Beamten der Soko Rot gegenseitig verdutzt an. Janssen seufzte, Julia schüttelte den Kopf, und Bärlein goss in aller Ruhe Kaffee nach und rührte darin mit einem Schokoladenkeks herum.

»Mit dem werden wir noch Schwierigkeiten haben«, sagte Rickmer. »Blöd nur, dass wir ihn brauchen.«

»Wohl wahr«, meinte Carsten.

»Dieser Hauke, der die Schüler belästigt, ist sein Sohn?«, fragte Julia. »Habe ich das richtig verstanden?«

»Ganz genau. Würde behaupten, der Apfel fällt nicht weit vom Stamm.« Carsten meinte es so, wie er es sagte.

»Haben Sie denn mit diesem Hauke gesprochen?«, wollte Rickmer wissen.

»Nein, aber das habe ich vor. Ich muss ihn morgen an der Schule abpassen, er hat heute wohl geschwänzt, das kommt laut Lehrerin nicht selten vor. Ich glaube nicht, dass Ahlers mich freiwillig zu ihm in sein Haus lässt.«

Julia nickte verständnisvoll.

»Gesprochen habe ich mit Merles Freundin und Sitznachbarin Stella«, sagte Carsten. »Sie war merkwürdig verschüchtert. Das aggressive Mobbing durch Hauke hat sie bestätigt, danach hat sie angefangen zu weinen, und erklärt, wie doll sie Merle vermisse und dass es ihr leidtue.«

»Was tut ihr denn leid?«, fragte Janssen.

»Das habe ich sie auch gefragt, aber sie hat nichts mehr gesagt. Vielleicht weiß sie mehr. Ich werde noch mal mit ihr reden und mit ein paar anderen Mitschülern, die mit Merle zu tun hatten.«

»Richtig«, sagte Rickmer, räusperte sich und öffnete die oberen Knöpfe seines Hemdes. »Jetzt will ich versuchen, einen Zusammenhang herzustellen. Ahlers ist zwar nicht dabei, aber vielleicht ist das erst mal besser so. Ich muss kurz vor die Tür. Wir legen eine kleine Pause ein.«

Als Rickmer sieben Minuten später zurückkam, zog er einen penetranten Tabakgeruch hinter sich her. Er nahm Platz, hustete und begann mit seinem Bericht: »Gestern Abend habe ich mit Professor Hahn aus Oldenburg telefoniert. Die ersten Obduktionsergebnisse zu Henrieta Radu lagen vor. Sie bekommen alle das lückenlose Protokoll per Mail. Bezüglich der Todesursache hatte Bärlein recht. Frau Radu ist etwa nach einer halben Stunde unter der Sonnenbank gestorben. Bis dahin hat sie aufgrund ihres Hauttyps starke Schmerzen erlitten. Die Verbrennungen vierten Grades hat sie aber erst nach ihrem Tod davongetragen.«

»Anaphylaktischer Schock wegen der Sonnenallergie?«, fragte Bärlein, dem Schokolade am Kinn klebte.

»Das ist wahrscheinlich, aber nicht unbedingt todesursächlich. Die Todesart ist laut Bericht zweifelsfrei Herzstillstand, entweder durch den Schock oder aber durch Tubocurare. Die Substanz wurde in ihrer Blutbahn nachgewiesen. Wir wissen damit, was ihr in den Nacken injiziert wurde.«

»Oh mein Gott«, sagte Julia. »Das ist ein Gift oder so.«

»Ist es«, bestätigte Rickmer und schaute zu den Kollegen. »Ich wette, Bärlein, Sie können zu dem Stoff viel mehr erklären als ich. Mehr als Professor Hahn womöglich. Was genau ist es? Wie wirkt es? Wie führt uns das weiter?«

»Nun ja«, begann Bärlein. »Ein Chemiker, der nicht auch Toxikologe ist, ist gar nichts. Natürlich weiß ich was darüber.«

»Äh, Sie haben da etwas im Mundwinkel«, sagte Julia.

»So?«, fragte Bärlein.

Die Beamtin reichte ihm eine Serviette hinüber. »Schokolade.«

Er nahm das Tuch, leckte es an und wischte damit über seinen Bart. Ausgerechnet die beschmutzte Stelle verfehlte er. Julia hielt sich vor Lachen die Hand vor den Mund, sagte aber nichts weiter.

»Tubocurare, ein pflanzliches alkaloides Gift. Wird aus der Rinde von *Menispermaceae,* oder auf Deutsch Mondsamengewächs, gewonnen.« Bärlein fuhr mit seinen Chemiekenntnissen fort. »Bekannter ist die Überart Curare. Wer Bio-Leistungskurs belegt hat, kennt das alte indianische Pfeilgift. Beliebte Abituraufgabe in der Stoffwechselphysiologie. Curare blockt den Neurotransmitter Acetylcholin im synaptischen Spalt, Aktionspotenziale werden nicht mehr weitergeleitet. Informationen, die für den Bewegungsapparat zuständig sind, kommen nicht mehr an. Das hat für den Betroffenen Lähmungen zur Folge. Deswegen wurde es in abgeschwächter Form früher in der Anästhesie eingesetzt.«

»Da haben wir die Erklärung, warum Henrieta nicht aus dem Solarium steigen konnte«, sagte Rickmer.

»Exakt«, antwortete Bärlein. »Das Tückische ist, dass das Gift zwar das autonome Nervensystem paralysiert, das vegetative aber aufrechterhalten wird, sodass körperliche Schmerzen in gleicher Intensität gespürt werden. Oder sogar noch schmerzhafter empfunden werden, weil man keinerlei Schonhaltung einnehmen kann. Das Mädchen hat gemerkt, wie die Haut anfängt zu brennen. Grausam, bestialisch.«

»Oh nein.« Julia schlug die Hände vors Gesicht.

»Wir haben es mit einem Giftmischer zu tun?«, fragte Carsten.

»Der Anbau ist in Deutschland verboten. Aber es gibt nichts, was man nicht auf dem Schwarzmarkt erwerben könnte. Da braucht man nicht viel mischen, das gibt es fix und fertig zu kaufen.«

Rickmer schaute auf die Uhr. »Das ist alles schrecklich, wir haben aber gleich zwanzig Uhr, und ich muss noch etwas Dringliches loswerden. Das Schlimmste kommt zum Schluss.«

Carsten hatte keine Vorstellung davon, was das Ganze noch toppen konnte, er fand die Situation abscheulich und belastend genug.

»Ich will nicht lange drum herum reden«, sagte Rickmer leise. »Professor Hahn hat Verletzungen im Genitalbereich entdeckt, die auf eine Vergewaltigung schließen lassen. Sie sind frisch, sodass sie vom Mörder stammen können – was wahrscheinlich ist.«

»Verdammtes Schwein«, rief Julia aus, und Janssen seufzte. Carsten fand das zwar auch entsetzlich, aber ob eine Vergewaltigung die Sache noch viel schlimmer machte, bezweifelte er bei dem Gedanken an Verbrennungen bei lebendigem Leibe.

»DNA-Spuren?«, fragte Bärlein.

»Negativ, kein Sperma«, sagte Rickmer.

»Was kann das bedeuten?«, fragte Janssen.

»Vielleicht ist er nicht gekommen?«

»Er ist gestört worden.«

»Sie hat sich gewehrt.«

»Unter Lähmungen nicht durchführbar«, sagte Bärlein. »Wenn ich der Vergewaltiger wäre, würde ich mein Opfer doch erst bewegungsunfähig machen, bevor ich mich an ihm vergehe.«

»Was für ein perverses, widerliches Dreckschwein«, sagte Julia. »Was hat das arme Mädchen alles ertragen müssen?«

»Und jetzt kommen wir zu einem Punkt, der für mich äußerst unangenehm ist. Das, worauf ich die ganze Zeit hinauswollte.«

»Es kann doch nicht noch heftiger werden«, sagte Julia. »Ich komme mir schon jetzt vor wie in einem Horrorfilm.«

»Leider doch«, entgegnete Rickmer. »Ich habe Hahn, nachdem wir die Obduktionsergebnisse von Henrieta Radu diskutiert haben, gebeten, den Bericht von Merle Onken erneut durchzugehen.«

Carsten wurde übel. Bitte nicht, bitte nicht, flehte er in Gedanken.

»Ich habe ihn gefragt, ob wir möglicherweise eine ähnliche Verletzung bei Merle Onken übersehen haben könnten.«

Carsten ballte die Fäuste unter dem Tisch zusammen. Gerade noch hatte er gedacht, eine Vergewaltigung wäre nicht mehr so schlimm, und nun ging es um seine eigene Tochter und alles fühlte sich schlagartig anders an.

»Und?«, fragte Julia.

»Ich bitte Sie, dass das, was ich Ihnen jetzt sage, unter uns bleibt, bis weitere Dinge geklärt sind. Das geht nur die Soko Rot etwas an. Ich möchte, dass mir alle ihr Wort geben.«

Die anderen Beamten nickten, Carsten tat das nicht.

»Kummer?«, fragte Rickmer, als er es bemerkte.

»Mann, erzählen Sie einfach«, schrie Carsten. »Es geht hier um Merle, meine Tochter. Wenn Sie was verbockt haben, geben Sie es zu, ich komme irgendwie klar damit und halte mein Maul. Ich kann diese Ungewissheit und Geheimniskrämerei nicht mehr ertragen.«

Nach einer kurzen Pause fuhr Rickmer mit heiserer Stimme fort: »Ich hatte einen riesigen Streit mit dem Professor, nachdem er mir heute die Unterlagen zugefaxt hat mit Bildern von Merle Onkens Genitalbereich.«

»Sie *ist* vergewaltigt worden?« Carsten konnte sich nicht mehr bremsen.

»Ja, davon ist auszugehen«, sagte Rickmer. »Bitte bleiben Sie erst mal ruhig, Kummer. Ich weiß, wie schwer das für Sie ist.«

Carsten sprang vom Stuhl auf. »Ach ja?« Er zeigte mit dem Finger auf den Hauptkommissar »Glauben Sie, das spielt keine Rolle? Ich verlasse mich seit Tagen auf Sie.« Er äffte ihn nach. »Alles deutet auf einen Unfall hin, auf einen Suizid, blabla.« Er redete sich in Rage. »Und nun ist Merle, meine Tochter, vergewaltigt worden? Von dem gleichen Schwein, das die Perversion im Sonnenstudio abgezogen hat?«

»Bitte, Kummer, setzen Sie sich!«, versuchte Rickmer ihn zu beruhigen. »Hören Sie mir zu!«

Carstens Augen füllten sich mit Tränen. Julia strich ihm behutsam über den Arm, Janssen seufzte und Bärlein sagte laut: »Setzen jetzt!«

Carsten fiel in seinen Stuhl, er war nicht mehr in der Lage, einen klaren Gedanken zu fassen. Wem sollte er noch vertrauen? Vielleicht hatte er Gesa unrecht getan? War Merle also doch das Opfer eines Mörders? Eines Vergewaltigers? *Das wird für Rickmer ein Nachspiel haben, wenn das rauskommt.*

»Ich will mich nicht aus der Verantwortung ziehen«, sagte der Hauptkommissar, den Carsten nur noch wie aus weiter Ferne wahrnahm. »Ich glaube, dass Hahn die Verletzungen im Intimbereich zu den Treibspuren gezählt hat, die Merle ja am ganzen Körper aufwies. Er aber ist der Meinung, er hätte mir gesagt, dass eben diese Spuren am Genital auch auf ein Sexualverbrechen schließen lassen könnten.«

»Was für eine Stümperscheiße«, murmelte Carsten.

»Ich bin mir aber mehr als sicher, dass er mir das nicht gesagt hat, so blöd das jetzt klingen mag. Auch wenn hier ein Problem von Professor Hahn vorliegt, muss ich mir selbst den Vorwurf machen, nicht in diese Richtung ermittelt zu haben. Es schien einfach alles so klar und eindeutig.«

»Das ist brisant. Das könnte ein Nachspiel haben für den Professor«, sagte Janssen und seufzte.

Nicht nur für den, dachte Carsten, der den unbändigen Trieb verspürte, irgendetwas kaputt zu schlagen. Das war alles kaum noch auszuhalten. Eine Tochter, von der er nichts wusste. Eine tote Tochter. Eine verrückte Mutter. Der Seitensprung unter Alkohol. Der durchgeknallte Inselpolizist. Die Sautat im Sonnenstudio. Jetzt war auch noch der Hauptkommissar ein elender Pfuscher, der gerade versuchte, seine Schuld einem Arzt zuzuschieben.

»Der Hahn ist mir schon lange suspekt«, sagte Janssen.

»Wir verraten bestimmt nichts und klären erst diesen Mord hier«, sagte Julia. »Ist denn dem Sohn von Ahlers zuzutrauen, dass er Merle ...« Sie stockte. »Oh, Entschuldigung, Herr Kummer, ich will nicht auf Ihren Gefühlen herumtrampeln.«

»Einzig den Ärzten ist es erlaubt zu lügen«, sagte Bärlein. »Wir Chemiker kennen immer die Wahrheit.«

Carsten konnte sich gerade noch zusammenreißen, um nicht auf Bärlein loszugehen und ihm die Schale mit Schokoladenkeksen in den Rachen zu schütten. All seine anfängliche Achtung für ihn war mit diesem Spruch verflogen. Überhaupt, warum faselte er ständig in Sinnsprüchen, die kaum Sinn ergaben? Hatte das mit seiner Größe zu tun? Ein Komplex? Carsten ärgerte sich; selbst der vermeintlich Kompetenteste in dieser Runde war also nicht in der Lage, den Dilettantismus des Nordener Hauptkommissars zu erkennen.

»Professor Hahn und ich haben uns bis zur Aufklärung des Mordes an Henrieta Radu darauf geeinigt, die Sache nicht an die große Glocke zu hängen«, sagte Rickmer. »Es ist ja immer noch nicht bewiesen, dass beide Vergewaltigungen vom gleichen Täter stammen, sofern denn die Frauen vergewaltigt wurden – was aufgrund der Umstände und der fehlenden DNA nicht einwandfrei zu beweisen ist.«

»DNA-Spuren an einer Wasserleiche nachzuweisen, die von Sperma stammen, ist nahezu unmöglich«, ergänzte Bärlein.

»Entschuldigung, Herr Bärlein. Sie haben da immer noch Schokolade am Mund, jetzt läuft sie in Ihren Bart«, sagte Julia.

Das war zu viel, die hatten doch alle den Verstand verloren. »Es reicht!«, schrie Carsten. »Ich habe die Schnauze voll. Ich gehe. Vielleicht fahre ich direkt wieder nach Bremen, bis ihr den zum Himmel stinkenden Mist hier erledigt habt.«

»Kummer, das wäre dumm«, sagte Rickmer. »Wir brauchen Sie. Sie wollen doch wissen, was mit Merle passiert ist.«

»Ja, ja. Aber ich will Ruhe, ich kann nicht mehr!«

»Das kann ich verstehen«, sagte Julia. »Schlafen Sie sich doch erst mal aus und kommen morgen wieder. Vielleicht stellt sich alles nur als ein Irrtum heraus? Ich meine, die Obduktion von Radu ist nicht abgeschlossen, und bei Merle könnten es ja doch Treibspuren … ich will sagen, wenn ich richtig verstanden habe, dann ist doch noch nichts bewiesen.«

»Eure Beweisführung stinkt gewaltig«, sagte Carsten und stand auf. »Wann ist Treffen morgen?«

»Es tut mir aufrichtig leid, Kummer«, murmelte Rickmer. »Ich verteile die Aufgaben. Sie können selbstverständlich jetzt gehen. Alle haben Verständnis.« Er überlegte. »Wir treffen uns hier morgen um fünfzehn Uhr.«

»Alles klar, das reicht mir«, sagte Carsten und ging zur Tür.

»Moment«, sagte Rickmer vorsichtig. »Befragen Sie morgen die Mitschüler von Merle oder soll das jemand anders erledigen? Ich könnte verstehen, wenn …«

»Ich erledige das«, unterbrach Carsten. »Merle ist meine Tochter, nur meine.« Er verließ das Konferenzzimmer, ohne sich zu verabschieden.

13. EINE RABENSCHWARZE NACHT

Gesa, ich bin jetzt in deinem Haus, sitze oben auf dem kleinen Balkon und habe mir noch den Sonnenuntergang anschauen können«, sagte Carsten ins Telefon.

»Das freut mich, du bist endlich da eingezogen, wo deine Tochter aufgewachsen ist«, sagte Gesa. »Ich spiele mit meinen Eltern im Wohnzimmer *Mensch ärgere Dich nicht*. Dass ich das noch mal mache! Aber wenn man Papa und Mama eine Freude bereiten kann …«

»Das habe ich heute auch gespielt, mich aber geärgert bis aufs Blut.«

»Wie jetzt?«

»War nur so dahergefloskelt«, sagte Carsten und stöhnte. »Wir hatten heute das erste Treffen der Soko zum Fall Henrieta Radu.«

»Oh Mann.« Gesa ächzte in den Hörer. »Das ist alles so entsetzlich. Was ist nur los auf Norderney? Ich mag gar nicht mehr zurückkommen.«

»Im Moment wäre das auch nicht gut«, sagte Carsten. »Ich hadere selbst ständig mit mir, ob ich nicht doch abreise.«

»Was, immer noch?« Gesa wurde laut. »Ich dachte, wir hätten das ein für alle Mal geklärt. Es ist wichtig wegen Merle, dass du was rausfindest.«

»Das habe ich schon, und genau das belastet mich extrem.« Carsten ballte seine Faust so fest zusammen, dass ihm die Fingernägel scharf ins Fleisch schnitten.

»Was denn?«, wollte Gesa wissen.

Er schwieg.

»Carsten? Wir haben eine Abmachung. Ich muss alles erfahren, was Merle betrifft.«

»Du hast recht, warum soll ich herumdrucksen?«

»Sag es mir!«

»Der Rickmer ist ein Pfuscher, ein Dilettant. Stümper übelster Sorte.«

»Weiß ich längst«, sagte Gesa. »Nichts Neues. Was ist mit meiner Tochter passiert?«

Carsten wartete ein paar Sekunden, um sich zu sammeln, und fuhr dann erregt fort: »Henrieta Radu wurde vor ihrem Tod vergewaltigt und ...« Wieder seufzte er. »Merle auch.«

Gesa schwieg.

»Hörst du? Sie haben es einfach übersehen im Obduktionsbericht. Diese Idioten.«

Carsten hörte ein leises Schluchzen am anderen Ende der Leitung.

»Mein armes Mädchen.« Gesa weinte.

»Ja.« Er wusste nicht recht, wie er reagieren sollte.

»Sie ist nicht nur vergewaltigt, sondern auch ermordet worden!« Gesa schrie jetzt in den Hörer. »So wie ich es von Anfang an gesagt habe. Wer ist das Schwein? Dieser fette Junge? Hauke?« Ihre Stimme zitterte. »In ihrem

Tagebuch steht drin, dass der Widerling sie angetatscht und sexuell belästigt hat.«

»Ich weiß, ich werde ihn mir morgen vorknöpfen«, sagte Carsten, dem selbst die Tränen in die Augen stiegen. Nicht vor Trauer jedoch, sondern vor Wut. Nie zuvor hatte er aus einem solchen Gefühl heraus geweint. »Noch kann ich mir aber nicht vorstellen, dass ein Siebzehnjähriger zu so etwas in der Lage ist.« Er schluckte. »Das mit der rumänischen Putzfrau meine ich, falls es derselbe Täter sein sollte.«

»Der schon. Das ist ein Schwein, egal wie alt. Finde es heraus, für Merle!« Sie schrie und weinte zugleich. Im Hintergrund hörte Carsten eine Tür knarren. Jemand fragte, ob alles in Ordnung sei. Eine weibliche Stimme.

»Ja, Mama«, sagte Gesa. Es raschelte in der Leitung. »Ich muss auflegen. Nimm dir Hauke Ahlers vor und bleib verdammt noch mal auf dieser Insel, hörst du?«

»Okay, Gesa«, sagte Carsten. »Versuch dich zu beruhigen. Sprich mit deinen Eltern. Ich rufe morgen wieder an.«

»Tschüss!«, sagte Gesa und beendete das Gespräch.

Carstens Wut steigerte sich mehr und mehr, noch immer verspürte er den Drang, etwas zerstören zu wollen. Ihm graute es davor, dass er sich morgen wieder die Visagen der unfähigen niedersächsischen Kollegen antun musste. Er hoffte, dass er sich zusammenreißen konnte. Er setzte sich gerade auf den Balkonstuhl und spannte hintereinander Arm-, Bein- und Gesäßmuskeln an, ließ locker und atmete tief durch. Progressive Muskelentspannung beruhigte ihn ein wenig. Beate hatte ihm die Technik beigebracht. Bei ihren Schülern bewirkte sie angeblich Wunder. *Mensch, meine Frau muss ich ja noch anrufen!*

Eine Weile blieb er noch sitzen, bis er merkte, dass er hungrig wurde. Ihm fiel ein, dass er seit heute Morgen nichts gegessen hatte. Er stand auf, lief in Gesas Schlafzimmer und schloss die Balkontür. Dann ging er die schmale, hölzerne Wendeltreppe herunter und in die Küche. Als er die Tür zum Kühlschrank öffnete, um nach Aufschnitt zu suchen, bemerkte er zwischen Käse, Wurst und Paprika auch eine halb volle Flasche Rum. Hatte Gesa nicht gesagt, sie hätte den Rum entsorgt? War es der, den er getrunken hatte? Er strich über das Etikett: Captain Morgan. Er konnte sich nicht erinnern, nahm die Flasche in die Hand, öffnete den Verschluss und sog das beißende, karamellisierte Aroma ein. Speichel schoss ihm in den Mund. Schnell drehte er die Kappe zu, dann wieder auf. Er hastete zum Waschbecken, um den Fusel, der ihn um den Verstand gebracht hatte, im Ausguss zu entsorgen. Er schaffte es nicht, setzte die Flasche an und ließ die scharfe, braune Flüssigkeit die Kehle hinunterlaufen, bis sein Magen anfing zu brennen und das Brustbein schmerzte. Er setzte ab und stellte fest, dass er den Rum leer getrunken hatte, und schämte sich.

Im Brotkasten fand er Pumpernickel, nahm davon zwei Scheiben und belegte sie mit Gouda, Schinken und Tomate. Mit den Broten stolperte er in das kleine Eckzimmer, setzte sich vor den Fernseher und schaltete ihn an. Während er aß, versuchte er, den Mann auf dem Bildschirm zu fixieren, der auf einer beleuchteten Bühne zu stehen schien und *Strangers in the Night* von Frank Sinatra trällerte. Wer den Song zum Besten gab, vermochte er nicht zu erkennen. Das Bild verschwamm vor seinen Augen, die flackernden Lichter blendeten ihn.

Carsten schreckte hoch. Er brauchte eine Weile, um sich zu orientieren. Eingewickelt in die rote Fleecedecke, die vorhin noch zusammengerollt vor ihm gelegen hatte, lag er auf der Couch. Das Telefon klingelte. Welches war es? Gesas im Flur, auf der Kommode! Er schaute auf den Fernseher, eine dicke, dunkelhäutige Frau sang *Oh happy Day*. Ich muss eingeschlafen sein, dachte Carsten und setzte sich auf. Das Telefon klingelte weiter. Er nahm die Fernbedienung von dem flachen Glastisch, schaltete aus und zog sein Handy aus der Hosentasche. Kurz vor Mitternacht. Er hatte mindestens zwei Stunden geschlafen. Wer rief hier um diese Zeit an? Gesa würde sich doch auf seinem Handy melden. Das Display zeigte keine verpassten Anrufe an. Sollte er drangehen? War es Rickmer? Carsten stand auf und torkelte in den Flur. Er musste abnehmen, es konnte wichtig sein. Er zog das Telefon aus der Ladestation und drückte den grünen Knopf.

»Hallo?«, fragte er und hörte darauf ein schrilles Quietschen in der Leitung. Es klang wie der Widerhall eines gerade angeschalteten Hörgerätes.

»Hallo?«, fragte er erneut. »Wer ist denn da?«

»Der Inquisitor hat angeordnet, dass jemand, der mit dem Teufel ein Bündnis eingeht, mit dem Feuer vom Leben zum Tode gerichtet und gestraft werden soll.« Carsten erschrak. War das ein schlechter Scherz? Die Stimme, die durch den Hörer zu ihm sprach, wirkte nicht menschlich. Eine digitale Verzerrung, sie kam ihm merkwürdig bekannt vor. Ja, jemand hatte einen Filter eingebaut und die deutsche Synchronstimme von Darth Vader über die eigene gelegt. In seiner Kindheit hatte Carsten allem hinterhergefiebert, was nur im Ansatz mit Star Wars in Verbindung gebracht werden konnte. Somit wusste er mit Sicherheit, dass Darth Vader in keinem der Filme einen solchen merkwürdigen Text von sich gegeben hatte.

»Wer sind Sie?«, schrie Carsten in den Hörer. »Verdammt noch mal, was reden Sie da für einen Scheiß?« Er fühlte sich hellwach und nüchtern. Das plötzlich ausgestoßene Adrenalin hatte den letzten Tropfen Alkohol aus seinem Blut verdrängt.

»Ich bin der Inquisitor«, sagte die Stimme.

Ganz sicher, der Anrufer bedient sich einer Sprachsoftware, dachte Carsten. Der Kerl sprach live zu ihm. »Was soll das?«, fragte er. »Mir ist heute so überhaupt nicht zum Scherzen zumute.«

»Sie haben nicht zugehört, was der Inquisitor verkündet hat«, sagte die blecherne Stimme. »Ich habe die Hexe Henrieta ins Feuer geschmissen. Sie hat mit dem Teufel paktiert und musste einer Feuerprobe unterzogen werden. Die Satansbrut hat sich nicht befreien können, somit war sie schuldig.«

»Sie haben einen Totalschaden, was?«, brüllte Carsten und ballte seine Faust. »Woher wissen Sie das alles?«

»Hahaha.« Die Stimme lachte langsam und herablassend.

»Sie Irrer. *Sie* haben dem Mädchen keine Chance gelassen.«

»Hohoho.«

»Durch die Injektion von Curare, Sie feiges Monster.«

Es knackte in der Leitung. »Hört, hört. Sie sind ja richtig auf Zack bei der Mordkommission. Curare hin oder her, Henrieta war eine Hexe.«

»Dreckiger Mörder. Wer sind Sie? Stellen Sie den Verzerrer ab und nennen Sie mir Ihren Namen!«

»Na na, wer wird denn da gleich so zornig werden, obwohl er nur die halbe Geschichte kennt?«

»Was willst du billige Darth-Vader-Kopie mir mitteilen? Lass die Spielchen!«

»Das Wasser lässt den Körper dessen, der vom Gewicht des Guten befreit wird, wieder emporsteigen. Die Hexe aber verschluckt es. So stellt das Wasser auf die Probe.«

Was wollte der Spinner bloß? Feuerprobe? Wasserprobe? Carsten erinnerte sich, dass es im Mittelalter derartige Foltermethoden gegeben hatte. Aber was? Oh mein Gott, nein! Eine Wasserprobe!

»Was hast du Wichser mit meiner Tochter angestellt?«, schrie er.

»Hohoho. Merle ging unter wie ein Stein. Sie war demnach schuldig und mit dem Teufel im Bunde.«

»Sie haben ein Kind umgebracht, *mein* Kind.« Carsten trat vor Wut gegen die unterste Schublade der Kommode, die heraussprang und zersplitterte. »Sie haben Sie vergewaltigt!«

»Vergewaltigt? Hahaha.«

»Ich finde Sie!« Carsten trat noch mal gegen die Schublade. »Sind Sie auf der Insel? Wer ist da? Hauke? Hauke Ahlers?«

»Hahaha!«

Etwas krächzte in der Leitung. Das Geräusch kam Carsten bekannt vor. Ein Vogel, ein Rabe, Caesar. Er wusste Bescheid.

»Sie …«

Das Telefon gab ein Tuten von sich.

»Hallo? Hallo?«

Er hatte aufgelegt.

Ich habe geahnt, dass mit dem Kramer was nicht stimmt. Immerhin ist er zu blöd, seinen Raben zum Schweigen zu bringen. Den werd ich drankriegen! Jetzt oder nie.

Carsten hetzte die Treppe hoch ins Schlafzimmer, zog seine Pistole – eine Heckler & Koch P7 – samt Halfter aus dem Koffer und schnallte den Halfter um. Er warf seine Jacke über, rannte runter, schloss das Haus ab und stolperte mit der angeschalteten Taschenlampe des Smartphones durch das dunkle Argonnerwäldchen, hastete dann durch die menschenleere Stadt. Als er vor den Norddünen anhielt, keuchte er und rang nach Luft. Doch er konnte nicht warten. Mit gezogener Pistole und Taschenlampe fand er den Weg durch die Dünen zu Kramers Leuchtturm. Er zögerte keine Sekunde, trat gegen die Tür, schrie, zerschoss das Schloss. Seine Ohren fiepten, als er durch den dunklen Flur in das Arbeitszimmer des Mörders lief. Die Fackeln brannten hell, und da saß das blöde Arschloch mit der weißen Fresse und der schwarzen Wollmütze hinter seinem Schreibtisch. Hatte wohl nicht damit gerechnet, dass Carsten so schnell und gut reagieren würde. Kramer, der ein Handy seitlich hinter der Maske hielt, dort, wo sein Ohr sein musste, starrte ihn verängstigt an. Vor ihm auf der Tischplatte stand ein aufgeklappter Laptop.

»Was wollen Sie hier?«, quietschte er mit hoher Stimme. »Sie, Sie sind doch der Polizist?«

»Genau, der bin ich, Schlaumeier«, schrie Carsten. »Klingst gar nicht mehr so cool wie Darth Vader, siehst aber noch so aus, nur in Weiß. Dein schwarzes Alter Ego, wie?« Er rannte auf den Schreibtisch zu und schlug den Laptop mit der Handkante von der Platte. »Oh, das ist aber schade.«

»Bitte, was wollen Sie? Nehmen Sie das Ding runter!« Kramer stand zitternd auf und streckte seine Hände nach vorne, so als könne er damit einen erwarteten Schuss abfangen.

»Sie halten die Fresse und setzen sich sofort wieder hin.« Carsten fuchtelte mit seiner P7 vor sich her. »Ich überlege noch, ob ich Sie erschieße oder ausliefere oder ob ich Sie einfach erst ordentlich zusammenschlage. Mir war den ganzen Tag danach, etwas kaputtzumachen.«

»Aber … aber …«, stotterte Kramer. »Ist es wegen dieser Hexe?«

»Sie ist *keine* Hexe, Sie mondkranker, schwarz-weißer Kackvogel.«

»Nein? Ich dachte …«

»Schnauze!« Carsten entsicherte seine Waffe mit dem Daumen und drückte ab. Die Kugel zischte weit an Kramer vorbei und schlug in ein Bücherregal. Katzen sprangen durch den Raum und flitzten zu der geöffneten Tür, die sich nur ein paar Meter vom Schreibtisch entfernt befand. Kramer nutzte den Moment und rannte seinen Tieren nach. Carsten versuchte, ihn abzufangen, doch der Archivar war schneller, verschwand in der Tür und warf sie hinter sich zu. Mehrere Schlüssel drehten sich in den dahinter angebrachten Schlössern, ein Scharnier klickte und Kramer hustete.

Carsten warf sich mit seinem ganzen Gewicht gegen die massive Tür, die keinen Zentimeter nachgab. Kurz überlegte er, einfach loszuballern, konnte sich gerade noch beherrschen. »Kommen Sie da raus«, schrie er und schlug mit der Faust gegen die Tür. »Ich werde Sie packen, und dann werde ich Ihnen die verdammte Maske vom Gesicht reißen, Sie ins Wasser schmeißen oder verbrennen, Sie Hexer!«

Die Sirene eines Streifenwagens heulte auf. Ahlers, dachte Carsten, was will der denn hier? Hatte der auch einen Anruf vom Inquisitor erhalten? Er ging langsam zur Haustür und sah den blau-weißen Dienstwagen, aus dem der Inselsheriff und ein Kollege stiegen. Beide zogen ihre Pistolen und richteten sie auf Carsten.

»Waffe runter«, schrie Ahlers.

»Legen Sie sofort die Pistole auf den Boden und die Hände über den Kopf«, brüllte der andere, deutlich jüngere Polizist.

»Ich … wieso?«, rief Carsten den Beamten zu, die keine zwanzig Meter von ihm entfernt standen. »Der Mörder ist da drin, hat sich eingeschlossen. Es war Kramer. Beide, Henrieta und Merle, hat er umgebracht.«

»Waffe runter, Hände nach oben«, schrie Ahlers. »Ich warne Sie, ich schieße verdammt gut.«

Carsten ließ die P7 fallen und legte die Handflächen hinter den Kopf. Der zweite Polizist kam auf ihn zu, die

Pistole im Anschlag. Er stellte sich hinter Carsten, zog seine Hände nach unten und fesselte sie.

»Was wird mir vorgeworfen?«, fragte Carsten, als Ahlers an ihm vorbei in den Turm lief. Doch der antwortete nicht. »He, Sie da, wie heißen Sie?«, schrie er daher den Polizisten an, der sich breitbeinig vor ihm aufgebaut hatte.

»Oberkommissar Siebert«, sagte der.

»Was habe ich gemacht?«

»Soweit ich weiß, hat der Besitzer dieses Hauses, ähm, Turmes, den Notruf gewählt und dem Kollegen Ahlers berichtet, ein Wahnsinniger mit einer Pistole versuche, gewaltsam in sein Haus einzudringen. Damit waren dann ja ganz offensichtlich Sie gemeint.«

Das kann doch alles nicht wahr sein, dachte Carsten. Erkannten diese Provinzbullen denn nicht, was hier gespielt wurde?

Es dauerte noch zehn Minuten, bis Ahlers zurück aus dem Haus kam. Er trat Carsten von hinten in die Kniekehlen. Ein stechender Schmerz. Völlig überflüssig, brutal, absichtlich.

»Was soll das?«, schrie Carsten. »Wollen Sie mich etwa verhaften?«

»Nicht nötig, Sie werden in Gewahrsam genommen«, sagte der Inselsheriff und zog ihn am Oberarm in Richtung des Streifenwagens. Siebert öffnete die hintere Tür, und beide drückten seinen Kopf nach unten und ihn dann in den Sitz. Der Schutzpolizist lief noch mal zurück zum Leuchtturm, Carsten sah aus dem Seitenfenster, dass er seine Pistole aufhob. Als er wieder eingestiegen war, fuhr Ahlers los. Mit Blaulicht, ohne Martinshorn.

»Sind Sie verrückt geworden, Sie beide?«, fragte Carsten laut, als der Wagen über den Sand schoss.

»Schnauze«, sagte der Sheriff.

»Sie können mir doch wenigstens erklären, was los ist, oder nicht?«

Ahlers drehte den Kopf nach hinten und starrte ihn böse mit seinen Glubschaugen an. »Hören Sie, Sie Penner«, sagte er. »Ich habe im Turm gesehen, was Sie angerichtet haben. Sie haben auf Kramer geschossen, wollten ihn umbringen.«

»Quatsch«, antwortete Carsten. »Sie wollen mir allen Ernstes den Tatverdacht der versuchten Tötung vorwerfen?«

»Ich nehme morgen die Aussage von Herrn Kramer auf, dann werden wir sehen, was sich abgespielt hat.«

Carsten wollte diese Unverschämtheit nicht auf sich sitzen lassen. »Ich bin Kriminalbeamter im Dienst. Es war ein simpler Warnschuss, fünf Meter an der Person vorbeigezielt. Ich musste ihn in Schach halten, weil er flüchten wollte. Verstehen Sie denn nicht? Er ist der Mörder meiner Tochter und der Putzfrau. Er ist der Inquisitor.«

»Inqui… was?« Ahlers grölte und sagte zu seinem Kollegen: »Der ist wirklich irre.« Auch Siebert lachte laut.

»Was ist mit Kramers Handy, mit dem Laptop?«, stammelte Carsten. »Er hat mich vorhin angerufen mit verstellter Stimme. Irgendwo muss er eingestellt haben, dass er wie Darth Vader …« Carsten brach den Satz ab, denn er merkte, dass er sich verhaspelte und wirklich verrückt klingen musste.

»Ist das zu fassen?«, fragte Ahlers. Siebert zuckte mit den Schultern und lachte erneut. »Da denk ich, man hat in diesem Archivar den größten Sonderling auf der Insel, und dann kommt ein Polizist aus Bremen daher und übertrumpft den Spinner gleich um Längen.« Ahlers drehte seinen Kopf zu Carsten. »Was meinen Sie? Den Laptop, den Sie zerbrochen haben? Da hat der Archivar Krieg der Sterne drauf gespielt, ja?«

»Wenn der kaputt ist, dann muss er kriminaltechnisch untersucht werden.« Carsten war um Schadensbegrenzung bemüht. »Dann kann ich das alles beweisen.«

»Das Einzige, was kaputt ist, ist Ihre Birne«, sagte der Sheriff. »Ihre verdammte Göre ist nicht ermordet worden, sie hat sich umgebracht. Und der Archivar hat mit der Putzfrau so viel zu tun wie der Papst mit Mekka.«

Carsten rüttelte an seinen Handfesseln. Ein völlig unsinniger Versuch, sich zu befreien, das war auch ihm klar. Er war wohl wirklich von Sinnen gewesen. Er musste schnell versuchen, die Fassung wiederzuerlangen und dann auf der Wache einen vernünftigen Erklärungsversuch zu wagen. Er ärgerte sich über die Dummheiten, die er begangen hatte. Dass er geschossen hatte und noch viel mehr, dass er möglicherweise den Computer zerstört hatte.

»Was haben Sie jetzt vor?«, fragte er.

»Was wohl?«, antwortete Ahlers. »Ich nehme Sie in präventiven Gewahrsam, kann doch keinen Irren auf der Insel rumrennen lassen, der mit seiner Dienstwaffe um sich ballert und Inquisi-irgendwas jagt.«

»Das kann ich nicht glauben.«

»Sollte Ihnen bekannt sein, dass ich Sie aus Sicherheitsgründen vierundzwanzig Stunden in Gewahrsam nehmen darf … muss … in diesem Fall. Ihre Waffe ist bis dahin beschlagnahmt.«

»Das können Sie nicht«, sagte Carsten, und sein Puls beschleunigte sich wieder. »Ich werde mit meinem Chef in Bremen sprechen.«

»Haha. Und ihm das erzählen, was Sie uns gerade vorgetragen haben?« Ahlers drehte sich erneut um und fragte ihn mit hochgezogenen Augenbrauen: »Sind Sie wirklich sicher, ob Sie bei der Polizei bleiben wollen? Ich glaube, das ist nicht der richtige Job für Sie! Habe ich von Anfang an bemerkt.«

Carsten wusste nicht, was er sagen sollte, er war fertig mit den Nerven. Dieser ganze Trip nach Norderney hatte sich zu einem nicht endenden Albtraum entwickelt.

»Warten Sie doch einfach ab, bis sich Ihr Chef bei Ihnen meldet«, fuhr Ahlers fort. »Meinen Bericht bekommt er selbstverständlich zugeschickt, und der Staatsanwalt wird sich darum kümmern, ob ein Haftgrund vorliegt.«

Scheiße, dachte Carsten. Ahlers wollte doch nicht auch noch den Staatsanwalt einschalten? Mit wem konnte er reden? Würde Rickmer ihm glauben? Bärlein?

»Aber von mir geht keine Gefahr aus, ich brauche nicht in Gewahrsam«, sagte er.

»Das entscheide ich«, brummte Ahlers. »Sie sind betrunken, stinken, als hätten Sie ein ganzes Whiskyfass geext. Mann, Mann, Sie haben Probleme, mein Freund. In Ihrer Haut möchte ich nicht stecken.« Er drehte sich wieder nach vorne um, stieß dem fahrenden Siebert leicht mit dem Ellenbogen in die Seite, und beide lachten, bis sie vor der Polizeiwache hielten.

14. OHNE KUMMER

Der Direktor des Inselhotels Kaiser hatte der Soko Rot zur Befragung von rund einem Dutzend Personen zum Mordfall Henrieta Radu zwei Büroräume zur Verfügung gestellt. Beide lagen direkt am großen Konferenzraum, in dem Servicekräfte des Hotels ein kleines Buffet aufgebaut hatten; an diesem konnten sich die Beamten zwischen den Befragungen stärken. Belegte Brötchen, Frikadellen, Donuts, Obst und Getränke. Rickmer nahm sich eine Metthälfte mit Zwiebeln aus einer Schale und schlang sie mit drei Bissen und in weniger als einer halben Minute herunter.

»Um Gottes willen, Herr Hauptkommissar«, sagte Bärlein, der mit eine Tasse Tee in der rechten und einem Schokoladenkeks in der linken Hand vor ihm stand und ihn von unten anschaute. »Das ist nicht gesund, was Sie tun. Rauchen, schlingen, Stress. Sie haben bestimmt Vitaminmangel und Hypertonie. Mir ist aufgefallen, dass Sie Tabletten schlucken.«

Rickmer schluckte zweimal. »Weiß ich, hab Bluthochdruck. Wird sich ändern, wenn wir den Fall – oder die Fälle – gelöst haben.«

»Na hoffentlich. Was sagen Sie zu Niemeyer?«

»Voller Scham und Angst, soll sich das Betrugsdezernat drum kümmern. Mit dem Mord hat er nichts zu tun.«

»Sehe ich auch so«, sagte Bärlein, tauchte den Keks in seine Tasse und biss dann ein Stück davon ab. »Er denkt aber, dass er verdächtigt wird.«

»Soll er doch. Mir tut er nicht leid.« Rickmer schaute auf die Armbanduhr. »Dreizehn Uhr, noch schnell eine durchziehen, Stella Freesemann kommt jeden Moment, mit ihrer Mutter.«

»Die Klassenkameradin von Merle Onken?«

»Genau die. Hätte uns der Kollege aus Bremen abnehmen sollen, aber der Kummer macht seinem Namen und damit uns alle Ehre.«

Bärlein stellte seine Tasse auf den Tisch und zog sich mit zwei Fingern einen Schokodonut von einem Tablett. »Was für eine Geschichte. Gerade auf der Insel angekommen und sitzt schon in Gewahrsam. Das als Beamter. Irre.« Er wickelte den Donut in zwei rosa Servietten mit aufgestickter Krone und steckte ihn in seine Sakkotasche. »War der betrunken oder wie kommt er darauf, den Leuchtturm zu stürmen?«

»Keine Ahnung, was mit dem nicht stimmt«, sagte Rickmer. »Ja, laut Ahlers soll der sich komplett abgeschossen haben. War wohl zu viel gestern für ihn, als er von der Vergewaltigung seiner Tochter erfahren hat. Da hat er sich anscheinend volllaufen lassen.«

»Aber warum dieser Leuchtturmwärter?«, fragte Bärlein.

»Nicht Wärter. Archivar«, antwortete Rickmer. »Der Leuchtturm ist nicht in Betrieb.«

»Ach so. Aber was hatte Kummer mit dem zu schaffen?«

»Ich bin mir sicher, dass die durchgeknallte Gesa Onken ihm da einen Floh ins Ohr gesetzt hat. Kramer – so heißt der Archivar – ist komplett harmlos und schwer krank. Julia war heute da und hat sich seine Aussage gegenüber Ahlers mit angehört.«

»Was hat er denn für eine Krankheit?«

»Mondscheinkrankheit«, sagte Rickmer und zuckte mit den Achseln.« Fragen Sie mich bloß nicht, was das genau ist, soll jedenfalls schlimm aussehen, der Kerl.«

»*Xeroderma pigmentosum*«, sagte Bärlein. »Die Haut verbrennt in der Sonne.« Er überlegte. »Interessante Parallele zu unserem Mordfall im Solarium.«

»So habe ich das noch nicht gesehen«, sagte Rickmer. »Muss Zufall sein.«

»Komischer Zufall.« Bärlein hatte Redebedarf, doch Rickmer schien anderes im Kopf zu haben.

»Und Kummer, wird der weiter festgehalten?«

»Nein. Ich habe einen Deal mit Ahlers, brauche den Vater von Merle Onken noch.«

»Wie sieht der Deal aus?«

»Er verzichtet auf die Benachrichtigung des Staatsanwaltes, weiß ja selbst, dass er nicht durchkommt mit seinem Tatverdacht der versuchten Tötung. Dafür beharrt Ahlers darauf, Kummer die vollen vierundzwanzig Stunden in Gewahrsam zu belassen. Ein echter Kotzbrocken, der Typ.«

»Aber normalerweise läuft das doch gar nicht, muss nicht erst …«

Rickmer klopfte Bärlein auf die Schulter. »Seien Sie mir nicht böse. Wir haben erst anderes zu regeln, das wird noch ein stressiger Tag, und ich bin froh, dass Ahlers die Füße stillhält. Ich kann wirklich nicht noch mehr Ärger gebrauchen. Ich gehe mal frische Luft schnappen. Apropos frische Luft – könnte man hier vielleicht mal lüften? Es riecht irgendwie aufdringlich nach … Deodorant.«

»Guten Tag«, sagte Rickmer, als Stella Freesemann eingetroffen war, und erhob sich von seinem Stuhl. »Sie müssen dann also Herr Freesemann sein? Ich dachte, Stellas Mutter würde mitkommen.«

»Ja, ich bin der Vater von Stella. Sie wollte unbedingt, dass *ich* sie heute begleite.« Er strich seiner Tochter, die er an der Hand hielt, über die langen schwarzen Locken. Rickmer bückte sich, setzte die schmale Lesebrille auf und schaute auf ein geöffnetes Dokument auf seinem Laptop. »Geboren in Essen am 12. 8. 1964. Psychologe in der Langestraße 112, hier auf der Insel.«

»Korrekt«, sagte der Mann, der in seinem hellbraunen Kaschmirpullover und den dunklen Jeans überaus elegant aussah. Rickmer beobachtete, wie Bärlein das Mädchen anlächelte, das versuchte, seinen Blicken auszuweichen.

»Würden Sie mir bitte Ihren Ausweis zeigen, zum Datenabgleich?«, fragte Rickmer.

»Natürlich.« Freesemann zog ein glänzendes Portemonnaie aus der gewachsten Tasche, die ihm an einem Lederriemen über der Schulter hing, nahm seinen Personalausweis heraus und reichte ihn dem Hauptkommissar. Der schaute kurz drauf, nickte und gab ihm das Dokument samt einem gelben Faltblatt zurück. »Bitte im Anschluss die noch fehlenden Daten nachtragen!«

»Na klar«, sagte Freesemann »Können wir uns setzen?«

»Aber sicher!« Rickmer wies auf die beiden Klappstühle, die vor dem Schreibtisch standen.

Die Beamten setzten sich ebenfalls. Der Hauptkommissar gab seinem Kollegen ein Zeichen mit der Hand.

»Stella Freesemann?«, fragte Bärlein.

»So heiße ich«, antwortete das Mädchen mit den dunklen Augen, in denen sich Tränen gesammelt hatten.

»Aber, aber«, sagte Bärlein mit gekünstelt-kindlicher Stimme. »Du brauchst doch keine Angst haben vor dem Onkel Polizisten.« Er lachte. »War ein Scherz, ich wollte wenigstens einmal so dumm klingen wie ein Kinderarzt.«

Sein Spruch kam an, Stella grinste, wenn auch nur für ein paar Sekunden.

»Du bist vierzehn Jahre alt und kein kleines Kind mehr, das weiß ich«, fuhr Bärlein fort. »Ich habe gleich drei Enkelinnen in deinem Alter.«

»Ich hatte mal eine gute Freundin in meinem Alter, und die ist jetzt tot«, sagte das Mädchen. Sie klang plötzlich wütend.

»Stella, nicht so forsch«, fuhr ihr Vater sie an.

»Alles gut«, sagte Bärlein. »Sie kann sagen, was sie will.« Er schaute zu Rickmer. »Wir fangen dann an.«

Der Hauptkommissar fuhr mit der Maus über den Tisch und legte seine Finger auf die Tastatur. Er hatte sich vorher mit Bärlein geeinigt, dass der die Befragung mit Stella führen durfte. Er hatte darauf bestanden, gemeint, er könne mit Kindern besonders gut. Rickmer war immer wieder erstaunt, was der Kollege aus Osnabrück noch alles draufhatte. Ob man ihn irgendwie locken könnte, für länger hier in Ostfriesland zu arbeiten? Vermutlich keine Chance, dachte er, so oft wie der von seinen Kindern und Enkeln erzählt.

»Also, ich will eins klarstellen«, sagte Stella entschieden. Sie schien sich beruhigt zu haben. »Ich bin nicht dumm. Ich wurde schon zu Merle befragt, ausgiebig. Nicht von Ihnen, aber zweimal von Kommissar Ahlers und einmal von dem, der da jetzt gerade schreibt.«

Der Hauptkommissar räusperte sich und sagte: »Rickmer heiße ich.«

»Kann ich weitererzählen?« Stella beachtete Rickmer nicht.

»Ja, bitte. Du machst das gut!«

»Ich weiß, dass Sie alle hier sind wegen dem, was in der Zeitung steht. Wegen dem Mord in der *Sonnbar*. Auch ein junges Mädchen mit roten Haaren wie Merle.«

Die Polizisten schauten Stella mit weit offenen Mündern an.

»Ich bin erstaunt«, sagte Bärlein. »Was du alles kombinierst. Du möchtest nicht zufällig später zur Polizei?«

»Sie sind echt nett, Herr Kommissar …«

»Bärlein.«

»Tsss«, zischte Stella. »Ist das wieder so ein Altmännerwitz?«

»Nun reiß dich aber zusammen«, sagte Herr Freesemann.

»Nein«, antwortete Bärlein. »Ich heiße wirklich so. Oberkommissar Balthasar Bärlein. Entschuldige, dass ich mich nicht vorgestellt habe.«

»Schon okay.«

»Also, du weißt gut Bescheid.«

»Ich weiß viel, und ich weiß auch noch mehr als das, was ich in den vergangenen Befragungen preisgegeben habe.«

Bärlein und Rickmer schauten einander fragend an und starrten dann auf das Mädchen.

»Die Situation hat sich verändert«, sagte Stella. »Ich weiß, Sie fragen sich, ob die Todesfälle miteinander zusammenhängen. Und nach dem, was ich weiß, was Sie noch nicht wissen, vermute ich genau das.«

»Dass es zwei Morde gab?«, fragte Bärlein und leckte sich leicht mit der Zunge über die Lippen. »Wir müssen das zumindest in Betracht ziehen. Aber haben kaum etwas in der Hand.« Er beugte sich über den Schreibtisch, sodass sein Gesicht nur noch wenige Zentimeter von Stellas entfernt war. »Bitte, du musst uns das erklären. Was weißt du denn darüber oder vermutest du?«

Stella wich zurück und ließ sich in den Klappstuhl fallen. »Na schön«, sagte sie und schaute dann ihren Vater an. »Erklär den Polizisten, was ich dir heute Morgen gesagt habe.«

Die Beamten guckten Freesemann an, der kurz mit den Schultern zuckte. »Ich bin zwar Psychologe, aber von meiner Tochter werde ich immer wieder überrascht. Aber etwas stimmt nicht. Seit Sie das Mädchen im Sonnenstudio gefunden haben, weint sie, was sie sonst …«

»Sei ruhig, Papa«, fauchte Stella. »Sag *einfach* nur, was ich dir gesagt habe, was du sagen sollst.«

Bärlein nickte dem Psychologen zu.

»Also gut. Stella hat mir, nachdem wir einen Anruf bezüglich der Aussage hier bekommen haben, mitgeteilt, dass sie Ihnen etwas Wichtiges zu beichten hat, das aber nur tun möchte, wenn Kommissar Ahlers nicht anwesend ist.«

Bärlein strich sich über das Kinn und lehnte sich zurück. »Merkwürdig, aber es wird einen Grund haben.« Er schaute Stella an. »Aber wie du siehst, ist er nicht da.«

»Hält er sich denn hier im Hotel auf? Das soll doch hier so eine Art Fake-Polizeizentrale sein im Moment.«

»Nein, er ist nicht da.« Rickmer mischte sich ein. »Ahlers hat jemanden in Gewahrsam, um den er sich kümmern muss. Ein anderer Fall. Nur wir beide sind hier, und im Nebenzimmer befragen meine Kollegen Kommissarin Meyer-Hülsmann und Kommissar Janssen einen weiteren Zeugen.«

»Und der ist auch nicht Ahlers?«

»Der Zeuge? Nein, wieso denn?« Bärlein lachte. »Verstehe mich nicht falsch, Stella. Ich weiß gerade absolut nicht, worauf du hinauswillst.«

»Ich sage Ihnen, was mit Merle Onken passiert ist.«

Für einen Moment war es ganz ruhig im Raum. Rickmers Puls beschleunigte sich. »Du weißt, wie Merle Onken umgekommen ist?«, fragte er aufgeregt.

»Alles, was ich weiß, sage ich Ihnen. Alles, was ich dafür verlange, ist, dass Sie Kommissar Ahlers nichts darüber verraten, was ich Ihnen erzählen werde.« Sie verschränkte die Arme über ihrem rosa T-Shirt. »Geht das klar?«

Wieder schauten sich die Beamten verdutzt an, und auch Freesemann blickte seine Tochter ungläubig von der Seite an.

»Unter diesen Umständen ist das in Ordnung«, sagte Rickmer schnell. »Wenn du etwas weißt, was wir nicht wissen, was du uns noch nicht erzählt hast, dann garantiere ich hiermit, dass Ahlers das nicht von uns hört.«

»Kriege ich das schriftlich?«, fragte Stella.

Rickmer wurde immer nervöser, er wollte unter keinen Umständen, dass die Kleine sich ihre Aussage noch anders überlegte. Deswegen sagte er, ohne weiter darüber nachzudenken: »Das ist ungewöhnlich, aber ja. Du kannst es schriftlich haben.« Er zeigte auf den schmalen USB-Drucker, der neben dem Laptop stand. »Soll ich es jetzt aufschreiben und ausdrucken? Oder vertraust du mir, dass ich das im Anschluss mache?«

»Tun Sie es danach! Mein Vater ist ja hier als Zeuge anwesend.«

Was Stella nun erzählte, sollte die ganze Ermittlungsarbeit der Soko Rot auf den Kopf stellen. Die Kripobeamten trauten kaum ihren Ohren. Stella berichtete detailliert alles über ihren letzten gemeinsamen Abend mit Merle Onken. Wie sie vom Skatepark mit den Visser-Zwillingen zum Bunker gelaufen waren, vom Wahrheit-oder-Pflicht-Spiel im Bunker, dem Bier und dem Marihuana. Sie schilderte, wie Hauke ihre Freundin geschlagen, dann angekettet und ihnen von der Hexenprobe berichtet hatte, die er mit ihr vorgehabt hatte. Sie erzählte von ihrer Scham über die unterlassene Hilfeleistung gegenüber ihrer Freundin und von ihrer unglaublichen Angst vor Hauke. Am Ende liefen Stella dicke Tränen die Wangen hinunter, ihr Vater nahm sie in den Arm.

Als sie aufgehört hatte zu weinen, übernahm Bärlein: »Ich verstehe dich, Stella. Du hast geschwiegen, weil

Hauke Ahlers dich unter Druck gesetzt hat. Mach dir deswegen bitte bitte keine Vorwürfe, hörst du?«

Sie zuckte mit den Schultern und hielt die Hand ihres Vaters fest umklammert.

»Wir werden das klären, hab bitte keine Angst.« Er schaute sie eindringlich an. »Wichtig ist jetzt, dass wir uns vertrauen. Alles in Ordnung. Du wolltest nicht, dass Kommissar Ahlers dabei ist, weil du dir Sorgen gemacht hast, er würde seinen Sohn dazu befragen. Ist das korrekt?«

Stella nickte.

»Er erfährt nichts von uns«, sagte Bärlein.

»Verstehen Sie denn nicht?«, murrte Stella. »Dieser Hauke ist ein Psychopath, ein ganz gefährlicher. Der schlägt mich tot, wenn er will.«

»Ganz bestimmt nicht.« Bärlein stand auf und stützte sich mit den Händen am Tisch ab. »Du hast hier einen Haufen der besten Polizisten des Landes im Hotel. Wir lassen Hauke Ahlers nicht mehr in deine Nähe. Das ist ein Versprechen.« Er drehte sich zu Rickmer, der immer noch den Mund weit offenhielt. »Ist doch so, Herr Hauptkommissar?«

Rickmer nahm die Brille ab. »Ja, natürlich. Dir passiert nichts, Stella. Wir passen alle auf, das ist unser Job.«

»Wie geht es denn jetzt weiter?« Jetzt schaltete sich Freesemann ein.

»Ihre Tochter belastet hier jemanden schwer«, sagte Rickmer. »Zunächst wegen gefährlicher Körperverletzung. Hauke könnte aber, wenn wir das alles geprüft haben, auch zum Mordverdächtigen werden. Es steht Ihnen frei, einen Anwalt hinzuziehen. Ich kann Sie nicht zwingen, dass …«

»Keinen Ahlers, keinen Anwalt«, zischte Stella.

»Ich weiß nicht«, sagte Freesemann.

»Papa!«

»Ich kann einfach nichts tun. Meine Tochter hat die Hosen an«, murmelte der Psychologe. »Und nun? Schnappen Sie sich diesen Jungen?«

»Erst müssen wir noch ein paar Dinge klären«, sagte Rickmer und nickte Bärlein zu. Der hatte recht behalten, auch bei Kindern und Jugendlichen bewies er ein goldenes Händchen.

»Du hast gesagt, dass Merle am nächsten Tag verschwunden war.« Bärlein übernahm wieder. »Woher wusstest du das?«

»Hauke ist ja angeblich am nächsten Morgen dahingelaufen, um sie zu befreien. Das hatte er uns versprochen. Und er hat später zu Enno Visser gesagt, dass sie nicht mehr da gewesen wäre. Enno meinte, zum ersten Mal habe er bemerkt, dass auch Hauke Angst hatte.«

»Der Visser und sein Bruder sind Haukes beste Freunde?« Bärlein rieb sich nervös über seine Jacke und merkte, dass er den Donut zerquetscht hatte.

»Na ja, Freunde.« Stella berichtete weiter. »Die Visser-Brüder sind eigentlich in Ordnung, also zu mir jedenfalls. Sonst ärgern die in der Schule auch viele andere Leute. Die sind dem Hauke ergeben, glaube ich, wollen cool dastehen vor ihm. Aber bestimmt haben sie nur selbst Schiss.«

»Das scheint ja ein richtiger Inselschreck zu sein, dieser Hauke«, sagte Rickmer und dachte an das, was der in Gewahrsam genommene Kummer gestern gesagt hatte: *Der Apfel fällt nicht weit vom Stamm.* Wenn man ein solches Arschloch zum Vater hatte, dann war es wohl kein Wunder, dass man als sein Sohn einen an der Klatsche hatte. Wahrscheinlich schlug Ahlers ihn, und sein Sohn trug es weiter an Schwächere. Das wäre psychologisch erklärbar.

»Dieser Bunker«, sagte Bärlein. »Die Stelle. Die findest du wieder?«

Erneut zuckte Stella mit den Achseln. »Es war dunkel, aber ich weiß, wo wir langgelaufen sind. Wenn wir ein bisschen suchen, finde ich den.«

»Gut«, sagte Bärlein. »Kannst du uns hinbringen?«

»Jetzt?« Stella schaute ihren Vater an und der die Polizisten.

»Am besten sofort, ja. Wir fahren mit dem Wagen.«

»Okay«, sagte Stella. »Aber Papa kommt mit!«

»Natürlich, ich lass dich da nicht noch mal alleine hin«, sagte ihr Vater.

Während Bärlein die Freesemanns zum Wagen begleitete, gab Rickmer den Kollegen Meyer-Hülsmann und Janssen Bescheid, die sich nach der Befragung von dem Zweiradmechaniker Enzo Marino im Konferenzsaal aufhielten und Kaffee tranken. Er weihte sie kurz in die veränderte Sachlage ein und bat sie beide, mit rauszufahren.

Eine Viertelstunde später parkten die Kombis der Kriminalpolizeien Norden und Aurich vor den Norderneyer Norddünen. Stella hatte keine Schwierigkeiten, den Bunker zu finden.

15. ZELLENGESPRÄCHE

Ich muss sofort zu Kommissar Kummer«, sagte Rickmer, der verschwitzt und mit hochrotem Kopf vor der Tür der Norderneyer Polizeiwache stand. »Holen Sie ihn jetzt aus der Zelle.«

Ahlers schaute auf seine Uhr. »Der sitzt wie vereinbart noch genau sechs Stunden ein. Um ein Uhr kann er raus, keine Sekunde früher. Dann können Sie sich unterhalten.«

»Sind Sie denn des Wahnsinns?«, schrie Rickmer. »Er verfügt über wichtige Informationen im Mordfall Radu.«

»Herr Kollege, ich halte mich nur ans Gesetz und an meine Einschätzung der Gefährdungslage. Ich habe die Verantwortung auf dieser Insel. Außerdem hatten wir einen Deal.«

Rickmer drückte Ahlers zur Seite. »Dann lassen Sie mich zu ihm rein, Sie Idiot!«

Der Sheriff packte die Arme des Hauptkommissars und presste sie zusammen. »Ich lasse mich nicht beleidigen. Beruhigen Sie sich, Mann. Sie können ja mit ihm sprechen.«

»Dann nehmen Sie die Hände von mir und treten zur Seite. Sie behindern meine Arbeit. Oder erscheine ich etwa nicht zu den regulären Besuchszeiten?«

Ahlers lachte. »Immerhin haben Sie Humor. Sie kommen genau richtig und dürfen bleiben, so lange Sie wollen. Ist noch 'ne Pritsche frei über ihm. Legen Sie sich gerne die verbleibenden sechs Stunden dazu.« Er ging zur Seite und ließ Rickmer eintreten.

»Danke«, sagte der Hauptkommissar und setzte in Gedanken ein *Arschloch* dahinter.

»Ich weiß, es klingt alles irre, und es tut mir leid, dass ich Ihnen diese Schwierigkeiten bereitet habe«, sagte Carsten, der mit zerzausten Haaren auf der schmalen Pritsche in dem stickigen, fensterlosen Haftraum saß und aussah, als hätte er eine ganze Woche nicht geschlafen. Neben ihm auf der roten Schaumstoffmatratze lagen ein zerknülltes Bettlaken und eine Plastikflasche mit Wasser. Rickmer saß keinen Meter von ihm entfernt auf einem an einer Eisenstange im Boden festgeschraubten Hocker. Die komplett in Weiß gekachelte, vielleicht sechs Quadratmeter große Zelle verfügte ansonsten nur noch über eine spitze, metallene Toilettenschüssel, die neben der schweren Eisentür in der Wand verbaut war. Ahlers hatte die Tür einen Spalt offen gelassen, nachdem er aufgeschlossen und Rickmer hereingelassen hatte. Der Hauptkommissar atmete flach, er verspürte leichten Schwindel, und sein Pulsschlag hatte sich erhöht. Ein Gefühl von Angst. Er konnte sich nicht vorstellen, es in einem solch engen Raum länger als eine halbe Stunde auszuhalten. Vor seinem inneren Auge sah er sich in Zwangsjacke mit dem Kopf gegen die weißen Kacheln der Wand schlagen und Blut davon herunterrinnen. Ein Albtraum, der ihn seit Jahren immer wieder aufsuchte und dessen Ursache er sich nie hatte erklären können.

»Herr Rickmer?«, fragte Carsten.

Der Hauptkommissar zuckte zusammen. »Ach so, ja, Entschuldigung«, antwortete er. »Nein, alles gut. Ich weiß, dass Sie getrunken hatten. Das wird kein Nachspiel für Sie haben. Der Trottel von Inselpolizist will nur, dass Sie noch ein paar Stunden sein Gast bleiben.«

»Sie verstehen nicht«, sagte Carsten. »Ich habe zwar einen Fehler begangen, vertrage keinen harten Alkohol. Aber Marcel Kramer hat mich wirklich angerufen und mir gegenüber gestanden, dass er Henrieta und Merle ermordet hat. Das glaubt mir bisher nur niemand. Ich habe gehofft, dass ich mit Ihnen ...«

»Was?« Rickmer schüttelte den Kopf. »Was reden Sie da bloß? Sie sind offensichtlich immer noch durcheinander.«

Carsten schien nachzudenken. Vermutlich sieht er langsam ein, dass ihm sein verwirrter Geist einen Streich gespielt hat, dachte Rickmer. »Aber, wie gesagt: Das bleibt ohne Folgen. Ich brauche jetzt jeden kompetenten Kriminalbeamten, der mir zur Verfügung steht. Es gibt Neuigkeiten, die alles verändern. Wir haben eindeutige Hinweise darauf, dass Merle ermordet wurde, und auch einen Tatverdächtigen.«

Carsten schreckte auf. »So? Was ist passiert in der Zwischenzeit? Klären Sie mich auf!«

Der Hauptkommissar erzählte dem Kollegen von Stellas Aussage, doch der zeigte dabei kaum eine Gefühlsregung, starrte an ihm vorbei an die kahle Wand.

»Ja, verstehen Sie denn nicht, Kummer? Sie hatten recht – wir hatten recht. Ein Mehrfachmörder treibt auf der Insel sein Unwesen. Ein Sadist, ein Perverser, der es auf rothaarige Mädchen abgesehen hat.«

»Hexen«, flüsterte Carsten, und Rickmer entschied sich, nicht mehr auf die Spinnereien einzugehen. Der Kollege würde sich bald wieder fassen.

»Sie waren da an diesem Bunker?«, fragte Carsten und schaute ihn mit etwas klarerem Blick an.

»Ja. Stella Freesemann hat die Wahrheit gesagt. Ein unheimlicher Ort. Wir haben die Feuerstelle gesehen, Kampfspuren und Blut.«

»Blut?«

»Nicht zu knapp.«

»Von Merle?«

»Gehe ich von aus, und mit etwas Glück auch vom Täter. In der Blutlache auf den Steinen hat Bärlein schwarze Haare gefunden. Scham- oder Achselbehaarung. Schon mit bloßem Auge zu erkennen, dass die nicht von dem Mädchen stammen können.«

»Die Proben werden untersucht?«

»Worauf Sie sich verlassen können. Mit dem Schnellboot der Küstenwache abtransportiert, dürften in Oldenburg mittlerweile in der Zentrifuge gelandet sein. Professor Hahn hat allen Grund, sich keine Zeit zu lassen, schließlich hat er noch was gutzumachen, wie Sie wissen. Er wird bald liefern.«

»Sie vermuten ernsthaft, dass Hauke Ahlers der Mörder ist?«, fragte Carsten, nachdem er einen Schluck aus der Plastikflasche genommen hatte.

»Momentan spricht einiges dafür«, antwortete Rickmer. »Auf jeden Fall war er da und hat Merle misshandelt. Stellas Aussage ist eindeutig. Janssen hat die beiden anderen Jungs, diese Visser-Zwillinge befragt, sie bestätigen das ebenfalls.«

»Und Hauke Ahlers selbst?«

»Den nehmen wir gleich in die Zange. Draußen sitzen Julia und Bärlein im Wagen und sichern das Haus ab. Der Junge hält sich oben in seinem Zimmer auf.«

»Und Ahlers, was sagt der?«

»Der weiß noch nichts davon. Ich wollte Sie erst in Kenntnis setzen und hier rausschaffen. Am besten machen wir es so, dass …« Rickmer konnte den Satz nicht zu Ende sprechen. Mit einem lauten Scheppern fiel die Zellentür zu, und jemand schloss von außen ab. Reflexartig sprang der Hauptkommissar auf und lief zum Ausgang. Die Klappe des Sichtfensters wurde zugeworfen. »He, Ahlers«, schrie er und hämmerte mit beiden Fäusten gegen die Tür. »Machen Sie sofort wieder auf!«

Auch Carsten fuhr hoch. »Haben Sie Ahlers gesehen?«

»Nein, verdammt. Aber wer soll das sonst gewesen sein?« Rickmer trat gegen die Tür. »Kommissar Ahlers, öffnen Sie auf der Stelle! Sie machen sich strafbar und behindern die Ermittlungen.«

Die Tür blieb zu. Rickmer fasste sich ans Herz, er atmete hektisch, und kalter Schweiß lief ihm den Rücken herunter.

»Alles okay?«, fragte Carsten.

»Nichts ist okay. Was denkt der sich?« Rickmer zog sein Handy aus der Tasche und drückte einen Knopf, hielt sich das Telefon ans Ohr, drückte ein weiteres Mal auf das Display. »Kein Netz.« Er fluchte. »Das gibt es doch nicht.« Er schaute Carsten mit aufgerissenen Augen an. »Was ist mit Ihrem Handy?«

»Hat er mir weggenommen.«

»Scheiße, scheiße, verdammt.« Rickmer drehte sich im Kreis und wischte sich mehrfach hektisch über die Glatze.

»Kriegen Sie jetzt Panik?«, fragte Carsten und hielt ihm die Plastikflasche hin. »Trinken Sie einen Schluck, holen Sie tief Luft.«

»Danke.« Rickmer nahm das Wasser an und trank.

»Sie sagten, die Kollegen warten draußen. Die werden sich ja bald fragen, wo Sie bleiben.« Carsten versuchte, den aufgeregten Polizisten zu beruhigen.

Rickmer ließ sich auf den Hocker fallen und atmete ein paarmal tief ein und aus. »Das schon«, sagte er dann, »aber kriegen die die Tür auch auf?« Er stampfte mit dem Fuß auf den Boden. »Ach, scheiße ist das. Das wird alles dauern. Zeit, die wir nicht haben.«

»Meinen Sie, Ahlers ist getürmt?«, fragte Carsten. »Aber warum?«

»Keine Ahnung. Vermutlich hat er uns belauscht. Im besten Fall ist er nur angepisst und macht die Tür wieder auf. Aber das glaube ich nicht. Ich habe einen bösen Verdacht.«

»Der da wäre?«, fragte Carsten und setzte sich zurück auf die Pritsche.

»Er will seinen Jungen schützen, entweder ist die Information neu für ihn und er handelt im Affekt, oder er wusste bereits etwas und hatte jetzt keine Wahl mehr.«

»Wo soll er denn hin mit diesem Hauke? Die Fähren werden scharf kontrolliert.«

Als Rickmer nur ungläubig mit dem Kopf schüttelte, dachte Carsten nach und sagte dann: »Richtig, sie werden von seinen Leuten bewacht. Ich verstehe, das könnte ein Problem darstellen.«

»Nein, das ist bereits ein Problem.« Rickmer versuchte erneut, eine Verbindung aufzubauen, es klappte nicht. Wütend warf er sein Handy auf Carstens Schaumstoffmatratze.

Eine halbe Stunde verging, bis Bärleins Kopf im Sichtfenster auftauchte, eine weitere halbe Stunde, bis die Feuerwehr angetreten war und das Schloss mit einer Eisensäge durchgeschnitten hatte. Rickmer konnte es kaum fassen, als er aus der Zelle trat und hinter den Feuerwehrmännern in schwarz-neongelben Uniformen auch Hauke erblickte. »Junge, du bist hier?«, fragte er, als hätte er ein Gespenst gesehen.

»Ist das schlimm?«, fragte Hauke lässig. »Ich wohne oben, und wenn hier die Feuerwehr auftaucht und Krach macht, werde ich doch wohl nachschauen dürfen, was abgeht.« Er trug eine blaue Trainingshose mit weißen Seitenstreifen und über seiner Wampe ein fleckiges Unterhemd. »Wo ist überhaupt mein Vater?«, fragte er. »Der meldet sich nicht am Telefon.«

»Das würden wir auch gerne wissen«, sagte Rickmer und wandte sich an die Männer der Feuerwehr. »Gute

Arbeit. Ich will nicht unhöflich sein, aber würden Sie mich bitte zum Ausgang begleiten?«

Die Einsatzkräfte wunderten sich zwar über die plötzliche Hektik, aber sie hatten ihre Arbeit getan und ließen sich von Rickmer zur Tür bringen, die dieser sofort abschloss, nachdem die Männer draußen waren. Als er sich umdrehte, standen Julia, Bärlein und Hauke in dem kleinen Vorraum der Polizeiwache. Carsten lehnte, die Arme verschränkt, etwas weiter hinten am Türrahmen und beobachtete den Jungen.

»Was soll das werden?«, fragte Hauke und machte mit der rechten Hand eine Scheibenwischerbewegung vor seinen Augen.

»Das würde mich ebenfalls brennend interessieren«, fragte Bärlein.

»Julia, hast du die Nummer von einem der Schutzpolizisten? Siebert, und wie heißt der andere? Ich vergesse das immer.«

»Lohmann«, sagte Julia. »Ja, habe ich eingespeichert. Was haben die denn jetzt damit zu tun?«

»Ruf beide an! Ahlers darf nicht von der Insel entwischen, unter keinen Umständen. Wenn die nicht sofort kooperieren am Hafen, ruf ihren Chef in Norden an.«

»Ja, aber …«

»Ich erkläre das später. Mach das jetzt einfach. Die Reederei-Gesellschaft muss auch Bescheid wissen. Ruf die *Ostfriesia* am Hafen an und sag denen, dass sie Ahlers nicht an Bord lassen dürfen.«

»Was wollen Sie von meinem Vater?«, schrie Hauke. »Haben Sie einen an der Waffel?«

»Ruhig, Junge«, sagte Bärlein, der seinerseits bereits zu begreifen schien.

»Alles verstanden, Julia?«

»Ja.«

»Gut, sollte Ahlers schon beim Verlassen der letzten Fähre beobachtet worden sein, muss sofort eine Fahndung eingeleitet werden. Dann müssen wir alles in Bewegung setzen. Verständige in dem Fall sämtliche Dienststellen von Norden über Esens bis Aurich. Ruf Janssen an, der ist zurück zum Hotel. Er soll zum Hafen fahren, durch die Stadt fahren, nach Ahlers Ausschau halten und ihn am besten, verdammt noch mal, gleich finden.«

»Meine Güte.« Julia kramte in ihrer türkisfarbenen Handtasche. »Habe verstanden, obwohl ich nicht verstehe.«

»Das wirst du«, sagte Rickmer, schaute dann Bärlein an. »Und wir gehen mit Hauke hinten ins Büro.«

»Wieso, was habe ich damit zu tun?« Der Polizistensohn brüllte. »Was wollen Sie von mir?«

»Machen wir es doch ganz kurz«, sagte Rickmer schroff. »Du stehst in dringendem Tatverdacht, Merle Onken getötet zu haben.«

»Was?« Hauke schlug mit den Fäusten um sich, trat Bärlein gegen das Schienbein und rannte zum angrenzenden Flur. Bevor er die Treppe erreichen konnte, die hoch zum Wohnbereich der Familie führte, hatte Carsten ihm ein Bein gestellt. Er fiel auf den Boden, schlug und trat weiter um sich. Carsten musste mehrere Schläge abwehren. Bärlein warf sich auf den Jungen, drehte ihn gemeinsam mit Carsten auf den Bauch, zog seine Arme nach hinten und legte ihm Handfesseln an.

»Aua«, schrie Hauke. Julia schaute der Szene entsetzt zu.

»Bringt ihn rüber in Ahlers' Büro«, sagte Rickmer. Die beiden Kollegen hatten Mühe, den strampelnden Jungen hochzuziehen. Sie zerrten ihn über den Flur ins Büro und drückten ihn dort auf den Stuhl, mussten ihn immer noch festhalten.

»Alles klar, Julia, du weißt, was zu tun ist«, sagte Rickmer, lief dann den Kollegen nach und verschloss die Tür hinter ihnen.

»Kooperierst du oder müssen wir weiter Gewalt anwenden?«, fragte Rickmer, der sich hinter Ahlers' Schreibtisch auf den Sessel gesetzt und enttäuscht festgestellt hatte, dass jemand die Festplatte aus dem Computer entfernt hatte. Das wäre aber auch zu schön gewesen, dachte er und wusste zugleich, dass der Inselsheriff etwas zu verbergen suchte.

»Ich sage nichts. Was Sie da behaupten, ist kompletter Schwachsinn«, brüllte Hauke. »Arschlecken, Alter. Ich habe Merle nicht umgebracht, bin doch kein Mörder. Ich habe nichts mit der zu tun.« Er spuckte in Richtung des Schreibtisches, und Bärlein musste den Griff an seinem Hals intensivieren.

»Wir haben Aussagen von Enno und Erik Visser sowie von Stella Freesemann«, sagte Rickmer und bemerkte sogleich ein schlechtes Gewissen gegenüber dem Mädchen. Er hatte ihr ein Versprechen gegeben, aber die Situation gerade verlangte, dass er es brach. Hauke würde allerdings sowieso nicht mehr die Möglichkeit dazu haben, ihr etwas anzutun.

»Hörst du? Es bringt nichts mehr, das zu leugnen«, fuhr Rickmer fort. Er war um Fassung bemüht und versuchte, mit klarer, sachlicher Stimme zu sprechen. »Wir wissen alles von der Nacht im Bunker, jedes Detail. Wir wissen, dass du Merle Onken geschlagen und gefesselt hast. Dann bist du nachts alleine zurückgegangen, hast sie brutal vergewaltigt und getötet. Entweder aus purer Mordlust oder es war Totschlag.«

Hauke bewegte sich nicht mehr, sein Kopf war heruntergesackt, und er begann zu schluchzen.

»Dann hast du die Leiche zum Meer geschleppt und sie entsorgt wie ein leeres Fass Öl.«

»Nein, nein.« Hauke winselte, ein zäher Rotzfaden hing von seinem Kinn.

»Wie hast du es getan? Sie erwürgt oder war sie etwa noch bei Bewusstsein, als du sie zum Strand geschleppt hast? Hast du ihren Kopf unter Wasser gedrückt? Hat sie um ihr junges Leben kämpfen müssen? Wo hast du sie getötet, wo ins Meer geschmissen?«

»Hören Sie auf, seien Sie bitte ruhig.«

»Du wolltest es wie Selbstmord aussehen lassen, hast gedacht, das sei clever. Am nächsten Tag hast du Enno Visser erzählt, sie sei einfach verschwunden, als du sie wie abgemacht befreien wolltest.« Rickmer erhob die Stimme wie ein Staatsanwalt beim Plädoyer. »Du bist ein feiger Mörder, und ich hoffe für dich, dass man dir die Höchststrafe aufbrummt. Wenn du auch Henrieta Radu auf dem Gewissen hast, wird sich das Strafmaß wegen Doppelmordes garantiert nicht unter fünfzehn Jahren bewegen.«

»Mit anschließender, lebenslanger Sicherheitsverwahrung«, ergänzte Bärlein, und Hauke heulte laut los wie ein kleiner Junge.

»Du wirst diese Insel nie wieder sehen und auch sonst nichts mehr auf der Welt, außer Gitterstäbe, beschissenes Essen und einmal am Tag für eine Stunde den grauen Hof.« Rickmer wollte die Drohung bis aufs Äußerste ausreizen. Er trommelte mehrmals auf die Tischplatte, wie ein Richter mit seinem Hammer. »Hör auf zu heulen, Mörder. Ich sage es dir nur ungern, aber in den Knästen dieses Landes gibt es eine Menge schwerer Jungs, die sehr viel brutaler und stärker sind als du. Und was diese Männer mit Leuten wie dir anstellen, die sich an Kindern vergriffen haben, das kennst du aus dem Fernsehen. Ich sage dir, es ist schlimmer, als es da gezeigt wird. Du wirst jeden Tag hoffen, dass sie dich nicht in der Dusche …«

»Halten Sie die Schnauze«, schrie Hauke so laut, dass Bärlein sich die Zeigefinger in die Ohren drückte. »Ich bin unschuldig.«

Für einen kurzen Moment wollte niemand im Raum etwas sagen.

»Dann beweise es uns«, sagte Rickmer gespielt wohlwollend. »Was ist in der Nacht wirklich passiert?«

Hauke zitterte am ganzen Körper, er schaute auf seine Knie. Rotz aus Nase und Mund tropfte ihm auf die Trainingshose.

»Es ist gut«, flüsterte er apathisch. »Sie haben gewonnen. Ich sage alles. Sie müssen mir nur glauben, dass ich sie nicht umgebracht habe.«

»Was ist passiert?« Rickmer wiederholte die Frage mit Nachdruck.

»Es stimmt, was die anderen sagen. Es sollte aber einfach nur ein Spaß sein. Wir waren in dem Bunker, haben dieses Spiel gespielt, Wahrheit oder Pflicht. Ich hatte Bier getrunken und bin aggressiv geworden, weil Merle so eine Scheiße von Hexenzauber und Magie gelabert hat. Außerdem hat sie gekifft.«

»Das wissen wir«, sagte Bärlein, »das ist aber kein Grund, einen Menschen umzubringen.«

»Ich habe sie nicht …«

»Schon gut«, sagte Bärlein. »Erleichtere dein Gewissen und sag uns die Wahrheit.«

»Ja, es sollte ein Spaß sein, einfach nur eine Alberei. Dass mit dem Schlag hatte ich nicht so geplant. Es tut mir leid, das war ein Fehler.« Er blickte den Hauptkommissar an. »Bitte, es tut mir leid. Alles. Auch, dass ich Sie vorhin angespuckt habe.« Er stammelte: »Was kriegt man dafür, geht man für so was auch in den Knast, für das Schlagen, nicht das Spucken, meine ich. Ich will nicht vergewaltigt werden.«

»Dann beweise uns, dass du selbst nicht vergewaltigt hast.«

»Ich hab doch gesagt, ich sage alles.«

Rickmer fiel auf, dass Carsten die bedeutende Szene teilnahmslos beobachtete. *Was ist nur mit dem? Er muss doch froh sein, dass nun alles rauskommt. Er leidet wohl einfach an der Vorstellung von dem, was jetzt ans Licht kommt. Ich muss das später mit ihm klären.*

»Ich, ich …« Hauke stotterte.

»Du hast sie gefesselt an dieser Eisenstange«, sagte Rickmer.

»Ja.«

»Du bist dann mit den Zwillingen und Stella weggelaufen und hast ihnen gedroht, dass sie nichts sagen dürfen.«

»Ja.«

»Und dann bist du nachts nicht zurück, um dich an ihr zu vergehen?«

»Ich habe Angst«, sagte Hauke. »Bitte, ich habe wirklich richtig Schiss.«

»Wovor hast du Angst?«, fragte Bärlein. »Vor dem Knast?«

Hauke schüttelte den Kopf.

»Vor deinem Vater?«

Hauke rührte sich nicht.

»Vor deinem Vater, Ingo Ahlers?«, fragte Bärlein erneut und zupfte nervös an seinem Bart. Er stand wie Carsten immer noch hinter dem Jungen, hielt ihn aber nicht mehr fest. »Was ist mit deinem Vater, was wir wissen müssen und was dich entlasten könnte?«

Hauke schwieg.

»Bedroht er dich?«

»Ja, verdammt, mein ganzes Leben lang.« Jetzt platzte es aus Hauke heraus, er hob den Kopf und sprach Rickmer direkt an. »Sie verstehen das nicht. Seit ich klein bin, werde ich geschlagen. Immer. Für jeden Scheiß. Sehen Sie sich meinen Rücken an. Na los!«

Rickmer zögerte, nickte dann Bärlein zu, der Hauke vornüber drückte und sein weißes Unterhemd nach oben zog. Er rümpfte die Nase, bedeutete Carsten, ihm zu helfen, den Jungen auf den Boden zu stellen, und drehte ihn so, dass Rickmer den Rücken sehen konnte.

»Ach du Scheiße«, sagte der Hauptkommissar, als er die tiefen Narben sah, welche die komplette Haut des

Jungen überzogen. Einige Striemen, die ihm vermutlich mit einem Gürtel oder einem Seil zugefügt worden waren, schienen frisch. Verkrustetes Blut und etwas Eiter quollen daraus.

»Dein Vater tut dir das an?«, fragte Rickmer entsetzt.

»Ja, und wenn ich noch mehr sage, wird er mich umbringen.«

»Womit schlägt er dich?«, fragte Bärlein.

»Er besitzt eine Peitsche, eine aus dem Zweiten Weltkrieg. Ein Sammlerstück. Soll den Nazis gehört haben, die hier Juden von der Insel geprügelt haben.«

»Ein verdammter Anhänger der Nazis, das auch noch«, sagte Rickmer. Hauke schluchzte, und Bärlein klopfte ihm sanft auf die Schulter.

»Hat dein Vater einen Stimmenverzerrer?« Wie aus heiterem Himmel mischte sich Carsten ein, und alle schauten ihn entgeistert an.

»Was?« Hauke drehte sich um.

»Hat er eine Software auf dem Computer, mit der man Stimmen bearbeiten kann? Hast du ihn jemals gehört, wie er spricht wie Darth Vader?«

»Sind Sie nicht ganz dicht in der Birne?«, fragte Hauke und wandte sich wieder dem Schreibtisch zu. »Was soll denn das jetzt hier? Was will der Kerl?«

»Kummer, ist Ihnen immer noch nicht gut? Wollen Sie nach Hause?«, fragte Rickmer, doch Carsten ließ sich nicht beirren.

»Hat dein Vater dir von Hexenfolterungen oder Hexenproben erzählt? Hat er jemals den Namen Dortje Freding erwähnt?«

»Nein«, schrie Hauke. »Von so was habe ich noch nie was gehört.« Er drehte sich abwechselnd zu Carsten und Rickmer. »Das mit den Hexenproben, wenn Sie das ansprechen, war meine Idee. Wir hatten das Thema in der Schule. Ich habe Merle zum Spaß auf eine Hexenprobe stellen wollen. Aber Darth Vader? Das ist doch der von Star Wars oder nicht?«

»Vergiss bitte Darth Vader«, sagte Rickmer. »Setz dich wieder hin, der Kollege Kummer ist etwas mitgenommen von seiner Nacht in der Zelle.«

»Das bin ich nicht«, rief Carsten. Doch er sagte nichts mehr.

Rickmer schüttelte den Kopf und sprach Hauke an, der sich zurück auf den Stuhl gesetzt hatte. »Also, diese Wunden. Die musst du behandeln lassen.«

»Ich habe eine Salbe, damit lässt es sich aushalten. Ich kann nicht zum Arzt, das will mein scheiß Vater nicht.«

»Du hast recht, du hast einen scheiß Vater«, sagte Rickmer. »Und wir werden uns darum kümmern, dass er dir das nie wieder antut.«

»Klar, wenn ich im Gefängnis lande, kann er das auch nicht mehr. Vielleicht ist es besser, wenn ich von Häftlingen geschlagen werde, die sind garantiert nicht so brutal wie er.«

Hauke tat dem Hauptkommissar fast leid. »Wir helfen dir. Du musst nicht ins Gefängnis, wenn du die Wahrheit sagst, offenbar liegen ja mildernde Umstände vor.«

»Mildernde Umstände?«, fragte Hauke. »Was ist das?«

»Dass du vermindert schuldfähig bist, deine Strafe nicht zu hart ausfällt.«

Rickmer musste sich bremsen, wenn er nicht wollte, dass Ahlers' Sohn wieder Oberwasser bekam. »Allerdings nur, wenn wir hundertprozentig nachweisen können, dass du rein gar nichts mit den Morden zu tun hast.«

»Habe ich nicht!«

»Was ist in der Nacht passiert?«

Hauke begann zu erzählen. Er berichtete den Polizisten, wie er an besagtem Abend nach Hause gekommen war, der Vater ihn geohrfeigt hatte, weil er viel zu lange weggeblieben war. Er sei dann in sein Zimmer gegangen. In der Nacht habe ihn Enno angerufen, der sich Sorgen gemacht hatte wegen Merle. Er habe ihm erneut versprechen müssen, dass er sie am nächsten Morgen befreien würde, was er ganz sicher habe tun wollen.

»Und dann? Was ist dann passiert?«

»Mein Vater ist reingekommen und hat mich so verprügelt wie noch nie, mit dieser Nazi-Peitsche. Er hatte das Gespräch belauscht, wollte bis ins kleinste Detail wissen, was wir gemacht haben, wo Merle genau ist und so weiter. Ich habe ihm alles gestanden, es tat so weh.« Er weinte.

Bärlein schaute Rickmer an und wies mit dem Zeigefinger auf die Handfesseln. Der Hauptkommissar erwiderte die Bewegung, und der kleine Kommissar nahm dem Jungen die Fesseln ab. Hauke rieb sich die Handgelenke. »Haben Sie ein Taschentuch?«, fragte er. Bärlein kramte in seinem Sakko und nahm eine der rosa Servietten heraus, zwischen denen noch der Donut klebte. »Habe nur das hier, ist aber ein bisschen Schokolade dran.«

»Bah, nee, lassen Sie mal«, sagte Hauke, als er die versaute Serviette bemerkte. »Das sieht aus wie Kacke, Mann.« Er zog sein Unterhemd hoch und wischte sich damit über Wangen und Augenlider.

»Sie verstehen nicht«, fuhr er dann fort. »Mein Vater hat schon meine Mutter geschlagen, deswegen ist sie abgehauen mit meiner kleinen Schwester. Sie hat mich im Stich gelassen, mich verraten und diesem Monster ausgesetzt.« Er schluchzte. »Das hat mich selbst zu einem werden lassen, das weiß ich doch. Ich bin seine hässliche Brut. Mir ist klar, dass ich in der Schule ein Mobber bin, aber ich werde doch selbst gemobbt, meine Güte. Oder warum nennen mich alle Bulle?«

»Ist das dein Spitzname?«, fragte Rickmer.

»Ja, weil ich so fett bin.«

»Mmh, vielleicht einfach, weil dein Vater Polizist ist«, entgegnete Rickmer.

Carsten dachte an den Fachbegriff *Bullying* und fragte sich, ob der Spitzname auch damit zu tun haben könnte.

»Ich will aber nie wieder so genannt werden.« Hauke heulte jetzt übertrieben laut.

»Hör mal, Junge«, sagte Bärlein und legte ihm sanft die Hand auf die Schulter. »Mobbing ist fürchterlich, das hat fast jeder schon durchgemacht.«

Hauke drehte sich um. »Haha. Sie sind lustig, Sie etwa auch?«

»Ja.«

»Beweisen Sie es!«

»Also gut«, sagte Bärlein. »Dann will ich hier vor versammelter Mannschaft zugeben, dass es mein eigener

Wunsch war, nach Aurich und Ostfriesland zu gehen, und ich überlege, für länger oder immer zu bleiben. Das hat mit Mobbing in Osnabrück zu tun. Es hat mir einfach gereicht, deswegen kann ich deine Situation sehr gut verstehen.«

Hauke schaute den kleinen Kommissar aus seinem Stuhl heraus an. Er brauchte den Kopf dafür kaum nach oben zu richten, denn er befand sich fast auf Augenhöhe mit Bärlein, obwohl der stand. »Hat es mit Ihrer Größe zu tun?«, wollte er wissen.

»Nein«, sagte Bärlein. »Der Grund spielt aber keine Rolle. Was ich damit nur verdeutlichen möchte, ist, dass man so intelligent und belesen sein kann, wie man will, vor Mobbing ist man deswegen noch lange nicht gefeit.«

»Weswegen wurden Sie denn nun gemobbt?«, fragte Hauke. »Sagen Sie schon, ich will es wissen.«

»Schluss jetzt«, rief Rickmer, der insgeheim triumphierte, dass Bärlein in Erwägung zog, seinen Dienst in der näheren Umgebung fortzuführen. Das wäre ein großer Gewinn für zukünftige Fälle, und er wollte Bärleins Bestreben unbedingt unterstützen.

»Du siehst, was wir für eine aufrichtige Truppe sind und dass wir es nur gut mit dir meinen«, sagte Rickmer zu dem Polizistensohn. »Du kannst uns vertrauen, und wir möchten jetzt, dass du uns bereitwillig und ehrlich alles beantwortest, was wir von dir wissen wollen.«

Hauke wirkte, als würde eine schwere Last von ihm abfallen. Er hatte abrupt aufgehört zu weinen, er entspannte sich sichtlich. Er drehte den Kopf zurück in Richtung Schreibtisch und sagte mit fester Stimme: »Ich hasse meine Mutter nicht dafür, dass sie mich alleine gelassen hat.«

»Das glaube ich dir«, sagte Rickmer, und er kam sich wie ein Pfarrer vor, der im Begriff war, jemandem die Beichte abzunehmen. »Wo lebt deine Mutter?«

»Das weiß ich nicht.«

»Wie heißt sie denn?«

»Mama.«

»Hauke, bitte!«

»Ich kenne nur ihren Vornamen: Esther. Ahlers heißt sie nicht mehr, ich weiß nicht, wie sie sich jetzt nennt. Meine Eltern sind seit über zehn Jahren geschieden. Wollen Sie ein Foto sehen?«

»Von deiner Mutter?«, fragte Rickmer. »Hast du eins dabei?«

»In meinem Portemonnaie. Ich gucke es mir aber nie an, weiß selbst nicht, warum ich es seit zehn Jahren mit mir rumschleppe. Vielleicht habe ich gehofft, dass sie mich noch nachholt.« Er schaute Rickmer mit einer Art Hundeblick an. »Können Sie herausfinden, wo sie lebt? Sie haben doch so viele Wege bei der Kripo.«

»Das können wir bestimmt«, sagte der Hauptkommissar. »Zeig mir das Foto bitte, wenn es dir nichts ausmacht.«

Hauke zog sein Portemonnaie aus der linken Hosentasche, wühlte darin und nahm ein Bild heraus, das er kurz anschaute. Er stand auf und reichte es dann über den Schreibtisch.

»Verdammte Axt«, sagte Rickmer, als er das Bild sah, das eine junge hübsche Frau zeigte, die leicht bekleidet in einem Strandkorb saß, dessen Sonnenschutz heruntergefahren war. Auf dem Schoss hielt sie ein kleines Kind. Er erkannte auf den ersten Blick, dass es Hauke sein musste. Die Frau hatte lange rote Haare und Sommersprossen.

»Hauttyp Eins?«, fragte Bärlein, der, ohne das Foto gesehen zu haben, die richtigen Schlussfolgerungen gezogen hatte.

Rickmer nickte. »Weiß wie Schnee.«

»Verstehe ich nicht«, brummte Hauke.

»Nicht wichtig für dich«, sagte der Hauptkommissar und gab ihm das Foto zurück. »Pass gut darauf auf. Du kannst dich wieder setzen, ein paar Fragen haben wir noch.«

So eine perverse Schweinerei, dachte Rickmer, schaute zu Carsten und stellte fest, dass der lethargisch auf den Boden starrte. *Der ist nicht bei der Sache. Ich werde ihm das Bild erst mal nicht zeigen. Was ist nur mit dem?*

»Dein Vater hat deine Mutter gehasst dafür, dass sie ihn verlassen hat«, sagte Rickmer.

Hauke nickte. »Er hat gesagt, er wird sie umbringen, wenn er sie jemals wiedersieht. Meinen Sie, er hat sie umgebracht?«

»Das glaube ich nicht«, antwortete Rickmer und fuhr dann fort: »Deine Mutter scheint eine kluge und mutige Frau zu sein.«

»Aber warum hat sie mich dann nicht mitgenommen?«

»Dafür wird es eine Erklärung geben. Wir werden dir helfen, weil du uns hilfst.«

»Danke«, sagte Hauke.

»Kannte dein Vater Henrieta Radu?«

Hauke schwieg.

»Waren er und die Putzfrau aus dem Sonnenstudio miteinander bekannt?«, wiederholte Rickmer lauter.

»Ich weiß, wer Henrieta ist. Ja, er kannte sie. Sie hat hier zwei- oder dreimal geputzt, weil er das wollte. Dann gab es Streit, und sie ist nicht wiedergekommen.«

Dieses Schwein hat die Rumänin auf dem Gewissen, das ist so klar wie Kloßbrühe, dachte Rickmer. Wie hatte er sich so blenden lassen können? Ahlers hatte sich von Anfang an merkwürdig verhalten. Hatte er etwas übersehen? Was für eine Tragödie, was für eine Schande für den Polizeiberuf, was für ein Super-GAU für diese friedliche Insel.

»Kannte er auch Merle Onken?«, fragte Bärlein. »Hast du sie je zusammen gesehen? Hat er sie je erwähnt?«

»Nein«, sagte Hauke. »Aber ...«

»Aber?«, fragte Rickmer, der seine Wut kaum noch bremsen konnte und anscheinend dasselbe dachte wie Bärlein.

»In dieser Nacht ...«

»Ja?«

»Nachdem ich ihm das erzählt habe mit dem Bunker. Er ist kurz danach losgezogen und war drei Stunden weg, erst im Morgengrauen ist er zurückgekommen. Ich habe ihn gehört, er hat geduscht, das macht er selten und schon gar nicht um diese Zeit.« Hauke schniefte. »Ich habe am nächsten Tag Blutspuren in der Dusche gesehen, und mein Vater war seitdem verletzt.«

»Wo?«, fragte Rickmer.

»Unter der Achsel«, rief Carsten wie aus der Pistole geschossen in die Runde. »Ist euch nicht aufgefallen, dass Ahlers seinen linken Arm immer nah am Körper angelegt hielt? Er hat sich da andauernd gekratzt, schien Schmerzen zu haben. Ich wusste nicht, ob es ein Tick war oder eine schon länger bestehende Beeinträchtigung.«

»Das habe ich bemerkt, und ob«, sagte Rickmer.

»Mir ist das auch aufgefallen«, fügte Bärlein an. »Ich habe mir allerdings dabei gar nichts gedacht. Das muss ich mir vorwerfen lassen.«

»Das hatte er nicht schon länger«, sagte Hauke. »Das hat der seit dieser Nacht, ich glaube, dass Merle ihn da verletzt hat.«

»Wenn man das nur beweisen könnte«, sagte Rickmer und seufzte.

»Kann man«, rief Carsten. »Sie haben doch von den schwarzen Haaren in der Blutlache erzählt. Was liegt näher, als dass es seine Achselhaare sind?«

»Natürlich«, rief Bärlein und haute sich mit der flachen Hand gegen die Stirn. »Ich scheine alt zu werden.«

»Kummer, Sie sind wieder da. Das ist es.« Rickmer klatschte in die Hände. »Wir haben unseren Mann.«

»Was schlagen Sie vor?«, fragte Bärlein.

»Moment. Ich muss mich sammeln.« Der Hauptkommissar schaute Hauke an. »Darf man hier rauchen?«

»Machen Sie Witze? Wenn Sie von meinem Vater verprügelt werden wollen, tun Sie es doch einfach.«

»Keine Sorge, ich glaube eher, dass dein Vater eine ordentliche Tracht Prügel beziehen wird«, sagte Rickmer und zog seine Schachtel aus der Brusttasche. »Ich habe doch vorhin erwähnt, was mit Sexualstraftätern passiert, die sich an Minderjährigen vergreifen.«

»Ich bin raus?«, fragte Hauke.

»Mildernde Umstände, das habe ich doch auch erklärt«, sagte Rickmer und zündete die Zigarette an.

»Werde ich eingesperrt?«

»Nein.« Der Hauptkommissar stieß Rauch aus seinem Mund und dachte angestrengt über die anfallende Aufgabeneinteilung nach. Carsten und Bärlein erkannten das und ließen ihn in Ruhe. Nachdem er ein paar Minuten später die Zigarette in einer Coladose ausgedrückt hatte, die auf Ahlers' Schreibtisch stand, sagte er zu Bärlein: »Guck mal draußen, ob Julia alle Telefonate erledigt hat, und hol sie rein.«

Es dauerte fünf Minuten, dann kam Bärlein mit der Kommissarin zurück ins Büro.

»Und?«, fragte Rickmer seine Kollegin.

»Lohmann und Siebert sind informiert. Sie schieben Dienst am Hafen. Ahlers haben sie schon eine Weile nicht gesehen. Sie geben sofort Bescheid, wenn er auftaucht. Ich habe keine Details weitergegeben, nur gesagt, er müsse sich dringend melden.«

»Sehr gut, Julia, genau richtig.«

»Die *Ostfriesia* weiß auch Bescheid. Ich habe eigenverantwortlich angeordnet, dass die beiden letzten Fähren heute nicht mehr ablegen, vorsichtshalber. Begeistert waren die nicht, müssen sich jetzt irgendwelche technischen Probleme ausdenken, um den wütenden Touristen das zu erklären. Wollen ja immer noch viele Leute runter, die werden Ärger machen. Man darf sie aber auch nicht beunruhigen.«

»Das funktioniert nicht anders«, sagte Rickmer. »Ich werde da gleich noch mal anrufen, auch morgen sollen keine Fähren ablegen, sofern wir Ahlers noch nicht haben. Du kannst mir die Nummer geben von dem Entscheidungsbefugten der *Ostfriesia*?«

»Natürlich«, sagte Julia. »Simse ich dir eben.« Sie nahm ihr Telefon in die Hand, wischte ein paarmal auf dem Display herum, und Rickmer spürte sein Handy in der Tasche vibrieren.

»Janssen ist unterwegs auf der Insel und guckt sich um.«

»Sehr gut«, sagte Rickmer, »leider hat Ahlers seine Festplatte mitgenommen, da kann Janssen hier sowieso nichts machen.« Er klopfte mit seinem Ehering gegen die Dose, wollte damit eine Ansprache einläuten. »Folgendes passiert jetzt: Die Schutzpolizei bleibt am Hafen. Es legt keine Fähre mehr ab und auch kein anderes Schiff oder Boot. Nichts, was übers Meer fahren kann. Darüber kann Ahlers nicht entkommen. Ich rede mit den Beamten am Hafen.« Er schaute Hauke an. »Weißt du, wo sich dein Vater verstecken könnte? Gibt es irgendwas, wo er sich häufiger aufhält? Wo er mal untergetaucht ist? Wo er sich sicher fühlt?«

»Ich weiß nicht«, sagte Hauke. »Manchmal ist er in den Schrebergärten bei seinem Kumpel und spielt Karten.«

»Und der heißt?«

»Benno Rass.«

»Gut. Weißt du, wo genau der seinen Garten hat?«

»Nein.«

»Nicht schlimm«, sagte Rickmer, der sich hoch motiviert fühlte. »Das finden wir raus.« Wieder klopfte er gegen die Dose. »Julia, kommst du mit in den Schrebergarten?«

»Natürlich.«

Er schaute Bärlein an. »Einer von euch muss heute Nacht hier im Haus bei Hauke bleiben und aufpassen. Sie sollten sich mit Janssen absprechen.«

»Kein Problem«, sagte Bärlein. »Ich mache das freiwillig.«

»Gut, danke. Dann kann Janssen also weiter Patrouille fahren.« Er wandte sich Carsten zu. »Würden Sie den Kollegen dann unterstützen? Es ist besser, wenn Sie zu zweit operieren. Ahlers ist bewaffnet und gefährlich. Fühlen Sie sich dazu in der Lage?«

»Und ob, bin wieder voll da«, sagte Carsten. »Ich brauche nur meine beschlagnahmte P7 zurück, weiß nicht, wo sie ist.«

»Wer hat sie Ihnen abgenommen?«

»Siebert.«

»Gut, den wollte ich ja sowieso anrufen, ich kläre das.«

Um einundzwanzig Uhr machten sich Rickmer und Julia auf, um in den Schrebergärten nach Ahlers zu fahnden. Carsten saß mit Bärlein und Hauke in der Küche der Wohnung über der Wache, in welcher der Inselpolizist mit seinem Sohn lebte. Leben konnte man das allerdings kaum nennen. Tisch, Herdplatte und Waschmaschine waren komplett zugemüllt. Überall standen leere Flaschen, Teller mit Essensresten und lag Papier herum. Es roch nach ungewaschener Wäsche, Fisch und Gammel. Wenn das die Menschen wüssten, die unten ins Revier kamen. Carsten hoffte, dass ihn der Hauptkommissar bald zurückrief, damit er hier raus konnte. Der Junge hatte drei Bier aufgemacht und auf den schmalen, fleckigen Esstisch gestellt, an dem sie saßen. Doch nur er selbst nahm eine der grünen Flaschen und trank. Carsten fühlte sich müde und erschöpft. Die Nacht in der Zelle war grauenvoll gewesen. Er bemerkte, dass auch Bärlein mit den Kräften am Ende schien. Vorhin hatte er sich im Badezimmer umgesehen und ein Taschentuch aus dem Mülleimer entnommen. Er hatte sich bei Hauke versichert, dass nur sein Vater diese Tücher benutzte, und hatte es dann in eine Küchenfolie eingewickelt, die er in einer Schublade gefunden hatte. Carsten wusste, dass er vorsorgte, um schnell an ein DNA-Profil von Ahlers zu gelangen, das zum Vergleich mit der DNA aus den Blutspuren im Bunker herangezogen werden konnte. Jetzt saß Bärlein tief im Polster der Sitzbank und kämpfte damit, dass ihm die Augen nicht zufielen. Hauke saß Carsten gegenüber und glotzte ihn frech an. Carsten verspürte nicht die geringste Lust, sich mit dem Rotzlöffel zu unterhalten, der seine Tochter misshandelt hatte. Er tat ihm nicht leid, und sein geschundener Rücken war ihm auch egal. Hoffentlich bekommt das Arschloch keine mildernden Umstände, dachte Carsten und war froh, dass Hauke nicht wusste, wer ihm da an seinem Tisch gegenübersaß. Ohne Frage, es sprach jetzt viel dafür, dass Ahlers der Mörder war, doch Carsten fühlte sich nicht in letzter Instanz überzeugt. Kramer hatte ihn angerufen, hundertprozentig, gar kein Zweifel. Carsten war schlagartig nüchtern geworden, als der Archivar ihn am Telefon belästigt und verhöhnt hatte. Das

Adrenalin. Nur hin und wieder hatte er sich heute fragen müssen, ob er noch klar bei Verstand war. Das hatte aber nur daran gelegen, dass die Kollegen ihm alle nicht glaubten. Aber er glaubte sich und an sich und daran, dass Ahlers nicht alleine gehandelt hatte. Zumindest steckte Kramer mit drin, und nach einem unbestimmten Gefühl zu urteilen, sollte er der Haupttäter sein. Möglich, dass der Sheriff seinen willigen Gehilfen spielte. Vielleicht floss Schmiergeld, er deckte ihn und durfte sich als Gegenleistung an den Mädchen sexuell vergehen, bevor Kramer diese kranken Proben durchzog. Der Archivar war die Wurzel des Übels. Der Ideologe, der Inquisitor, der Hexenjäger. Was ihn dazu veranlasste, vermeintliche Hexen umzubringen, darüber konnte Carsten nur spekulieren. Diese Krankheit, an der er litt, spielte ganz klar eine Rolle dabei. Sie zwang ihn dazu, ein einsames Dasein in einem dunklen Turm zu fristen. Das fehlende Sonnenlicht hatte ihn erst depressiv und dann verrückt werden lassen. Warum verdächtigten ihn die Kollegen überhaupt nicht? Was hatte er Julia vorgespielt bei seiner Aussage?

Okay, er musste sich damit abfinden, dass sie nicht an den Anruf glaubten, und Carsten bekam keine Chance, es zu beweisen. Doch sollten sie nicht die anderen Zusammenhänge auch sehen? Offenbar spielte doch hier die Haut eine ganz zentrale Rolle. Die Mondscheinkrankheit zwang Kramer in die Dunkelheit. Er musste dadurch unerträgliche Schmerzen erlitten haben, wenn er es gewagt hatte, sich der Sonne ohne Maske auszusetzen. Bevor man aufgab und nur in der Finsternis weilte, würde man es doch hundertmal versucht haben. Man konnte eins und eins zusammenzählen: Warum suchte der Archivar wohl ausgerechnet nach Opfern, die ebenfalls Probleme mit der Haut hatten? Hauttyp Eins, Bärlein hatte es doch herausgefunden.

Henrieta Radu sollte genau die gleichen Schmerzen durchmachen, wie Kramer sie erlitt, wenn er sich der Sonne aussetzte. Sie sollte die gleichen Verletzungen erleiden. Er wollte sich rächen an der Gesellschaft, an Menschen, die ein Leben haben durften, während er zur Einsamkeit verdammt war. Eine sexuelle Komponente spielte dabei sicher ebenfalls eine Rolle. Ahlers und Kramer konnten die Mädchen zusammen vergewaltigt haben. Die Blutspuren dürften Carstens Trumpf sein. Wie Bärlein an Ahlers' DNA, so musste er an die von Kramer kommen, wenn nötig alles selbst in die Hand nehmen. Beiden Verbrechern wollte er das Handwerk legen. Carsten dachte daran, dass sie vielleicht eine Art Sekte unterhielten. Der Leuchtturm bot doch den perfekten Ort für satanistische Orgien. Was versteckte Kramer in seinem Keller? Er müsste sich Zugang verschaffen, aber das war verdammt gefährlich. Ein weiteres Vergehen, und er wäre raus aus dem Team, das wusste er, und das wollte er nicht riskieren. Deswegen hatte er, nachdem er bemerkt hatte, dass er auf Unverständnis stieß, auch aufgehört, gegenüber den anderen von Hexendingen zu sprechen. Sollten sie einfach erst den Inselsheriff finden, der würde Kramer dann nicht mehr decken, vielleicht sogar versuchen, ihm alles anzuhängen. Dann spätestens müssten ihn die Kollegen verstehen und würden sich bei ihm entschuldigen.

Carsten vernahm ein Grunzen neben sich, und Hauke begann zu kichern. Er schaute in Bärleins Richtung. Der kleine Kommissar war im Sitzen eingeschlafen, den Kopf an die Wand gelegt, den Mund offen. Wann rief denn endlich Rickmer an?

»Dieser Bunker, wo das alles stattfand, wo ist der eigentlich?«, fragte Carsten, um sich wachzuhalten.

»In den Norddünen«, sagte Hauke. »Nicht einfach zu beschreiben.«

Na, das passt ja zusammen, dachte Carsten. »Ich war auch in den Norddünen. Da gibt es einen alten Leuchtturm, wo ein Archivar wohnt.«

»Pfff.« Hauke tippte mit dem Zeigefinger auf seine Stirn und rülpste. »Das müssen Sie mir als Insulaner wohl kaum erzählen. Ich kenne den Leuchtturm, da haust dieser Irre drin. Marcel Kramer.«

»Du kennst ihn?«

»Nein, der kommt ja nicht raus, und ich setze da ganz bestimmt keinen Fuß rein. Mein Vater war mal da und hat mir ein Foto von dem gezeigt. Der Mann mit der weißen Maske. Sieht aus wie Michael Myers aus *Halloween*, soll irgendwas Ansteckendes haben. Pfui Teufel.«

»Und dein Vater, hat der oft was mit dem Archivar zu schaffen gehabt?«

»Nicht dass ich wüsste, geht mich auch nichts an. Was soll das Gelaber eigentlich wieder? Sie stehen wohl auf Hexen und Monster?«

»Hör mal zu, Hauke, es gibt keinen Grund, so frech zu werden, verstanden? Ich bin zwar nicht der Hauptkommissar, aber ich kann dir schaden, wenn ich will. Du hast doch vorhin rumgeflennt wie ein Baby, weil du nicht in den Knast willst.«

»Nein, schon gut, Mann«, sagte Hauke kleinlaut. »Tut mir leid, tut mir echt leid. Ich bin immer schnell betrunken, wissen Sie?«

»Von einem Bier?«

»Haha.« Hauke trank den Rest aus seiner Flasche. »Ich habe schon ein paar mehr heute.«

Was für ein Versager auf der ganzen Linie, dachte Carsten. »Okay, nicht schlecht. Eine letzte Frage noch.«

»Schießen Sie los!«

»Ist der Leuchtturm in der Nähe von dem Bunker?«

»Klar, keine dreihundert Meter«, sagte Hauke und rülpste erneut.

Na, so ein Zufall aber auch, dachte Carsten, da ist Kramer also bei einem seiner Mondscheinspaziergänge am Bunker vorbeigelaufen und hat meine Tochter angekettet entdeckt. Ein gefundenes Fressen wie auf dem Silbertablett direkt vor der Haustür serviert.

»Du hast aber vorhin die Wahrheit gesagt?«, fragte er. »Dein Vater war weg in dieser Nacht?«

»Ja, Mann, soll ich jetzt noch schwören auf irgendwas? Auf meine Mutter schwöre ich nicht, auf die scheiße ich. Oder soll ich auf Darth Vader schwören? Ich mache das, wenn Ihnen dabei einer abgeht.«

»Mach dich nicht lächerlich«, sagte Carsten. Er war sich absolut sicher, dass er es mit mehr als einem Mörder zu tun hatte. Ahlers und Kramer hatten gemeinsame Sache gemacht.

Endlich, sein Handy, das auf dem Tisch vor ihm lag, klingelte. Bevor er gefahren war, hatte Rickmer es angerufen, und sie hatten es in Ahlers' Schreibtischschublade geortet. Er nahm das Gespräch an. »Ja?«

»Wir sind jetzt in den Schrebergärten, versuchen, den Pächter aufzuspüren, der uns dann hoffentlich verrät, wo dieser Rass wohnt.«

»Ah ja, gut. Hier läuft auch alles«, sagte Carsten.

»Ich wollte mich ja melden, nachdem ich mit Siebert gesprochen habe. Die Idioten haben Ihre Waffe nicht eingelagert, sie liegt im Streifenwagen, mit dem Siebert am Hafen steht. Hat etwas gedauert, bis er rangegangen ist. Vielleicht eingepennt.«

»Stümper.«

»Na ja, besser so, als wenn sie jetzt in einem Tresor eingeschlossen wäre und wir nicht rankämen, weil Ahlers den Schlüssel hat. Noch mal die Feuerwehr ...«

»Verstehe«, unterbrach Carsten.

»Jedenfalls kommt er gleich und bringt Ihnen Ihre heiß geliebte P7 zurück. Könnten Sie dann mit Janssen Kontakt aufnehmen und ihn unterstützen? Die Nummer simst Julia gleich rüber.«

»Alles klar«, sagte Carsten. »Kein Problem. Wann ist Siebert hier?«

»Ich denke, so in zwanzig Minuten.« Es raschelte in der Leitung. Carsten hörte, dass Julia im Hintergrund etwas sagte.

»Ich muss Schluss machen, wir haben den Pächter gefunden.«

»Okay.«
»Tschüss.«

Hauke glotzte ihn wieder forsch an, er hatte sich eine zweite Bierflasche genommen und trank in großen Schlucken.

»Bärlein, he, Bärlein«, zischte Carsten, aber der schlafende Mann regte sich nicht, auch nicht, als er ihm vorsichtig auf die Schulter klopfte.

»Ich gehe mal eben vor die Tür, ein Kollege bringt mir etwas, was mir gehört«, sagte er zu Hauke.

»'Türlich.«

»Meinst du, ich kann dich hier alleine lassen oder wirst du meinen schlafenden Kollegen überwältigen und ihm die Waffe entreißen?«

»Wieso sollte ich so etwas Dummes vorhaben?« Hauke lachte und rülpste zugleich.

»Wollte nur sichergehen, sonst müsste ich dich fesseln.«

»Mann, ich lege mich doch nicht mit den Bullen an«, sagte Hauke. »Habe sowieso keinen Grund, jemanden zu überwältigen, der mich vor meinem Vater schützen kann.«

»Also brauche ich Kommissar Bärlein nicht zu wecken?«

»Nö, von mir aus nicht, der sieht doch ganz zufrieden aus.«

»Ich bin in spätestens einer halben Stunde wieder da«, sagte Carsten, steckte sein Handy ein und zwängte sich aus der Sitzecke.

»Dann bin ich im Bett«, sagte Hauke.

»Wieso?«, fragte Carsten. »Ist das abgesprochen?«

»Nein. Wieso sollte es auch? Ich fühle mich total platt von alldem hier und muss morgen früh in die Schule.«

»Du willst zur Schule?«

»Ja, was sonst? Bin ja schließlich Schüler oder nicht?«

»Bist du nicht irgendwie ... mhh ... vielleicht gerade psychisch zu mitgenommen für den Unterricht?«

»Das lenkt mich ab«, sagte Hauke. »Außerdem, es klingt zwar komisch, aber wir schreiben morgen eine Deutschklausur, und ich habe doch tatsächlich mal gepaukt dafür. Ich muss die schaffen. Noch mal sitzen bleiben kann ich nicht. Und wenn ich also nicht in den Knast muss, wäre ein Abschluss schon wichtig, oder?«

Carsten fand die Begründung merkwürdig für einen Nichtsnutz wie Hauke, aber gut, warum sollte er ihm verbieten, ins Bett zu gehen?

Hauke zeigte auf Bärlein. »Ich werde den da bitten, mich zur Schule zu bringen, dann bin ich *save* vor meinem Vater. Ist ein cooler Bulle, finde ich, und der hat Kraft.« Er grinste. »Sie habe ich ja leicht überwältigt.«

Carsten hatte keine Lust, darauf etwas zu erwidern. »Na, dann gute Nacht«, sagte er daher einfach und lief aus der Küche.

»Nacht, Kommissar Darth Vader.«

Carsten verfluchte den Jungen, als er die Treppe hinunterging, die zur Wache führte. Er knipste das Licht in Flur und Vorraum an und eilte zur Tür, stellte sich draußen auf den Gehweg und holte tief Luft. Fürchterlich, was für eine Siffbude da oben. Der laue Wind, der um seine Nase wehte, ließ ihn etwas fitter werden. Er wollte gerade nachschauen, ob Julia schon Janssens Nummer gesendet hatte, da klingelte sein

Handy. Keine SMS, ein Anruf. Carsten schaute aufs Display: Gesa.

Mist, die hatte er ja noch von gar nichts in Kenntnis gesetzt. Er verspürte zwar keine Lust, ranzugehen, aber wenn er das nicht tat, würde sie ihn den ganzen Abend nerven. Jetzt war er gerade alleine, und somit war es ein günstiger Zeitpunkt. Er nahm das Gespräch an und erzählte Gesa von seinem Tag. Er begann beim Kampf mit Kramer in der Nacht, berichtete ihr von der Ingewahrsamnahme und dem Aufenthalt in der Zelle. Natürlich schilderte er das Wichtigste im Detail. Das, was er von Rickmer wusste über Ahlers, und von der Befragung seines Sohnes und dessen furchtbarem Geständnis. Gesa brach in Tränen aus. Dann begann sie zu toben, beruhigte sich jedoch angesichts der Erkenntnis, dass sie die ganze Zeit recht gehabt hatte damit, dass Merle ermordet worden war.

»Ich muss mich dafür auch noch entschuldigen, dass ich dir nicht geglaubt habe«, sagte Carsten.

»Schnee von gestern«, antwortete Gesa und putzte sich die Nase. »Hauptsache, Ahlers, das Schwein, bekommt seine gerechte Strafe. Aber das wird er.«

»Da bin ich mir sicher«, sagte Carsten. »Der wird eingebuchtet bis an sein Lebensende.«

»Kastrieren muss man den«, sagte Gesa. »Und dieser Drecksjunge, der Merle überhaupt erst in die Situation gebracht hat, der muss auch hart bestraft werden.«

»Ein Arschloch wie sein Vater«, ergänzte Carsten. »Ich hoffe, dass man ihn in den Jugendknast bringen kann, aber der Rickmer hat ihm mildernde Umstände versprochen, weil er so kooperativ ist.«

»Was?«, rief Gesa. »Dann nehme ich morgen die erste Fähre und bringe den eigenhändig um, diesen Bastard.« Ihre Stimme bebte vor Wut. »Mildernde Umstände? Das darf auf keinen Fall passieren.«

»Da müssen wir wohl oder übel auf den Jugendrichter hoffen«, sagte Carsten, als er die Lichter des Streifenwagens bemerkte, der die Straße zur Wache hochfuhr.

»Ich muss gleich auflegen, aber was ich dir noch mitteilen wollte …«, sagte Carsten.

»Ja?«

»Ich bin hier der Einzige, der daran glaubt, dass der verrückte Kramer mit drinsteckt. Für mich ist er der Haupttäter, und das werde ich beweisen.«

»Nein. Die Ahlers-Schweine müssen als Erstes zur Strecke gebracht werden, sofort«, sagte Gesa. »Um Kramer kann man sich immer noch kümmern. Der ist ja nicht in der Lage, seinen Turm zu verlassen, zumindest nicht lange.«

»Ja, so habe ich das vor«, sagte Carsten. »Ich glaube, sie stecken unter einer Decke, ich werde beide zur Strecke bringen – für Merle, wie du gesagt hast.«

Der Streifenwagen hielt ein paar Meter neben ihm auf dem kleinen Parkplatz der Polizeistation. Carsten sah, wie Siebert ausstieg und die Tür zuknallte.

»Ich muss auflegen, wir suchen jetzt ganz Norderney ab nach dem Schwein, das verspreche ich dir. Weit kann er nicht sein, aber es könnte eine lange Nacht werden.«

»Du?«, hauchte Gesa ins Telefon.

»Ja, natürlich gebe ich dir sofort Bescheid, wenn wir ihn haben«, sagte Carsten.

»Danke, das wollte ich wissen. Du bist ein toller Mann, wenn ich das mal ausnahmsweise anmerken darf. Viel Erfolg euch und pass auf dich auf!«

»Na klar, und danke, dir auch. Bis bald.«

»Tschüss.«

Carsten nahm seine P7 entgegen, überzeugte sich davon, dass sie unbeschädigt und geladen war, und wiegelte Sieberts Schleimversuche schroff ab. Vermutlich hatte Rickmer Siebert mitgeteilt, dass die Vorwürfe, die Ahlers gegen Carsten erhoben hatte, lächerlich waren. Siebert war noch jung und unerfahren, wahrscheinlich gerade erst aus der Akademie gekommen. Carsten verabschiedete sich ohne Handschlag, wünschte ihm aber eine angenehme Nacht am Hafen. Dann ging er zurück ins Haus und nach oben. Hauke war nicht mehr in der Küche, vermutlich also tatsächlich ins Bett gegangen, Bärlein schnarchte immer noch. Er ließ ihn schlafen, wählte Janssens Nummer und teilte ihm mit, dass er ihn abholen könne. Er spürte, dass in dieser Nacht noch etwas Entscheidendes passieren sollte.

16. FAHRRADTOUR

»Nein, Mann, du kriegst keinen Ärger«, sagte Hauke, der sich auf sein Bett gelegt hatte und leise mit Erik Visser telefonierte. »Ich verstehe schon, dass ihr unter Druck gesetzt wurdet und die Sache nicht mehr zurückhalten konntet. Ich komme jetzt gleich vorbei … nein, wirklich alles okay! … Was? … ja, doch … ein bärtiger Bulle ist in unserer Küche … ich springe aus dem Fenster … genau … lass mich durch eure Kellertür rein … nein, auf keinen Fall den Eltern was sagen … ja … was? … Okay. Kein Ding. Ist Enno auch da? … Gut, bin in einer Viertelstunde vor eurem Haus … Nein, jetzt hör auf, ich bin dir nicht böse … ich muss dir dringend was über meinen Vater erzählen … geht auch um meine Mutter und das Mädchen … ja, genau die … also bis gleich. Ich verlasse mich auf dich.«

Hauke zog seine zur Hose passende, blaue Trainingsjacke an, nahm den Schlüsselbund von der mit alten Klamotten beladenen Kommode und stellte die Musikanlage aus. Es ging inzwischen auf Mitternacht zu. Er hatte sich zwar noch zweimal versichert, dass der Bulle in seiner Küche auch schlief, und ihn sogar zugedeckt. Aber um ganz sicherzugehen, dass man ihn nicht belauschen konnte, hatte er die Musik leise angemacht. Der andere, arrogante Scheiß-Bulle war längst weg, um seinen Vater zu suchen. Er hoffte, dass sie das Drecksschwein schnell finden würden. *Am besten ist es, wenn sie ihn erschießen.* Vielleicht würde seine Mutter das erfahren und ihn zu sich holen. Er hatte natürlich gelogen, zur Schule wollte er nicht, eine Klausur hatte er auch nicht zu schreiben. Er grinste, während er das Fenster öffnete. Er konnte planlosen Bullen immer noch gut einen Bären aufbinden. Nur bei seinem Vater gelang ihm das nicht, und deswegen wollte er auch unter keinen Umständen in diesem Haus bleiben. Er wusste, dass sein Vater viele Möglichkeiten hatte, hier reinzukommen, und er traute ihm zu, dass er kommen würde, um ihn zu verprügeln. Wenn der rausfinden sollte, was er den Bullen erzählt hatte, dann würde er ihn umbringen, wie er es anscheinend auch mit den beiden Mädchen gemacht hatte. Sein Vater war eine Bestie. Nein, es gab nur einen sicheren Ort auf dieser Insel, und da wollte er bleiben, bis man das Monster eingebuchtet hatte. Dafür brauchte er die Hilfe der Vissers, die ihn eine Weile mit Informationen und Lebensmitteln versorgen mussten. Er nahm sich vor, diesmal freundlich zu sein und gleich einen auf bester Kumpel zu machen, ihnen nicht zu drohen und ihnen nicht vorzuwerfen, dass sie gepetzt hatten. Er musste sich auf sie verlassen können. Verprügeln konnte er sie immer noch, wenn sein Vater tot oder im Knast war.

Hauke stieg auf die Fensterbank – er war schon oft auf diese Weise aus dem Haus entkommen. Er drehte sich um, bückte sich und stützte sich mit den Handflächen ab. Dann ließ er sich fallen. Er hing jetzt mit den Händen an der Fensterbank. Nur wenige Zentimeter, und dann würde er auf dem Mauervorsprung Halt finden, der das obere und untere Stockwerk voneinander trennte. Er ließ los und landete sicher. Von hier aus konnte er dieselbe Taktik noch mal anwenden und plumpste schließlich weich auf die Wiese des kleinen, ungepflegten Gartens hinter ihrem Haus. Er erinnerte sich lebhaft, dass seine Mutter hier früher viel Arbeit reingesteckt hatte. Er hatte immer so wunderschön geblüht, in allen erdenklichen Farben. Rosen, Tulpen, Vergissmeinnicht. Nein, er hatte seine Mama nicht vergessen, das konnte und wollte er nicht. Und er hasste sie nicht. Sein größter Wunsch war es, sie wiederzusehen. Wenn sie ihn nicht alleine gelassen hätte, dann wären viele Dinge bestimmt nicht so passiert, wie sie passiert waren. Hauke wischte sich eine Träne von der Wange und schlich über den ungemähten, mit Unkraut und Maulwurfshügeln durchsiebten Rasen zu dem kleinen, aber massiven Holzschuppen, in dem er Skates und Fahrrad aufbewahrte. Er wollte aufschließen und wunderte sich, dass die Tür offen war. Er dachte an Einbrecher, aber das Schloss war nicht zerstört. Und Diebe hinter einer Polizeiwache? Das war wirklich albern. Er hatte keine Zeit, darüber nachzudenken, wer an dem Schuppen rumgespielt hatte oder ob er vergessen hatte, abzuschließen. Alles stand noch an seinem Platz, als er die Tür öffnete und hineinlugte. Er rollte sein gelbes BMX-Rad heraus und schob es den kleinen Pfad bis zur morschen Holztür, die Garten und Straße trennte. Dann schwang er sich auf den Sattel und umfasste den Lenker. *Was ist das?* Augenblicklich ließ er die Griffe wieder los. Er schaute auf seine Hände und dann auf die Gummigriffe, die mit einer weiß-grünlichen Paste beschmiert waren. Bah! Möwenscheiße? Doch nicht so viel? Hatte sich jemand sein Bike ausgeliehen? Sollte das ein Scherz sein? Die Nachbarsjungen? Quatsch! Jedes Kind auf dieser Insel müsste wissen, dass Hauke es krankenhausreif schlagen würde, wenn das rauskäme. Das Zeug sah aus wie Kräuterschmierkäse, aber probieren wollte er nicht. Es roch auch nach nichts, fühlte sich aber so widerlich an wie Quallen. Nichts auf der Welt hasste er so sehr wie Quallen. Das lag daran, dass er als kleines Kind mal von einer Feuerqualle verbrannt worden war. Er hatte ins Krankenhaus gemusst und hohes Fieber bekommen. Das war zu einer Zeit, als seine Mutter schon nicht mehr bei ihm war. Wieder überfiel ihn Trauer, und deswegen wollte er nicht mehr daran denken. Außerdem sollte er schnell los, konnte nicht riskieren, dass der Bulle oben wach wurde und nach ihm suchte. Auch sein Vater könnte ihm schon auflauern. Mit dem Ärmel seines Pullovers wischte er eilig so viel von der zähen Glibbermasse herunter wie möglich. Dann knickte er mit dem linken Fuß den Ständer nach hinten, trat in die Pedalen und fuhr los. Die Vissers wohnten in der Siedlung Up Süderdün, fast schon am Hafen. Er würde etwa zehn Minuten brauchen. Er kannte den Weg in- und auswendig und verzichtete darauf, das Licht anzustellen.

Als Hauke am Kurplatz ankam, bemerkte er einen heftigen Stich in der Brust und Übelkeit. So schlimm, dass er anhalten und zweimal würgen musste. *Was ist mit mir los auf einmal? Nimmt mich das alles so mit? Habe ich wirklich schon so viel Übergewicht, dass ich herzinfarktgefährdet bin?* Aber doch nicht mit siebzehn. Jetzt schmerzte auch noch sein Magen, und die Hände brannten wie verrückt. *Hat das mit dem Glibberzeug zu tun? Es riecht doch gar nicht, wie kann das sein?* Er spürte, wie sein Herz raste und ihm der Schweiß den Rücken hinunterlief. Ihn überkam die Angst, ohnmächtig zu werden. Deshalb beschloss er, schnell weiterzufahren. Die Vissers hatten bestimmt Schmerztabletten im Haus und was gegen Übelkeit. Da würde er sich als Erstes auch die Hände waschen.

Als er im Sattel saß, wusste Hauke den Weg zu seinen Freunden nicht mehr. Wie konnte das sein? Wusste er nicht mehr, wo er war oder wohin er wollte? Er trat in die Pedalen, kam bis zum Weststrand. *Was habe ich hier verloren? Ist das eine Abkürzung zu den Fischers? Fischers? Wer ist das überhaupt?* Er stieg vom Fahrrad, lief ein paar Meter, bückte sich vor einer Bank und übergab sich mehrfach.

Als er aufschaute, konnte er seinen Augen nicht trauen. Da stand ein weißer Hirsch und glotzte ihn blöd an. Aber die gibt es doch gar nicht, dachte Hauke. Der Hirsch lächelte und sagte: »Komm mit, ich zeig dir was Tolles.« Das Tier besaß helle, grüne Augen.

»Ich habe eigentlich keine Zeit, ich muss dringend zu den Fischwassers«, antwortete Hauke.

»Ach, die warten auf dich«, sagte der Hirsch. »Wie heißt du denn, mein Junge?«

»Hau… Hau…« Er konnte sich nicht an seinen Namen erinnern.

»Ein schöner Name, dann komm mir nach, Hau… ich heiße Dortje und weiß, wo deine Mutter ist.«

»Meine Mama?« Plötzlich raste Haukes Herz noch schneller. Nicht mehr vor Übelkeit, sondern vor heller Freude.

»Ja, sie wartet auf dich, dahinten am Meer.«

»Wirklich?«

»Ja, Hau… los, lauf mir nach!«

Der Hirsch hoppelte los, sprang über die Sandsteine, die zum Strand hinunterführten, und landete im Sand. Hauke kroch auf allen vieren über die Promenade, rutschte die Steine herunter und fand sich im Sand wieder. »Mama«, rief er immerfort, während er in ein paar Metern Abstand hinter dem Tier am Strand entlangrobbte. Als er am Wasser angekommen war, sah er, dass der Hirsch hineingesprungen war und auf jemanden zuschwamm. »Mama.« Hauke schrie jetzt aus vollem Hals. Da war sie. Er erkannte seine Mutter ganz deutlich. Sie stand auf den Wellen und streckte ihm die Arme entgegen. Der Hirsch war verschwunden, aber das war egal, Hauke wollte nur noch zu seiner Mutter. Er sprang ins Wasser und schwamm so schnell wie nie zuvor, bis er bei seiner Mama ankam. Er nahm sie in den Arm, sie fühlte sich glitschig an. Er schaute ihr in die Augen, doch etwas stimmte nicht. Das war nicht mehr seine Mama, ihr Gesicht verschwamm merkwürdig, und plötzlich erkannte er ein ganz anderes Gesicht vor sich. Nein, das konnte nicht sein. »Merle, du?«, rief er. Blanke Panik überfiel ihn, er strampelte mit den Füßen, alles um ihn herum tauchte sich in ein leeres Schwarz. Die Wellen trieben ihn aufs Meer hinaus, und er konnte nicht erkennen, auf welcher

Seite sich der Strand befand. Merle hielt ihn fest umklammert, Hauke schluckte salziges Wasser, seine Lunge schmerzte. Er sollte mit Merle sprechen, sich entschuldigen. Sie musste ihm helfen, wieder ans Ufer zu finden. Doch als er abermals hinschaute, veränderte sie sich. Ein anderes Mädchen mit roten Haaren schaute ihn böse an. Henrieta! Ihr Angesicht schien in Sekundenschnelle älter zu werden, bis er in das einer rothaarigen, erwachsenen Frau blickte, die er nicht kannte. Eine Hexe! *Was passiert hier?* Der Unbekannten schmolz die Haut vom Kopf wie Gummi. Entsetzt starrte Hauke in das Antlitz eines Totenkopfes, der fortwährend schrumpfte und dann die Gestalt eines Kindes annahm. Wieder ein Mädchen mit roten Haaren, in einem eigentümlich altmodischen, halb zerrissenen Kleid. »Hilfe, Mama, ich ertrinke«, schrie es.

»Was zum Teufel«, sagte Hauke und bemerkte dabei, dass er Wasser schluckte. Er hustete, als er sah, wie der skelettierte Schädel sich auflöste und zu einer Art glibberigen Blase mutierte. Die Haare fielen auseinander und bildeten lange, rot leuchtende Fäden. Die Fangarme einer … Qualle!

Eine riesige Feuerqualle schlang sich um ihn, zerdrückte ihn, saugte sich mit ihren feuerroten Tentakeln an ihm fest. Sein Körper brannte, er fühlte die schlimmsten Schmerzen, die er je verspürt hatte. Er verbrannte, schrie, so laut er konnte, schluckte dabei immer mehr Wasser und bemerkte, wie seine Lungen bleischwer wurden. Die Qualle zog ihn mit sich in die Tiefe. Mama, hilf mir, war das Letzte, was Hauke dachte, bevor sein Herz aufhörte zu schlagen.

17. POLYMERASE-KETTENREAKTION

Haukes Ahlers' Leiche wurde erst am Mittag des folgenden Tages von Spaziergängern gefunden, welche die Ebbe nutzen wollten, um nach Muscheln an dem langen, weißen Sandstrand zu suchen, den das Meer freigegeben hatte. Leblos fanden sie den Jungen, nahe einer Buhne. Er lag auf dem Bauch, der Rücken war von Hunderten roten Striemen übersät. Der Anblick war so entsetzlich, dass der Familie, die Hauke aufgefunden hatte, ein Seelsorger zur Seite gestellt werden musste. Der versicherte ihnen nach Rücksprache mit Rickmer, dass die Striemen und Narben, die sie gesehen hatten, nicht für den Tod des Jungen verantwortlich waren. Er sei jahrelang misshandelt worden. Doch das beruhigte die Familie nicht.

Auch Rickmer selbst verstand die Insel und die Welt nicht mehr. Er wartete zusammen mit Bärlein so lange am Strand, bis die Besatzung der Sea King die Leiche transportfähig gemacht hatte. Es war die dritte innerhalb von wenigen Wochen, die der Marine-Hubschrauber von Norderney nach Oldenburg überführen musste.

Zurück im Büro des Inselhotels Kaiser telefonierte der Hauptkommissar mit Professor Hahn und riet ihm als Allererstes, auch in Haukes Organismus nach toxischen Stoffen zu suchen. Er wollte nicht wieder etwas übersehen. Den regulären Fährverkehr ließ er komplett einstellen und setzte die *Ostfriesia* damit mächtig unter Druck. Die etwa zweihundert noch verbliebenen Touristen auf Norderney wurden mit Schnellbooten der Marine zum Festland gebracht. Auch zahlreiche Insulaner entschlossen sich dazu, ihre Heimat auf diese Weise zu verlassen, bis sie sicher sein konnten, dass der Mörder geschnappt war. Plötzlich war auch die *Badzeitung* um Schadensbegrenzung bemüht und schrieb einen Artikel, der dazu aufforderte, nicht in Panik zu verfallen. Zu spät. Die Straßen auf der Nordseeinsel waren so leer gefegt wie noch nie in der Geschichte des Norderney-Tourismus. Und das Schlimmste für Rickmer: Von Ahlers fehlte immer noch jede Spur. Im Schrebergarten hatte ihn niemand gesehen, obwohl Benno Rass merklich nervös auf Rickmers Fragen geantwortet hatte. Aber er hatte zugelassen, dass sie sich ausgiebig auf seinem Gelände umsehen konnten. Da sie nichts Verdächtiges hatten auftun können, waren die Beamten enttäuscht wieder abgezogen.

Nun drängte die Zeit. Sowohl Streife als auch beide Kripo-Fahrzeuge suchten den ganzen Tag die Insel ab – ziel- und erfolglos. Der Hauptkommissar koordinierte den Einsatz vom Inselhotel Kaiser aus und haderte mit sich, ob er Verstärkung anfordern sollte. Doch was sollte das bringen? Sie konnten schließlich nicht jedes Haus durchforsten. Er entschied sich gegen mehr Beamte, machte sich außerdem Sorgen, dass Ahlers es doch von der Insel geschafft hatte. Auch einen Selbstmord musste er in Betracht ziehen. Wie lange nur sollte er den katastrophalen Ausnahmezustand aufrechterhalten? Die Hoffnung, die ihm für diesen Tag blieb, sollten die Ergebnisse aus der Rechtsmedizin sein, die mit Hochdruck arbeitete, aber nichts versprechen wollte. Auch zur DNA-Analyse der Blutspuren, die sie im Bunker sichergestellt hatten, lagen noch keine verwertbaren Daten vor. Das Analysesystem per Polymerase-Kettenreaktion konnte vierundzwanzig Stunden dauern, das wusste Rickmer. Alle sollten aber so schnell wie möglich die Gewissheit bekommen, dass Ahlers der Täter war. Das wäre ein erstes, wichtiges und bestätigtes Erfolgserlebnis für die tapfer ermittelnde Soko.

Um überhaupt etwas Sinnvolles zu tun, telefonierte Rickmer mit Einwohnermeldebehörden im gesamten Bundesgebiet, immer auf der Suche nach einer gewissen Esther Ahlers oder jedenfalls ehemals Esther Ahlers. Mehr hatte ihm die Stadtverwaltung der Insel über Haukes Mutter nicht sagen können. Doch sie war nirgends registriert. Diesen Namen gab es in Deutschland nicht. Sie hatte sich entweder einen neuen Nachnamen zugelegt oder war ins Ausland gezogen. Rickmer war das Gefühl überkommen, irgendwem Bescheid geben zu müssen, dass Hauke tot war. Aber interessierte das überhaupt jemanden? Hatte jemand diesen gefährlichen Jungen geliebt? Großeltern gab es von Ahlers' Seite nicht mehr und auch sonst niemanden, der Hauke nahe genug stand, als dass sich eine Mitleidsbekundung gelohnt hätte.

Gegen siebzehn Uhr erreichte Rickmer der Anruf von Haio Visser. Er hatte im Hotel angerufen, nachdem er herausgefunden hatte, dass die Kripo hier operierte. Eine Rezeptionistin brachte dem Kommissar ein schnurloses Festnetztelefon mit der Verbindung des besorgten Vaters ins Büro. Der Mann erzählte, dass sein Sohn Erik am vergangenen Abend gegen dreiundzwanzig Uhr dreißig mit Hauke telefoniert hatte und dass der vorgehabt hätte, in einer Viertelstunde bei ihm zu sein. Er habe mit ihm über seinen Vater sprechen wollen, viel mehr habe er nicht gesagt. Als er dann nicht wie abgemacht aufgetaucht sei, habe sich sein Sohn nichts weiter dabei gedacht. So etwas sei häufiger vorgekommen bei seinem Kumpel. Rickmer nahm die Information fast halbherzig zur Kenntnis, beruhigte Haio Visser, dass die Zwillinge nicht in Gefahr waren, und gab die Infos in die Datenbank des Rechners ein. Sie brachten ihn nicht voran. Was konnte passiert sein nach halb zwölf? Hatte sich Hauke aus dem Haus geschlichen und sich mit seinem Vater getroffen, der ihn dann überwältigt oder vergiftet und ins Meer geschmissen hatte? Es passte zumindest perfekt ins Profil des Mörders, aber er hegte Zweifel, dass der Inselsheriff seinen eigenen Sohn tatsächlich hätte umbringen können. Das wollte ihm nicht recht in den Kopf. War der Junge voll bekleidet ins Meer gesprungen? Er hatte doch nicht geglaubt, er könne auf diese Weise das Festland erreichen? Dass ausgerechnet auch noch Bärlein eingeschlafen war gestern Abend! Der Mann, von dem Rickmer gemeint hatte, dass er sich hundertprozentig auf ihn verlassen konnte. Aber er wollte sich nicht über sein Team ärgern und ihm schon gar nicht mit Vorwürfen kommen. Er wusste, dass dieser Fall ihnen alles abverlangte. Es war der zugleich schlimmste und kurioseste Fall, nicht nur seiner eigenen Laufbahn, sondern von dem er je in seinem Bundesland gehört hatte. Ein paarmal an diesem trostlosen Tag telefonierte Rickmer mit den Kollegen, die mit den Polizeiautos die Insel abfuhren – ohne nennenswerte Neuigkeiten. Zwischendurch musste er einige Male eingenickt sein.

Dann endlich. Um kurz nach zweiundzwanzig Uhr kam der Anruf aus Oldenburg, und die Nachrichten, die Professor Hahn ihm mitteilte, hatten es in sich. Die Ergebnisse der Untersuchungen des Blutes aus dem Bunker lagen vor, und die DNA-Spuren konnten zweifelsfrei Merle Onken und Ingo Ahlers zugeordnet werden. Die gefundenen Achselhaare gehörten laut DNA-Analyse genauso zum Inselsheriff wie der Rotz im Taschentuch, das Bärlein sichergestellt hatte. Damit stand er als Mörder von Merle Onken eindeutig und endgültig fest. Auch wenn bei Henrieta Radu keine DNA gesichert werden konnte, so hielt es der Hauptkommissar nicht mehr für möglich, dass diesen Mord ein anderer Täter begangen haben könnte.

»Und der Junge?«, fragte Rickmer den Rechtsmediziner. »Was gibt es dazu?«

»Tod durch Ertrinken, keine Zweifel«, sagte Professor Hahn. »Aber halten Sie sich fest …«

»Substanzen?«

»*Solanaceae,* allesamt. *Atropa belladonna, Mandragora officinarum* und *Hyoscyamus niger.*«

Rickmer wollte losfluchen, aber er besaß keine Kraft dafür. Er sagte einfach nichts, und Hahn verstand offenbar, dass er diesmal keine Chance erhalten sollte, sich zu profilieren. »Auf Deutsch gesagt«, fuhr er daher fort, »Nachtschattengewächse: Schwarze Tollkirsche, Alraune und Bilsenkraut. Sogenannte Alkaloidbasen, die lipophil wirken.« Hahn räusperte sich. »Oh, entschuldigen Sie. Das heißt, diese Gifte werden über die intakte Haut aufgenommen. Sie muss dazu nicht verletzt sein.«

»Dann hat Bärlein richtig gehandelt, indem er das Zeug, das wir an den Fahrradgriffen gefunden haben, sichergestellt und Ihnen mitgeschickt hat. Es ist dasselbe Gift?«

»Exakt. Da können Sie in der Tat froh sein, dass Sie Bärlein da oben haben. Der hatte immer einen guten Riecher, solange ich ihn kenne. Wäre ein ausgezeichneter Rechtsmediziner geworden, ist Chemiker und …«

»Ich weiß«, sagte Rickmer. »Was ich nicht weiß, aber unbedingt erfahren möchte, ist, wie dieses verdammte Zeug an das Fahrrad kam und woher Ahlers das hat.«

»Sind Sie denn tatsächlich der Meinung, dass der Vater des Jungen für den Tod seines Sohnes verantwortlich ist? Ich denke …«

»Ja, verdammt«, unterbrach ihn Rickmer. Diese ständigen Zweifel von allen Seiten nervten langsam. »Da gibt es keine zwei Meinungen mehr.«

»Hat dieser Ahlers denn mit Magie oder Mystik zu tun? Haben Sie das gecheckt?«, fragte Hahn.

»Nein. Warum denn auch?«

»Die Zusammensetzung der Gifte ist, sagen wir, speziell. In der Frühen Neuzeit hat man sie so zusammengestellt, um daraus sogenannte Hexensalben herzustellen.«

»Was bedeutet das wieder?«, fragte Rickmer und zündete sich eine Zigarette an. Seit heute rauchte er auch im Hotel, und das nicht wenig.

»Damals hat man alles Mögliche ausprobiert, um entweder an Heil- oder Rauschmittel zu kommen«, sagte der Professor. »Alchemie. Fragen Sie Bärlein, was das ist. In der Wirkung rufen sie vor allem Halluzinationen hervor und verleihen dem, der sie nimmt, scheinbar magische Kräfte. Wenn man es schafft, über die Phase des Schmerzes und der Übelkeit, die als Nebenwirkung auftreten, hinwegzukommen. Die Frauen, die sich mit dieser Salbe vor Jahrhunderten einrieben, hat man schnell als Hexen gebrandmarkt, weil die völlig euphorisch durch die Gegend getanzt sind. Walpurgisnacht ist das Stichwort. Die haben sich vermutlich eingebildet, dass sie fliegen können. Hauke Ahlers hat bei der festgestellten Dosis mit an Sicherheit grenzender Wahrscheinlichkeit halluziniert. Es würde reichen, dass er einen winzigen Schatten über dem Meer gesehen und gedacht hat, er habe Atlantis entdeckt und könne dort hinausschwimmen. Sicher keine angenehme Erfahrung, wenn dann kurz vor dem Tod die Wirkung nachlässt und man sich dessen bewusst wird, dass man hilflos in der Nordsee treibt und im Begriff ist zu ertrinken.«

»Interessant«, sagte Rickmer. »Ich weiß aber nicht, was ich von all dem ganzen Hexen-Hokuspokus und Aberglauben halten soll. Ich scheine nicht mehr drum herumzukommen, mich damit zu beschäftigen. Sie sind ja längst nicht der Erste, der das ins Spiel bringt.«

»Dann sollten Sie das angehen«, sagte Hahn. »Allerdings, Magie ist das nicht. Jeder kann derartige Salben herstellen, auch wenn die längst außer Mode geraten sind. Heute gibt es effektivere und ungefährlichere Methoden, sich zu berauschen. Aber die Rezepte für Hexensalben werden unter Freaks immer noch im Internet gestreut.«

»Aber der Ahlers, also unser Mörder, der Verdächtige meine ich, der könnte sich eine Hexensalbe besorgt haben? Ich glaube nämlich nicht, dass der imstande wäre, sie selbst zu mixen.«

»Selbstverständlich«, sagte Hahn. »Ich würde dem unbedingt nachgehen. Checken Sie doch seinen Computer, ob er auf einschlägigen Seiten gesurft ist.«

»Sein Rechner ist leider spurlos verschwunden, das bestätigt meine Annahme, dass er der Täter ist und ihn selbst hat verschwinden lassen«, sagte Rickmer. »Herr Professor, ich danke Ihnen.«

»Keine Ursache.«

»Schicken Sie mir die Berichte noch rüber?«

»Sind so gut wie unterwegs«, sagte Hahn.

»Bis dann.«

Hahn legte wie gewohnt ohne Abschiedsformel auf. Rickmer ärgerte sich darüber nicht mehr im Geringsten.

Der Hauptkommissar fühlte sich zunehmend schwächer und ausgepowerter. Ein Zustand, als leide er an einer Grippe. Kopfschmerzen, Magenschmerzen und Schwindel. Er konnte kaum noch klar denken. Er wusste, er musste schlafen, um neue Kraft zu tanken. Und er war sicher, dass es den anderen ähnlich erging. Der gewünschte Teilerfolg war errungen. Morgen wollte er eine landesweite Fahndung nach Ingo Ahlers herausgeben und, wenn sich bis zum nächsten Abend auf der Insel keine Spur von ihm auftun würde, dann müsste er Verstärkung anfordern. Dann musste eben jeder Stein einzeln umgedreht werden. Der Kerl, ob tot oder lebendig, konnte sich nicht in Luft aufgelöst haben. Er würde auch veranlassen, dass Eurocopter der Landespolizei die umliegenden Gewässer und das Watt absuchten. Morgen, nicht mehr heute. Jetzt wollte er einfach nur noch schlafen.

Rickmer rief Siebert, Julia und Janssen an und ordnete für die ganze Soko Feierabend an. Nur sehr knapp klärte er darüber auf, dass die gefundene DNA von Ahlers stammte und dass Hauke vergiftet worden war, wahrscheinlich wie Henrieta Radu von seinem Vater. Alles Weitere, so teilte er mit, wolle er am nächsten Morgen besprechen. Die Sitzung für die Kripobeamten berief er für neun Uhr im Konferenzraum an. Für Notfälle sei er immer erreichbar. Er mahnte die Kollegen an, sich auszuruhen. Alle hätten das bitter nötig. Er dankte für die außergewöhnliche Einsatzbereitschaft und versicherte schlaftrunken, dass er mit dem besten Team zusammenarbeite, seit er als Polizist Dienst tat. Nachdem alle informiert waren, schlief Rickmer noch am Schreibtisch, direkt neben seinem überfüllten Aschenbecher, ein.

18. DAS GEHEIMNIS DES SCHWARZEN TURMES

Ich liebe dich auch, mein Schatz«, sagte Carsten, bevor er das Gespräch mit Beate beendete. Dieses Herumfahren auf der Insel hatte an seinen Nerven gezerrt. Janssen war ein langweiliger Provinzbeamter, mit dem er sich über nichts außer Fußball hatte unterhalten können, ein Thema, das ihn zwar ansprach, momentan aber nicht im Geringsten interessierte. Immerhin hatte der Kollege den Dönerteller spendiert, den sie sich gegönnt hatten, bevor Siebert ihn am Rande des Argonnerwäldchens abgesetzt hatte. Carsten war völlig im Eimer, nicht mal eine Woche auf Norderney, und er hatte es gleich mit drei Morden zu tun. Das erste Mal in seinem Leben hatte er im Gefängnis gesessen, erstmals eine Frau an seiner Seite betrogen, und dann gleich die Ehefrau. Zudem verspürte er Vatergefühle. Etwas, wonach er sich immer gesehnt hatte, aber bestimmt nicht auf diese grausame Art und Weise. Dass er ein Kind gehabt und nie kennengelernt hatte, machte alles noch dramatischer. Carsten zog sich die verschwitzten Klamotten aus, sprang unter die Dusche und versuchte sich zu entspannen. Rickmer hatte richtig entschieden: Zeit, einen

Gang herunterzuschalten und sich zu erholen. So viel Scheiße in derart kurzer Zeit musste doch jeden Beamten um den Verstand bringen. Wobei er am schlimmsten dran war, denn er hatte eine Tochter verloren.

Er weinte. Ob er das alles jemals hinter sich lassen könnte? Er blickte in eine düstere Zukunft. Wenn nur wenigstens endlich Ahlers geschnappt werden würde. Das schien die einzige Möglichkeit zu sein, beweisen zu können, dass Kramer Merle auf dem Gewissen hatte. Mehrmals hatte er heute daran gedacht, Janssen zu überreden, zum Leuchtturm zu fahren. Aber was hätte das gebracht? Ja – nur Ärger. Er hatte nichts in der Hand gegen den Archivar, und es war niemand da, der ihm glaubte. Carsten wühlte in der mit Tuben und Plastikflaschen zugestellten Halterung, die an der Duschwand angebracht war, und zog das erste Behältnis heraus, auf dem er *Shampoo* las. Er drückte sich etwas davon auf die zittrige Hand und verrieb die nach Rosen und Vanille duftende Lotion in den Haaren. Ob Merle es benutzt hatte? Eine bizarre Vorstellung.

Nachdem Carsten sich abgetrocknet, frische Boxershorts und ein Shirt aus seinem Koffer genommen und angezogen hatte, legte er sich in Gesas Bett. Er nahm sein Handy vom Schreibtisch und drückte den Aufnahmeknopf des Sprachassistenten: »Wecker stellen um acht Uhr.« Dann löschte er das Licht der Stehlampe am Nachtschrank, zog sich die weiche Daunendecke bis zum Hals und schloss die Augen.

Das Klingeln des Telefons, das ihn kurz darauf weckte, quälte ihn. Er besaß keine Kraft mehr, wollte einfach nur weiterschlafen. Er wusste, dass es Gesas Festnetztelefon war, das läutete. Ja, ihm war sogar bewusst, wer da versuchte, ihn zu erreichen: Kramer, der Inquisitor. *Kann das nicht warten, bis ich ausgeschlafen habe? Wenigstens einmal!* Er überlegte, ob am Apparat eine Rückruffunktion installiert war. Im selben Moment schreckte ihn das erneute Klingeln hoch. Carsten knipste das Licht an und schaute auf sein Handy. Kurz nach Mitternacht. Verdammt. Kramer forderte ihn heraus. Er warf die Bettdecke zur Seite, stürmte, so schnell er konnte, die Treppe hinunter und riss im Flur das Telefon aus der Ladestation.

»Was willst du von mir, Kramer?«, schrie er in den Hörer.

»Kramer? Hahaha.« Er hörte Darth Vaders blecherne Stimme. »Nein, so heiße ich nicht. Ich bin der Inquisitor, und manchmal töte ich auch Jungen, wenn mir danach ist. Der arme, arme Hauke. Haben wir etwas Mitleid, ja?«

»Nein, haben wir nicht«, brüllte Carsten in den Hörer. »Er hat meine Tochter misshandelt.«

»Ja, bravo«, sagte der Inquisitor. »Wir kommen der Sache näher. Das sind die richtigen Emotionen für einen frischgebackenen Vater.«

»Geben Sie sich endlich zu erkennen, Kramer, setzen Sie die Maske wenigstens am Telefon ab. Ich weiß so oder so, dass Sie es sind.«

»Sie liegen falsch, Herr Kommissar. Hohoho.«

Carsten trat gegen die herausgefallene Schublade auf dem Boden. Adrenalin, er war hellwach und zu allem bereit. Gewillt, zum Leuchtturm zu laufen und Kramer zu stellen. Alleine. Inzwischen war es eine persönliche Angelegenheit geworden.

»Aber nun töte ich wieder echte Hexen«, sagte der Inquisitor. »Keine Sorge.«

»Es gibt keine Hexen«, schrie Carsten.

»Oha, und ob. Zufälligerweise habe ich gerade eine solche im Schwitzkasten.«

»Was meinen Sie? Was haben Sie vor? Über wen reden Sie?«

»Das Biest möchte sich von Ihnen verabschieden«, sagte der Inquisitor. Carsten hörte das Quietschen, das wie ein widerhallendes Hörgerät klang.

»Carsten, bitte hilf mir. Der Kerl ist wahnsinnig. Er wird mich umbringen. Hilf mir, ich bin …«

Er hörte Gesa gedämpft schreien, jemand hielt ihr den Mund zu. Er hatte das Gefühl, dass sein Herz stehen bliebe. Ein eiskalter Schauer zog ihm über den Rücken. Kramer hatte Gesa in seiner Gewalt.

»Hallo, hallo?«, schrie er in den Hörer.

»Hahaha«, sagte der Inquisitor und beendete dann das Gespräch.

Augenblicklich stürmte Carsten nach oben, riss sein Handy vom Nachtschrank und rief Gesas Nummer an. Nach zweimaligem Tuten rauschte es in der Leitung. Er hörte erneut das schrille Quietschen. »Hahaha, hohoho. Hex, Hex.«

»Du Mistkerl«, schrie Carsten. »Lass sie in Ruhe oder ich töte dich!«

Keine Antwort. Der Inquisitor hatte aufgelegt.

Zwanzig Minuten später stand Carsten vor dem Turm. Er war so schnell gerannt wie nie in seinem Leben. Die P7 war entsichert. Er fühlte sich bereit für das Finale, zu dem er eingeladen worden war. Die Tür ließ sich ohne Probleme eintreten, das Schloss war nicht erneuert worden. Carsten lief durch den Flur in die Bibliothek, die Waffe vor sich haltend. Die Fackeln brannten, er roch Öl und Räucherstäbchen. Sie standen auf dem Schreibtisch und umrahmten ein altes Buch mit schwarzem Ledereinband. Kramer hielt sich nicht im Raum auf. Als Carsten auf den Schreibtisch zuging und die Holzlatten unter ihm knarrten, hörte er das Krächzen des Raben Caesar. Er sah ihn aus einem Bücherregal emporflattern. Irgendwo unter der Decke fand er ein Versteck. Carsten richtete die Waffe abwechselnd zu allen Seiten des Raumes, er musste vorsichtig sein. Vor der Schreibplatte angekommen, warf er einen Blick auf das Buch. In goldener, gotischer Schrift stand darauf geschrieben: *Malleus maleficarum. Der Hexenhammer.* Von Heinrich Kramer.

Meine Fresse, dachte Carsten. Er erinnerte sich dunkel an den Geschichtsunterricht in der Schule. Der *Hexenhammer* – das Standardwerk der Hexenverfolgung in der Frühen Neuzeit. Dieses Buch hatte für regelrechte Pogrome in Europa gesorgt, denen Tausende unschuldiger Frauen und Männer, die man nach den Anleitungen eben dieses Werkes der Hexerei bezichtigt hatte, zum Opfer gefallen waren. Er hatte den Namen des Autors nie gelesen. Heinrich Kramer also. Er bekam eine Gänsehaut. Das war dann wohl kein Zufall. Der berühmteste Hexenjäger der Geschichte – ein Urahn von Marcel Kramer, der, durchgeknallt wie er war, dessen Werk weiterführte.

Was ist das? Carsten vernahm einen leisen Singsang: »So ein Tag, so wunderschön wie heute. So ein Tag …«

Es kam aus der Tür zum Keller. Langsam schritt er darauf zu, sie war offen. Er schlich vorsichtig die Stufen hinunter, jederzeit bereit zu schießen. »So ein Tag, der dürfte nie vergehen.« Er folgte dem lauter werdenden Gesang. Er schallte aus einem der drei Räume, die vor ihm lagen. Aus dem, dessen Holztür sperrangelweit offenstand.

»Hallo«, rief Carsten. »Wer ist da? Wer singt da?«

»So ein Tag, der dürfte nie vergehen«, sagte die Stimme weiter, eine männliche. »Kommen Sie, wer immer Sie sind, spazieren Sie herein und singen Sie mit mir. Bemerken Sie denn nicht, was für einen wunderbaren Tag wir haben?«

Je länger er der Stimme lauschte, desto bekannter kam sie ihm vor. Er kam nicht drauf. Eine höhere Tonlage als sonst. Zu Kramer gehörte sie nicht. Die Waffe mit beiden Händen vor sich gerichtet, schritt er in den Raum, in dem an allen vier Ecken Fackeln brannten. Carsten sicherte jeden Winkel ab, dann sah er in die Mitte des steinernen Gewölbes. Ein nackter Mann lag auf einem langen, stabilen Holztisch. In der Mitte hing ein weißes, mit Blutspritzern beflecktes Tuch. Es war an der Decke festgemacht und spannte sich von dort herunter, trennte Ober- und Unterkörper des Mannes, der immer noch sein Liedchen trällerte und starr an die Gewölbedecke starrte. Jetzt erst erkannte Carsten, dass Blutstropfen vom Tisch auf den Boden träufelten. Darunter bemerkte er sich bewegende Schatten. Drei schwarze Katzen hockten da und fraßen aus einem Topf. Auch an den Schnauzen und Nasen von Sonne, Mond und Stern klebte Blut. Vorsichtig ging er näher heran und trat mit dem Fuß nach den Tieren. Als er heruntersah, musste er augenblicklich würgen. In der Schale lagen ein halber menschlicher Penis und zwei blutende, aus dem Sack gezerrte und angeknabberte Hoden.

»Oh, mein Gott«, sagte er und bemerkte dann, dass dem Mann auf dem Tisch das Genital fehlte. Er riss das Tuch zur Seite und erkannte: Ahlers. Er lag mit weit aufgerissenen Augen auf dem blutbeschmierten Tisch, bewegte den Kopf wie in Zeitlupe zu ihm herüber und grinste ihn an.

»Ja, wer sind Sie denn, mein Freund?«, fragte er. »Setzen Sie sich zu uns und singen mit uns.« Er wies mit dem Zeigefinger gen Decke. »Sehen Sie nicht die wunderhübschen, tanzenden Elfen? Sie bewegen sich nur, wenn man singt, wenn man aufhört, verweilen sie still.« Carsten musste nicht nach oben schauen. Offenbar war Ahlers unter Drogen gesetzt worden und nicht mehr Herr seiner Sinne. Er schien nicht mal Schmerzen zu verspüren, trotz der schweren Verletzung. *Was hat das zu bedeuten?*

»Ahlers«, zischte er »Hey, Ahlers. Kommissar Ahlers?«

»Ich?«, fragte der Polizist, als er den Kopf wieder langsam zu Carsten gedreht hatte. »Meinen Sie mich? Entschuldigen Sie, ich habe meinen Namen vergessen bei all der Party hier. Aber was sind schon Namen. Schall und Rauch, sagen die Elfen.«

»Ahlers«, flüsterte Carsten. »Ich bin es, Kommissar Kummer. Ich will Ihnen helfen. Sie sind verletzt, stehen unter starkem Drogeneinfluss! Wo ist Kramer?«

»Wer?« Der Sheriff grinste und schaute ihn mit seinen blassblauen Steve-Buscemi-Glubschaugen an. »Kenne ich nicht. Sie haben Kummer? Wieso denn bloß? Nein, verletzt bin ich nicht. Sie irren sich, mir geht es blendend!«

»K-r-a-m-e-r«, wiederholte Carsten langsam und deutlich. »Marcel Kramer, der Archivar, wo ist er? Der Mann mit der weißen Maske.«

»Ich weiß es nicht, ich weiß es nicht«, antwortete Ahlers und lachte laut. »Ist er hier? Ist er da? Ist er in Amerika? Oder ist es der Mann, der hinter Ihnen steht?«

Carstens Brustkorb zog sich zusammen, instinktiv wusste er, dass Kramer in seinem Rücken stand und auch, dass er eine Waffe auf ihn gerichtet hielt. *Scheiße, warum bin ich so unvorsichtig?*

»Lassen Sie die Pistole fallen«, quietschte Kramer. »Und dann Hände über den Kopf und umdrehen. In diesem Moment ist die geladene Heckler & Koch von Ahlers auf Sie gerichtet. Nicken Sie, Ahlers, wenn Sie sie erkennen.«

»Ja, tatsächlich«, sagte Ahlers, der seinen Namen wiederzuerkennen schien. »Das ist meine P7, wie sind Sie nur daran gekommen?«

Carsten wusste, dass er keine Chance hatte, so ließ er seine Pistole auf den Boden fallen, nahm wie gefordert die Hände über den Kopf und drehte sich um. Er erkannte, dass die Waffe entsichert war, blickte dann in Kramers leeres, weißes Gesicht. Der trug einen langen schwarzen Umhang und hatte seine Wollmütze tief in die Stirn gezogen. Mit beiden Händen hielt er die Pistole vor sich gerichtet, den Finger am Abzug.

»Herr Kramer, hören Sie«, stammelte Carsten. »Wir können das klären. Ich kann dafür sorgen, dass Sie nicht in den Knast gehen. Sie brauchen dringend eine Behandlung.«

»Hohoho«, quiekte der Archivar. Ohne Darth-Vader-Filter klang er so harmlos wie ein Quietscheentchen. Aber Carsten wusste, dass sein Gegenüber es ernst meinte. »Was denn, wollen Sie mich erschießen?«, fragte er. »Na los, tun Sie es.«

»Einfach so?«, quietschte Kramer. »Wollen Sie nicht noch auf die Probe gestellt werden?«

»Was?«, schrie Carsten, der Todesangst spürte, nein, eher Todeswut. »Sie sind irre, Sie Arschloch!«

»Keine Angst, mein Freund. Ich wollte Sie gerade auf eine Flasche Rum einladen. Wir könnten also eine Rumprobe durchführen, vielleicht ist ein Gewöhnungseffekt eingetreten und Sie vertragen etwas mehr.« Kramer quietschte und lachte.

»Sie … Sie … wo ist sie? Was haben Sie mit Gesa angestellt?«

»Gesa? Gesa Onken?«

»Wer sonst?«, brüllte Carsten. »Sie Psycho, von wem sollten Sie von dem Rum wissen, wenn nicht von ihr? Also, wo ist sie?«

»Haben Sie denn nicht ihre Nummer? Sie wohnen doch sogar in ihrem Haus, lieber Carsten Kummer.«

»Ja, natürlich habe ich die«, schrie der Kommissar. »Mann, was sind das für Spielchen?«

»Ich meine nur«, sagte Kramer. »Wenn Sie wissen wollen, wie es Gesa geht, dann rufen Sie sie doch einfach auf ihrem Telefon an.«

»Ist das jetzt ein Trick oder was?«

»Nein, nein,« quiekte Kramer. »Nur los, rufen Sie die hübsche Dame an. Sie wird sich freuen.«

Carsten zog sein Handy aus der Hosentasche und suchte in der Anruferliste nach Gesas Namen. Er drückte darauf und hielt sich den Lautsprecher ans Ohr. Gesas Handymelodie ertönte in Kramers Jackentasche.

Es ist zu spät, er hat sie schon getötet. Was ist das nur für ein kranker Mensch? Carsten überlegte, ob er aufs Ganze gehen und versuchen sollte, seine Waffe aufzuheben, sich dabei wegzurollen, wie er es in der Polizeischule gelernt hatte. Vielleicht gelänge es ihm noch, Kramer zu erschießen. Was hatte er zu verlieren? Der Psychopath würde ihn mit Sicherheit sowieso töten wollen. Doch dann sah er, wie der Archivar Gesas Handy aus einer Tasche seines Umhangs nahm, auf ›Annahme‹ drückte, sich das Telefon hinter die Maske hielt und sagte: »Hallo, Carsten. Bist du überrascht?«

»Moment«, sagte Carsten, der nun vollends verwirrt war. Er nahm sein Telefon vom Ohr und sagte: »Wiederholen Sie das bitte!«

»Hallo, Carsten, bist du überrascht?«, fragte Kramer mit Gesas Stimme.

»Wie ist das möglich?«, fragte Carsten. »Wie können Sie das? Das ist doch Hexerei.«

»Nicht alles ist Hexerei«, sagte Kramer. »Nur manches.« Er steckte das Handy zurück in den Umhang und zog seine Mütze vom Kopf. Lange rote Haare fielen über seine Schultern. Carsten wurde so schwindelig, dass er glaubte, ohnmächtig zu werden. Kramer nahm mit beiden Händen die Maske vom Gesicht und ließ sie fallen. Gesa lächelte ihn an.

»Das kann doch alles nicht wahr sein«, sagte Carsten und stürzte kraftlos auf die Knie. »Gesa, was zur Hölle ist hier los?«

»Ganz ruhig, Carsten«, sagte sie. »Mach dir keine Sorgen. Es ist nun vorbei. Ich tue dir nichts, dein Job ist längst erledigt.«

»Job?« Carsten weinte vor Verzweiflung. War er jemals in seinem Leben so getäuscht worden? »Was für ein Job? Ich verstehe nicht? Warst du gar nicht weg von der Insel? Wo ist der echte Kramer?« Hunderte von Fragen quälten Carsten, sodass er kaum wusste, mit welcher er anfangen sollte.

»Ich brauchte dich doch«, sagte Gesa. »Ohne dich wäre ich nie an die Informationen gekommen. Man hat mich nicht angehört in Norden und Aurich. Dieser Rickmer und all die Schlappschwänze. Ohne dich würden jetzt immer noch alle glauben, dass Merle sich umgebracht hat.« Gesa wies mit der Pistole auf Ahlers. »Der da hat Merle vergewaltigt und dann getötet. Du hast mir seinen Namen geliefert. Ich habe ihn angerufen und hierhergelockt, und dann habe ich angefangen, ihm Tees aufzukochen. Nun ja, er singt jetzt seit fast zwei Tagen, seit ein paar Stunden auch ohne Genital.« Gesa grinste. »Verrückt, oder? Seit er keine Eier mehr hat, spricht er mit viel höherer Stimme. Ich hatte immer gedacht, das mit den Eunuchenstimmen wäre ein Märchen.«

Carsten drehte sich zu Ahlers. Der Inselsheriff lächelte ihn dümmlich an, strich sich wie in Zeitlupe durch die wasserstoffblonden Haare und nickte ihm dann zu.

»Das stimmt, mein Junge, wer auch immer du bist. Es ist wahr, ich singe heute viel schöner. Ist der Tag nicht wunderschön?«

»Kümmer dich nicht um das, was der Kerl da von sich gibt«, sagte Gesa. »Auch wenn es schlimm aussieht. Der Kinderschänder hat keine Schmerzen. Ich spritze ihm einen speziellen Sud aus dem getrockneten Schlafmohn-Milchsaft. Wirkt besser als chemisches Morphium. Schmerzempfinden gleich null, dafür high wie es sich jeder Junkie nur erträumen könnte.« Sie lachte. »Soll er doch ruhig noch ein wenig fantasieren. Die Hauptsache ist, dass er zur Hölle fährt.« Sie schaute auf den grinsenden Polizisten. »Entweder von ganz allein, er verliert viel Blut. Oder wir helfen ihm ein wenig.«

Carsten wandte den Kopf zurück. »Was, Gesa? Wie meinst du das alles, und warum ziehst du mich da rein?«

Sie lächelte. »Einfach nur, um den da zu kriegen, habe ich dir doch eben erklärt. Ich wollte, dass du es siehst, dass du ihn ohne Schwanz siehst, mit dem er sich an unserer Tochter vergangen hat. Du bist doch ihr Vater. Sie hat ständig nach dir gefragt. Sie hätte gewollt, dass du ihren Tod rächst.«

»Ich bin Polizist«, flüsterte Carsten. »Ich räche nicht, ich sorge für Gerechtigkeit.«

Gesa schien zu überlegen. »Ehrlich gesagt, ich war mir wirklich nicht sicher, wie du mit dieser Konstellation umgehen würdest. Das kann ich nur hier und jetzt feststellen, und ich überlasse es dir.«

»Was verdammt noch mal überlässt du mir?«

»Es gibt drei Möglichkeiten.«

»Und die wären?«

»Ich erschieße Ahlers, du tust es oder wir gehen den für dich bekannten Rechtsweg und er wird ordentlich verurteilt. Ich meine, falls er es überhaupt noch schafft, lebend ins Krankenhaus zu kommen. Wir sollten uns beeilen mit der Entscheidung.«

»Spinnst du?«, fragte Carsten, der immer noch vor Gesa kniete. »Du wirst auch verurteilt, bekommst mehr Jahre als Ahlers aufgedrückt bei der Schweinerei hier.« Er dachte nach. »Du hast auch Hauke getötet?«

»Ja, das habe ich. Mit Recht, oder? Er hat sich an unserer Tochter vergriffen und sie doch so erst – willentlich oder nicht – seinem Drecksvater ausgeliefert. Du hast mir doch alles erzählt von dieser grausamen Nacht im Bunker. Er verdiente den Tod und keine mildernden Umstände.«

»Du bist eine Hexe«, sagte Carsten.

»Das müssen andere beurteilen«, sagte Gesa und lächelte dabei. »Wenn du mich nicht laufen lässt – fliegen kann ich übrigens wirklich nicht –, dann entscheidet darüber das Gericht.«

Ihm wurde kalt, bei dem entsetzlichen Gedanken, der ihm gerade kam. »Henrieta Radu. Warum die? Sie war ein unschuldiges Mädchen. Das ist barbarisch.«

Gesa schluckte, senkte den Kopf und sprach mit zittriger Stimme weiter. »Das tut mir leid mit dem Mädchen. Das war nicht geplant. Ich musste einfach sichergehen, dass du auf der Insel bleibst, du wolltest dich doch verkrümeln. Du brauchtest ein zweites Opfer. Henrieta war zur falschen Zeit am falschen Ort. Aber sie war das perfekte Lockmittel mit ihren roten Haaren, ich hatte sie mir vorher schon für den Notfall ausgeguckt. Ich glaube, ich wollte einen Serienmörder erfinden, der auf der Insel nach jungen, rothaarigen Mädchen sucht, um dich zu bewegen, deinem Auftrag hier nachzukommen.« Sie blickte ihn an, weiße Tränen liefen ihr die Wangen herunter und tropften auf den schwarzen Umhang.

»Du hast doch nicht alle Tassen im Schrank«, sagte er.

»Glaub mir bitte. Ich wollte wirklich nicht, dass sie stirbt. Ich habe sie nur mit Curare betäubt, sie auf die Liege gelegt, aufgedreht, dann aber sofort das Arschloch da angerufen.«

»Ahlers«, sagte Carsten und seufzte. Er hatte begriffen.

»Da wusste ich noch nicht, dass der Bastard zu so was imstande ist.« Gesa zielte mit der Waffe auf das linke Bein des Inselpolizisten und schoss. In Carstens Ohren fiepte es. Er roch das Pulver und hustete.

»Aua«, schrie der Polizist und hielt sich mit beiden Händen das Knie fest, in das die Kugel eingeschlagen war, Blut spritzte daraus hervor. Eine der Katzen traute sich, sprang auf den Tisch und leckte die Wunde. »Schon gut, schon gut, ihr Elfen«, sagte Ahlers. »Ich singe weiter, nur nicht mehr piksen, bitte.« Der Polizist begann, sein Lied zu trällern, er schien keine Schmerzen zu verspüren.

»Henrieta sollte überleben«, fuhr Gesa fort. »Ich wusste, dass sie bei Ahlers geputzt hatte, und seine Nummer war in ihrem Telefon.«

»Du hast ihn angerufen!«

»In gebrochenem Deutsch, keine Ahnung, ob ich einen rumänischen Akzent getroffen habe. Aber er hat mir, also ich meine Henrieta, abgenommen, dass sie einen Schwächeanfall unter der Sonnenbank erlitten hatte und nicht aufstehen konnte.« Gesa seufzte tief. «Mein Fehler. Ich habe ihr einen Vergewaltiger und Killer ins Sonnenstudio geschickt. Ahlers hat die Situation ausgenutzt. Was kann es für so einen Perversen Besseres geben als eine nackte, hilflose Frau, die noch seinem kranken Beuteschema entspricht? Er hat sich an ihr vergangen und sie dann einfach verbrutzeln lassen. Mit Absicht, um die Tat zu verschleiern, seine Nummer hat er ja anscheinend auch aus ihrem Handy gelöscht wie auch den Nachweis des letzten Anrufes. Ihr habt ja nichts gefunden. Ich hatte von Anfang an den Verdacht, dass das Schwein was mit Merles Tod zu tun hatte, aber überhaupt keine Beweise dafür gefunden. Selbst nach dem, was er im Sonnenstudio abgezogen hat, habe ich es nicht für möglich gehalten, dass er auch Merle vergewaltigt hat. Da habe ich im Traum nicht dran gedacht, auch wenn ich es dann hätte wissen können oder müssen. Mann, auf so was kann man nicht kommen. Aber erst du hast mir alle Beweise geliefert, und ich danke dir dafür.«

Carsten wurde übel, er wandte sich zu Ahlers um.

»Das stimmt, das ist wahr«, sagte der Sheriff und sang vergnügt weiter.

Carsten hielt einen Moment inne, kam sich vor wie in einem Horrorfilm, konnte nicht mehr auseinanderhalten, gegen wen sich seine unbändige Wut richtete.

»Diese Gifte«, sagte er, als er sich wieder Gesa zugewandt hatte. »Wie bist du da rangekommen? Pfeilgift bei Henrieta Radu. Hexensalbe bei Hauke, und nun das hier. Morphium, äh Schlafmohn-Milchsaft?«

»Hast du dir nicht meinen Kräutergarten angeschaut, wie ich dir geraten hatte?«

Carsten verfluchte sich. Ausgerechnet das hatte er nicht getan.

»Siehst du, du hättest selbst drauf kommen können, was man so alles mit Natur anstellen kann. Und nun heb deine Waffe auf!«

»Warum?«

»Tu es!«

Er nahm seine Pistole vom Boden.

»Und jetzt leg dein Handy in die andere Hand und drehe dich so zu Ahlers. Du musst dich entscheiden, Carsten. Erschieß ihn oder ruf die Polizei und lass mich verhaften und die Dinge den juristischen Weg nehmen.« Gesa nahm das Magazin aus ihrer Waffe, warf es an die Wand und ließ die Pistole in einer Tasche verschwinden. »Ich gebe auf. Es ist deine Entscheidung, deine Tochter, dein Urteil.«

»Was verlangst du da von mir, Gesa?«, flüsterte Carsten.

»Das weißt du!«

Er wusste es. Er schaute Ahlers direkt in die kalten Augen, hielt die Pistole gegen seine Stirn gerichtet. Der Polizist lächelte freundlich und sagte: »Peng.«

Er war hin- und hergerissen. Gesa hatte recht, der Kerl verdiente den Tod. Doch was würde das ändern? Merle kam nicht mehr zurück. Nie wieder. Er war nicht dazu gemacht, einen wehrlosen Menschen zu exekutieren, so sehr er den Kerl auch hasste, der ihn da dumm angrinste. Und was hätte das für Folgen für seine berufliche Zukunft?

»Eins muss ich noch wissen«, sagte Carsten, ohne sich umzudrehen.

»Frag mich«, antwortete Gesa. »Du sollst alles erfahren, was immer du willst. Ich möchte keine Geheimnisse mehr vor dir haben. Nicht mehr nötig.«

»Als ich das erste Mal hier war im Turm: Habe ich da mit Kramer gesprochen oder warst du es, die sich als Archivar verkleidet hat?«

Gesa lachte, quiekte und verfiel dann in einen Hustenanfall, den Carsten sofort wiedererkannte. »Trotz Maske war ich mir echt unsicher, ob du mich wirklich nicht erkennen würdest. Ich war es, ja. Kramer bot mir die perfekte Rolle an. Jeder, der ihn kannte, wusste, dass er vermummt ist und komische Quieklaute von sich gibt. Eine bessere Gelegenheit, in eine andere Person zu schlüpfen, gibt es wohl kaum.« Noch einmal täuschte sie das Husten an. »Bei unserer ersten Begegnung, bei der ich Kramer spielen musste, fiel es mir wirklich nicht leicht. Ich meine, wir hatten einen Tag zuvor diese wunderbare Nacht, und dann nimmst du mir den Mondscheinkranken ab. Ich habe die ganze Zeit hinter der Maske gegrinst und mir auf die Lippen gebissen, um nicht zu lachen, und habe das dann mit einem Hustenanfall oder diesem Gequieke überdeckt.«

So eine kranke Scheiße, dachte Carsten, ärgerte sich aber auch über sich selbst. Er hätte es bis heute nicht für möglich gehalten, dass man ihn derart manipulieren konnte.

»Ich habe mit dir telefoniert«, sagte er. »Du warst in Emden, ich habe deine Mutter gehört!«

Gesa lachte. »Sicher? Du hast auch Darth Vader gehört oder nicht? Es gibt wirklich tolle Soundpools im Internet. Da findet man auch was für besorgte Mütter.«

»Scheiße, ganz große Scheiße«, brüllte Carsten. »Und was ist dann mit dem echten Kramer passiert?« Er sprach mit Gesa, während er weiter seine Waffe auf Ahlers gerichtet hielt.

»Der liegt unter der Erde, in seinem eigenen Gärtchen hinterm Turm, hat sogar einen eigenen, wenn auch recht improvisierten Sarg bekommen. Ich habe ihn schon eine Woche nach Merles Tod eingeschläfert. Ihn hat keiner vermisst. Deswegen lag es nahe, nach unserer Nacht, unserem Abschied, genau hier einzuziehen.«

»Du hast ihn … getötet?«, stammelte Carsten. »Meine Güte, ich glaube das alles nicht. Wie und warum?«

»Ja, glaubst du etwa, ich hätte Merles Tagebuch nicht hundertmal gelesen und mich nicht gefragt, woher sie das alles hatte mit Dortje, der Hexe von *Norder neye Oog*?«

»Du warst bei ihm und wolltest ihn fragen?«

»Natürlich. Er hat mir die ganze Legende erzählt, mir originale Gerichtsakten gezeigt von damals. Es stimmte alles mit Dortjes Verhaftung und dass diese Männer sie geholt haben mit ihrer Tochter und mit dem Boot über die Nordsee zum Festland wollten. Das Kind ist ertrunken, Dortje hat man nie gefunden. Ob sie tatsächlich eine Hexe war, konnte Kramer mir auch nicht sagen. Viel ist wohl Mythos, da hat sich hier auf der Insel allerdings außer der Kramer-Sippe nie einer für interessiert. Die Akten habe ich ihm mit ins Grab geworfen.«

»Und weil er Merle Geschichten erzählt hat, musste er sterben? Das kann doch alles nicht dein Ernst sein.«

»Oh nein. Er hat noch weitergeplaudert, mir verraten, dass er sich heimlich mit Merle angefreundet hat. Geheult hat der vor mir, weil er doch ach so traurig darüber war, dass sie sich das Leben genommen hat. Ich habe ihm versucht zu verklickern, dass es kein Suizid war, aber er wollte es wie die anderen nicht glauben. Der besaß sogar die Frechheit, mir mitten ins Gesicht zu sagen, dass Merle depressiv gewesen ist.«

»Und dafür hast du ihn ermordet? Du bist … ein Monster!«

»Denk doch bitte nicht so über mich«, sagte Gesa und strich sich durch die Haare. »Das war nicht der Grund. Kramer hat sich verbunden gefühlt mit Merle, meinte, sie sei genauso ein Einzelgänger wie er. Sie hat ihm von dem Mobbing berichtet, und er hatte ihr Mut machen wollen und ihr deswegen weisgemacht, sie stamme von dieser Dortje ab und sei etwas Besonderes, sie sei stark und so.«

»Und was ist daran so schlimm? Er wollte ihr helfen, und sie war doch etwas Besonderes.«

»Carsten, du weißt nicht, wie sie war.« Gesa verzog das Gesicht.

»Wie war sie denn, verdammt noch mal?«

»Sie hat nur noch von dem Hexenzeug geredet, Kräuter geraucht, gekifft, kam in der Schule nicht mehr mit. Es war der falsche Weg.«

»Du bist wirklich total verrückt.«

»Das hat er absichtlich getan. Er hat sie damit manipuliert, zusammen mit ihr gekifft. Sie hat ihn drauf gebracht, und es hat ihm die Schmerzen genommen, diesem Lügner. Ich kenne mich ja mit Kräutern aus, aber Cannabis ist ein Teufelszeug.«

»Ich halte das kaum noch aus«, sagte Carsten.

»Es gibt ein paar Seiten im Tagebuch, die ich rausgerissen habe«, fuhr Gesa fort. »Die ich der Polizei und auch dir nicht zeigen konnte. Merle schreibt davon, dass sie sich zu Marcel – wie sie ihn nannte – hingezogen fühlte. Das musst du dir mal vorstellen.« Gesa seufzte. »Hätte ich denn zulassen sollen, dass der Kerl sich an ihr vergreift?«

»Meine Güte«, sagte Carsten, dem die Tragweite dieses Dramas mehr und mehr bewusst wurde.

»Ich weiß nicht, was du hast«, sagte Gesa. »Kramer wäre sowieso bald gestorben, hat er mir gesagt. Er hat auch nicht gelitten. Ich habe ihn mit Hexensalbe eingerieben, ihm einen Tee gemacht, und er hat sich, bevor ich ihn vergraben habe, genauso wohlgefühlt wie das Schwein, das hier vor dir liegt. Hat auch irgendwelche Elfen oder Feen gesehen.«

»Du bist wirklich eine Hexe.« Carsten überlegte. »Ich weiß es jetzt, ich wusste es schon am Tag danach. Ich habe gar keinen Rum getrunken, oder? Du hast mir was in den Tee getan! Ich hätte sonst nie mit dir geschlafen!«

Wieder lachte Gesa. »Na ja. Meine im Tee aufgebrühten Wurzeln vom Glockenbilsenkraut sollten einfach nur stark aphrodisierende Wirkung haben. Ich hatte wirklich Lust auf dich. Ich habe gerne Sex, und der mit dir ist der absolut beste. Ich wollte dich mit ein bisschen Nachhilfe auch heiß machen.«

»Du, du …« Carsten fehlten die Worte, er dachte an Beate.

»Du hattest aber wenig gegessen, und mein Tee hat dich wohl kurzzeitig ohnmächtig werden lassen«, sagte Gesa. »Den Rum haben wir aber trotzdem getrunken, den Wein übrigens auch.«

»Ich kann es nicht fassen …«

»Brauchst du nicht. Es reicht, wenn du jetzt Ahlers seine gerechte Strafe zukommen lässt.« Sie schaute an Carsten vorbei und den Polizisten an. »Willst du mal unter seine linke Achsel schauen? Da kannst du noch die Stelle sehen, wo ihn deine Tochter gebissen hat. Die hat sich schön entzündet, da hat er immer noch was von nach all der Zeit. Sie hat sich mit aller Kraft gewehrt, unser tapferes Mädchen.«

»Nein danke«, sagte Carsten, dem bittere Galle in den Mund schoss.

»Kommissar Ahlers«, rief Gesa. »Wie war das, hat es dir Spaß gemacht, Merle zu berühren, in sie einzudringen?«

»Merle, oh ja, mein kleines Prinzesschen«, flüsterte Ahlers. »So weiche Haut, so kleine, hübsche Brüste, rein und unschuldig.«

»Halt deine verdammte Schnauze«, schrie Carsten, dem es sowohl bei dem, was Gesa über Merle, aber noch mehr bei dem, was Ahlers über sie von sich gab, fast das Herz zerriss. Er entsicherte die P7 und drückte sie fester auf die Stirn des Kinderschänders.

»Ui, das kitzelt«, sagte der Polizist.

Carsten hatte Millisekunden, um zu entscheiden. Er verstärkte den Druck auf seinen Zeigefinger.

»Los, knall ihn ab, das Schwein«, rief Gesa.

Er drückte den Abzug, im letzten Moment riss er die Waffe hoch. Die Kugel, die sich daraufhin löste, schlug ins Mauerwerk ein. Dann ließ er die Pistole fallen und wählte Rickmers Nummer. Gesa verdiente es.

19. EPILOG

Carsten zog die Handschuhe aus und öffnete den Reißverschluss seiner blauen Daunenjacke. Was für ein lauer Winter, dachte er, während er den Blick über das Meer schweifen ließ. Die untergehende Sonne tauchte Wasser, Himmel und Wolken in rote, orangefarbene und gelbe Farbtöne. Gäste, die an Tischen um ihn herum saßen, schauten begeistert auf das einzigartige Naturschauspiel, hielten die Handys zum Strand gerichtet und schossen Fotos. Einige waren aufgestanden und tanzten zu dem gleichmäßig wummernden Beat, der aus den Lautsprecherboxen schallte. Die Chill-out-Musik auf der Außenterrasse der Milchbar versetzte sie in Kombination mit den glanzvollen optischen Eindrücken in eine Art Trancezustand. Auch Carsten entspannte sich und schaffte es für den Moment, alle aufkommenden negativen Gedanken vorbeiziehen zu lassen.

»Ihr Glühwein, Herr Kummer«, sagte Rickmer, setzte sich ihm gegenüber auf die Bank und stellte zwei Gläser, aus denen Rührstäbe und Orangenschalen ragten, auf den Tisch. »Fast zu warm dafür heute, oder?« Er lächelte.

Merkwürdig, dachte Carsten, zum ersten Mal hatte Rickmer ihn mit *Herr* angesprochen. Ein halbes Jahr hatten sie sich nicht persönlich gesehen. Der Hauptkommissar sah gesund aus, hatte abgespeckt und eine natürliche Gesichtsfarbe. Er rauchte nicht.

»Stimmt«, sagte Carsten. »Aber er wird mir trotzdem schmecken. Danke!«

»Schön, dass Sie gekommen sind«, sagte Rickmer und prostete ihm zu.

»Was machen die Ermittlungen?«, fragte Carsten.

»Ach, so gut wie abgeschlossen. Ich komme inzwischen nur noch einmal die Woche nach Norderney, um Kleinigkeiten zu klären.«

»Danke, dass Sie mich zwischendurch auf dem Laufenden gehalten haben. Ich weiß, das mussten Sie nicht.« Carsten hob sein Glas am Henkel an, pustete gegen den Dampf und trank vorsichtig. Süß, heiß und belebend. Der Wein schmeckte.

»Keine Ursache«, sagte Rickmer. »Schließlich haben Sie uns doch letztendlich auf die richtige Spur gebracht.« Er leckte sich die Lippen, stellte das Glas ab und beugte sich, die Hände gefaltet, leicht über den Tisch. »Und? Fühlen Sie sich bereit für die Verhandlung? In vier Wochen beginnen beide Prozesse.«

Carsten zuckte mit den Schultern und schaute zum Meer. »Wissen Sie, Ahlers lässt mich inzwischen kalt. Er ist gestraft genug. Ich habe gehört, dass er nicht verhandlungsfähig sein soll.«

»Ich bezweifle jedenfalls, dass er selbst anwesend sein wird«, sagte Rickmer. »Er verharrt in einem Dämmerzustand. In der Psychiatrie sind sie der Meinung, dass das auch so bleibt.«

»Besser für ihn, dann erfährt er gar nicht, dass er untenrum kein Mann mehr ist.« Carsten wandte sich wieder seinem Gegenüber zu und hob das Glas an. »Prost. Und, ehrlich, ich empfinde nichts für diesen Menschen, er ist mir egal. Bei Gesa ist das unter den gegebenen Umständen schwer möglich.«

»Oh, Sie wissen gar nicht, wie gut ich das nachvollziehen kann. Als ich es erfahren habe, bin ich fast vom Glauben abgefallen.« Rickmer trank einen Schluck, sagte dann: »Müsste ja bald so weit sein.«

»Der Termin ist in zwei Wochen«, sagte Carsten. »Ich bin froh, dass sie es während der Verhandlung nicht mehr in sich trägt.«

»Und …« Rickmer stockte. »Sie werden … also, Sie wollen das Kind nehmen?«

»Natürlich. Ich will meine zweite Tochter nicht auch noch im Stich lassen. Jetzt weiß ich ja, dass ich eine bekomme.« Er schaute in sein Glas und rührte mit dem Stab darin herum. »Ich möchte für sie da sein, auch wenn diese Entscheidung meine Ehe gekostet hat.«

»Ihre Frau hat sich getrennt, das haben Sie mir geschrieben.« Rickmer streckte seinen Arm über den Tisch und klopfte Carsten auf die Schulter. »Tut mir leid, Mann.«

»Alles gut. Ich verstehe Beate, ich habe sie betrogen und tief verletzt. Aber ihre Voraussetzung dafür, dass sie mit mir trotzdem zusammenbleibt, kann ich nicht erfüllen.«

»Dass Sie das Kind nicht sehen?«

»Richtig. Das konnte ich ihr nicht versprechen.«

»Sie schaffen das!« Rickmer drückte ihm fest die Schulter.

»Das hoffe ich«, antwortete Carsten. »Ich werde mir Hilfe holen, so komme ich schon zurecht mit meiner Kleinen.« Er schwieg einen Moment, sagte dann: »Gesa wird in den nächsten Tagen aus der U-Haft in das Krankenhaus der JVA Lingen verlegt. Sie darf das Baby nach der Geburt in den Arm nehmen, danach muss sie es abgeben. Dann beginnt der Prozess, und wenn alles gut geht, kann ich meine Tochter anschließend zu mir holen.« Er nahm einen Schluck von seinem Wein, stellte die Tasse ab und schaute Rickmer ernst an, der seine Hände wieder gefaltet auf den Tisch gelegt hatte. »Was glauben Sie?«

»Das Strafmaß?«

Carsten nickte.

»Ziemlich eindeutig. Sie ist angeklagt wegen Mordes an Hauke Ahlers und Marcel Kramer, wegen gefährlicher Körperverletzung und Freiheitsberaubung an Henrieta Radu und schwerer Körperverletzung an Ingo Ahlers. Sie wird für alles schuldig gesprochen und verschwindet dann ohne Chance auf Bewährung und unter Feststellung der besonderen Schwere der Schuld bis an ihr Lebensende hinter Gittern.«

Carsten nickte erneut und zog seinen Reißverschluss zu. Mit der Abenddämmerung zog jetzt kühlere Luft vom Meer herauf.

»Herr Kummer, ich möchte Sie gerne etwas fragen«, sagte Rickmer.

»Ja?«

»Das ist der Grund, warum ich mich mit Ihnen heute treffen wollte.«

»Bitte, sprechen Sie, Herr Kollege«, sagte Carsten.

»Soweit ich weiß, hat Ihnen Gesa Onken ihr Haus im Argonnerwäldchen überschrieben. Die Ermittlungen sind wie gesagt so gut wie abgeschlossen, und Sie werden es bald Ihr Eigen nennen können.«

»Das stimmt, aber ich weiß noch nicht, ob ich es vermiete«, sagte Carsten. »Wieso, haben Sie Interesse?«

»Nein.« Rickmer lachte. »Ich ziehe wieder in mein Nordener Büro. Aber die bisher provisorische Zweigstelle des Kriminalermittlungsdienstes soll der Insel erhalten bleiben. Ich bin schon dabei, das in die Wege zu leiten. Bei Bedarf soll sie mit bis zu drei Beamten besetzt werden können.«

»Aha.« Carsten war erstaunt, freute sich aber für Norderney. »Das ist toll, das wird Insulaner und Touristen beruhigen nach den Morden.«

»Sie verstehen noch nicht«, sagte der Hauptkommissar. »Ich würde mich freuen, wenn wir einen festen Leiter für die Kripo Norderney bekämen.« Er lächelte. »Bärlein konnte ich schon überzeugen, dass er auf Anfrage verfügbar ist. Er fühlt sich hier wohl. Und Julia belegt noch eine Zeit lang die frei gewordene Stelle der Wache. Vielleicht bleibt sie auch ganz.«

Carsten lachte laut und schüttelte den Kopf. »Sie meinen das nicht ernst, Herr Rickmer, oder?«

»Ist mein voller Ernst«, antwortete der Hauptkommissar und stand von seinem Platz auf. »Aber Sie brauchen sich jetzt nicht zu entscheiden.« Er gab Carsten die Hand. »Ich bitte Sie nur, es sich zu überlegen. Sie sollten diese Möglichkeit bei Ihren Plänen für die berufliche Zukunft und für die Erziehung Ihrer Tochter mit einbeziehen.« Rickmer zog Carsten mit einem Ruck von der

Bank hoch. »Ist kalt geworden. Lassen Sie uns reingehen, da bekommen wir ein gutes Pils.« Er legte seinen Arm um Carstens Schultern und führte ihn zur Terrassentür. »Wissen Sie was? Sie wären immer am Meer, hätten wenig zu tun, könnten kostenlos wohnen und ich kenne auch schon ein cleveres Mädchen, das bestimmt gerne bei Ihnen babysitten würde …«

NACHWORT

Am Morgen des 27. Mai 1544 fand die Magd Agnes ihren Herrn, den Auricher Hexenjäger Asse Hering, leblos auf seinem Stuhl am Küchentisch sitzend. Er hatte weit aufgerissene Augen, aus seinem Mund lief Schaum. Vor Schreck ließ Agnes den Korb mit den Eiern fallen und rannte schreiend aus dem Haus.

Der Stunden später eintreffende Arzt stellte Herzversagen, hervorgerufen durch eine Vergiftung, fest. Niemand in Aurich hatte Zweifel daran, dass Hering ermordet worden war. Als Hauptindiz dafür erwiesen sich Rückstände eines gelblichen Schleims auf Herings Haut, die der Bader der Ortsgemeinde eindeutig als Hexensalbe identifizierte.

Einige Tage zuvor hatte der selbst erklärte Hexenjäger alle vierzehn Frauen, die er wegen des Verdachtes auf Hexerei in seinem Turm gefangen gehalten hatte, öffentlich auf dem Scheiterhaufen verbrennen lassen. Ohne Prozess und Urteil. Er hatte damit auf die Flucht von Dortje Freding reagiert und ein Exempel statuieren wollen. Vergeblich!

Als kurze Zeit später auch Wego Alrik, der Dorfvorsteher von *Norder neye Oog*, mit seinem Boot kenterte und ertrank, glaubte ganz Ostfriesland, dass nur die Hexe Dortje für die Tode verantwortlich sein konnte. Sie übe Rache für ihre ertrunkene Tochter Leefke, hieß es in den Gastwirtschaften entlang der Küste. Und noch Jahrhunderte später berichteten Norderneyer nach klaren Vollmondnächten von schauderhaften Sichtungen einer rothaarigen, kreischenden Frau, die sie über das Meer hatten fliegen sehen.

Das mag nun glauben, wer will. Der Aberglaube an die Existenz von Hexen jedenfalls ist heutzutage zum Glück nicht mehr weitverbreitet. Ganz anders war es zwischen dem 13. und 18. Jahrhundert, als dem Hexenverfolgungswahn in Europa etwa fünfzigtausend Menschen zum Opfer fielen. Achtzig Prozent der Hingerichteten waren Frauen. Beweise für Hexerei hat es, trotz der immer grotesker werdenden, vermeintlich sicheren Proben, nie gegeben. Die Menschen, die verbrennen, ertrinken oder unter Folter sterben mussten, waren Opfer ihrer Zeit: Sündenböcke, die für Kriege, Krankheiten, Missernten oder andere Katastrophen verantwortlich gemacht wurden.

Die letzte von einem Gericht als Hexe zum Tode verurteilte Frau war die fünfzehnjährige Magd Dorothee Tretschlaff. In Fergitz in der Uckermark wurde sie am 17. Februar 1701 wegen *Buhlerei mit dem Teufel* enthauptet. Die letzte Freiheitsstrafe aufgrund von Hexerei sprach ein britischer Richter erst im Jahr 1944 gegen die Angeklagte Helen Duncan aus.

Ich hoffe, Ihnen hat die erste Folge der Thriller-Serie *Ebbe und Wut* Lesefreude bereitet. Wenn Sie sich hier und da gegruselt oder gewundert haben, so nehme ich das als Kompliment an. Ich würde mich freuen, wenn Sie Carsten Kummer in der nächsten Episode wiedertreffen möchten. Zumindest fiktiv werden sich in Zukunft weitere Kriminelle, ob Lebende oder Tote, auf Norderney herumtreiben.

DANKSAGUNG

Zum Schluss möchte ich dem KBV Verlag für das entgegengebrachte Vertrauen und die Unterstützung danken. Außerdem bedanke ich mich bei meiner Lektorin Nicola Härms für ihr wachsames Auge sowie meiner Agentin Anna Mechler für ihren guten Riecher.

Wir lesen uns auf Norderney – oder anderswo!

Christian Hardinghaus, im Januar 2018.

KBV KRIMINALROMAN

Volker Dützer

FREIER FALL

Taschenbuch, 384 Seiten
ISBN 978-3-95441-382-9
11,95 EURO

Absturz ins Bodenlose

Gerade als der Polizist Ben Funke sein Leben wieder in den Griff zu bekommen scheint, geschieht die Katastrophe: Als er am Morgen neben der Frau aufwacht, die ihm neue Hoffnung gegeben hat, ist diese tot – erschossen mit seiner eigenen Dienstwaffe. Funkes Erinnerung an die zurückliegenden Stunden ist restlos ausgelöscht, aber eines ist sicher: Niemals hätte er seine Geliebte getötet!

Auf eigene Faust begibt er sich auf die Suche nach dem Mörder. Auf die Hilfe von Profilerin Helen Stein kann er nicht hoffen, denn die Jagd nach einem Serientäter, auf dessen Konto sechs im Westerwald spurlos verschwundene junge Frauen gehen, fordert ihren vollen Einsatz. Funke ist gefangen in einem Albtraum. Gejagt, verletzt und ohne Aussicht, seine Unschuld beweisen zu können.

Der Westerwald: ein raues Land, wie gemacht für Morde!

KBV KRIMINALROMAN

Regine Kölpin

DIE RÜCKKEHR DER LEBENSPFLÜCKERIN

Taschenbuch, 304 Seiten

ISBN 978-3-95441-404-8

10,95 EURO

Die friesische Saga geht weiter!

Im Frühling des Jahres 1550 kehrt die schwangere »Lebenspflückerin« Hiske an der Seite ihres Mannes, des Arztes Jan Valkensteyn, nach Jever zurück. Ihre alte Freundin, die Duuvke Anneke Hollander, fürchtet um ihr Leben, weil sie Augenzeugin eines Mordes geworden ist. Kurz vor dem Eintreffen der beiden wird noch ein weiterer Mann tot aufgefunden.

Besteht am Ende ein Zusammenhang zwischen den Morden und der beständig voranschreitenden Reformation? Auf der fieberhaften Suche nach einer Verbindung zwischen den Toten gerät Hiske schließlich selbst in große Gefahr und setzt dabei sogar das Leben ihres ungeborenen Kindes aufs Spiel.

AUCH ALS HÖRBUCH!

MP3-CD, ca. 8 Stunden

ISBN 978-3-95441-406-2

10,95 EURO